教育部人文社会科学研究青年基金项目：晚清至五四

祭悼文学及其文化转型研究(14YJC751020)

# 晚清至五四祭悼文学及其文化转型研究

李 国／著

人民出版社

# 目　　录

# 导　论

天地定位，祀遍群神。六宗既禋，三望咸秩，甘雨和风，是生黍稷，兆民所仰，美报兴焉。牺盛惟馨，本于明德，祝史陈信，资乎文辞。昔伊耆始蜡，以祭八神。

——刘勰《文心雕龙·祝盟第十》[1]

有人与神与天相接之礼，则祭礼是。故曰："礼所以承天之道以治人情也。"（礼记·礼运）诸礼之中，惟祭尤重。盖礼之所以能范围群伦，实植本于宗教思想，故祭礼又为诸礼总持焉。

——梁启超：《国史研究六篇》[2]

甲子乙丑丙寅年，道光手里出洋烟，鸦片烟来生的怪，生在阳间把人害。鸦片烟是乌黑的，单单害的年轻的，抽得浑身没肉了，抽得耳朵干扭了，好人抽成病人了，活人抽成死人了。死了别给我戴帽子，给我买一副灯罩子，死了别给我穿衣帽，给我买一个过瘾套，死了别给我穿衫子，给我买一副烟杆子，死了别给我穿裤子，给我买一副葫芦子，死了别给我蹬靴子，给我买一副烧烟灯。

——《中国歌谣集成》甘肃卷[3]

---

[1]　刘勰：《文心雕龙·祝盟第十》，范文澜注，人民文学出版社 1958 年版，第 175—176 页。

[2]　梁启超：《国史研究六篇》，中华书局 1947 年版，第 341 页。

[3]　《中国歌谣集成》（甘肃卷），见田涛著《百年记忆：民谣里的中国》，山西人民出版社、人民出版社 2011 年版，第 145—146 页。

　　清末至五四落潮这一时间段，是中国传统文化与西方异质文化频繁接触、对抗与交融的时期，也就形成了一个"常"与"变"、"退"与"进"、"取"与"舍"的文化交锋与转型语境，中国文学亦随之呈现出迥异于传统的现代转型新特征。在文学"标新"的进程中，一个不容忽视的内容便是祭悼文化，以及在这种文化格局下生成的价值功效、情感释放、生死体验与文学叙事。祭悼是儒道礼俗中最根本的所在，在"政教"与"风化"的实施中，维系了权力/伦理/秩序系统的稳定。它连通了生与死的玄关，实现了阳间与阴间两个空间的情感沟通，不仅是一次与死者告别的仪式，给生者以情感慰藉与心理寄托，更承担着清算和规范社会伦理与秩序的责任。然而正是这一"祭悼传统"，自晚清以来遭遇了西方文化冲击与本土时局突变后发生了种种变化，形成了斑斓多姿的新景观，同时也构建了一种中西文化审视祭悼传统的对话空间。因此，如何审视"祭悼传统"的变化，进行"个体/群体"间的伦理道德、生死观照、心灵慰藉、生命体验、生活文化等诸种场域的梳理，便形成了一个复杂而灵动的祭悼文学及其文化的"再构"话题。

　　祭悼文学不仅包括最基本的祭文或悼文等实用文体类文章，更具文学价值的则应指涉那些以缅怀为基本主调，蕴含"慎终追远"的生命价值与意义的思考，并以语言艺术的形式反映社会生活与生死感悟，特别是呈现日常生活的祭悼文化心理审视的文学创作。其中，展示民族国家的时代内涵，揭示世风变革下个人和群体的命运，表现情爱旖旎的深层体验，以及挖掘新旧并存的文化纷争的作品，占有十分重要而醒目的位置。其所关涉的祭悼对象博杂多样：既有天地神灵等权威象征，又有血脉人伦等亲情对象；既有日月星辰等天体现象，又有山川风雨等自然景观；既有对动物植物的祭悼，又有对人类物品的祭悼；既有虚妄的神灵祭悼，又有现实的人类祭悼。祭悼文学不单纯是一种文字符码化的表现，更是人精神世界与心理沉淀的折射。可以毫不夸张地说，在至真、至亲、至善与死亡面前，它也许是最真实的情感流露与人文表征。同时，祭悼文学又不仅仅是一种特定的情感艺术表达，它同样呈现出了生死观的顿悟、弥留之际的心态、阴阳两界的爱情延续，以及儒道伦理规范的恪守等多样特征，是殉国、殉情、殉道三种时代话语的本真记录。所以，在现代民族国家建构的过程中，祭悼文学及其文化转型反映了知识分子对祭悼"应该这样"的理想建构，而这一建构事实上寄托着他们对国家强大和民族昌盛的现代化渴望，以及面对西方强势文化的内心焦虑与情感宣泄。可以说，祭悼文学以异于旧时代的时代命题与异质旋律奏响了动人的乐章。祭悼哀情不仅贯穿于整个文本当中，极力凸显出了时代命题，同时也可以是隐藏在文本当中，构成故事叙事的情感基调与背景衬托。

正是基于以上认识，本书意在探讨清末至五四现代性语境中的祭悼文学及其文化转型问题。在这一问题的框定下，祭悼本身不是重点关注的对象，而是作为切入文学研究的一个手段，以此尝试挖掘出近现代文学进程中的"国殇"、"情殇"与"道殇"三个时代命题。具体表现为文学意义上的对国家的祭祀、对爱国烈士的公祭、对文化先贤的祭奠、对亡者的悼念以及在祭悼仪式的变更中所呈现出来的"个体/群体"、"古/今"、"中/西"不同的悼情体验与生命感悟。所以，本书从祭悼文学传统源流及本土化文化构建、祭悼情感救赎与乡土祭悼叙事、西方祭悼观对传统的冲击与再构以及民族国家主义与话语等几个方面来阐释中国文学现代语境下的祭悼文学及其文化转型的构建过程：

首先，对祭悼文学进行简要的溯本逐源式梳理。从对待死亡的态度开始，阐释传统的祭悼观念，并以"个体—群体"的社会心理学内容继续深化这种祭悼观念的生成，进而述说如何形成文学意义上的想象存在，这包括传统的祭悼文学模式流变、现代祭悼文学关注下的"世风"转变与"社会"的被发现。其次，在"国殇"命题之下，揭露革命高涨中的祭悼观念如何以文学文本呈现出来以及如何体现出其特有的社会意义，同时在科学/政治的对视视角中揭示出"反祭悼"/"返祭悼"的不同取向与文学再造；对当时隆重而庄严的祭孔活动进行必要的文化考究。再次，从"情殇"角度切入，通过具体的文本与相关祭文，分析清末至五四现代转型期间的祭悼情感体验，包含爱情乌托邦的以及五四涅槃情结等祭悼心理体。最后，站在"道殇"立场上，将研究视角延伸到五四时期，以本土/西方互为参照的对比来详细论述二者在文化/文学层面上的彼此建构，发掘在无神论宣扬下的鬼神观与祭悼观的合法性、合理性，以及传统文化式微下捐躯殒命的殉道文化人的献祭精神与信仰坚守；梳理西方知识话语影响下的作家们如何实现自我的祭悼观念书写；而祭悼文化与鲁迅文学创作二者之间的关系则作为个案加以细致分析。

## 一、祭悼进入文学研究的价值

从鸦片战争开始，尤其是戊戌变法到五四落潮这一时期，中国文学在"被全球化"的背景下逐渐开始了由古典走向现代的身份转变。从思想文化史来看，在近代发生的传统与西方二者激烈对峙交锋的背后，这种转型体现着一种知识与文化急剧转变的事实。正如费正清所说："在中国思想史上，1898 年和 1911 年通常被认为是与儒家文化价值观决裂的两个分水岭，1898 年的改良运动，是一部分接近皇帝的高级知识分子在制度变革上的一次尝试。它开始是作为 1895 年被日本人在军事上打败的一种反应，但却以摒弃传统的中国中心世界和大规模吸收西方'新学'的努力而结束……1898 年改革的锐利锋刃已直接指向继承下来的政治制度，而以 1919 年五四运动为其标志的彻底的'新文化'思想运动，也被看成是传统道德和社会秩序的一种攻击。"① 可以说，戊戌维新的政治努力虽然失败了，然而其附带而来的知识与文化变革深

---

① ［美］费正清、刘广京：《剑桥中华民国史》上卷，中国社会科学出版社 1985 年版，第 358 页。

深影响了中国未来几年的思想文化界，并掀起了一种世界观与价值观根本性改造的狂热浪潮，为五四先驱者反抗传统文化与礼俗的彻底爆发提供了知识储备与文化参照。美国学者任达在《新政革命与日本》一书中也认为："如果把 1910 年中国的思想和体制与 1925 年的、以至今天中国相比较，就会发现基本的连续性，它们同属于相同的现实序列。另一方面，如果把 1910 年和 1898 年年初相比，人们发现，在思想和体制两大领域都明显地彼此脱离，而且越离越远。"这个观点得到国内不少学者的认可。① 这一"明显地彼此脱离"恰如费正清先生所说的"分水岭"，是古与今、中与西、传统与现代的鲜明判断。可以说，在这"三千年未有之大变局"中，如果从知识与文化本身的根本转变来考察中国文学的现代转型，就会发现一个值得深思的问题，即文学和民俗学、社会学、心理学等诸种学科之间的并发共生性。然而，形成这一现象的原因是什么？它们以何种方式黏在一起呢？这种相互黏合的背后又呈现出了怎样的互动关系？如果从互为因果的关系切入，各学科现代转型萌生的文化迹象将会对文学现代转型起到什么样或者多大程度的干预作用？这一系列问题其实对拓宽文学研究视野、丰富文学现代转型的面貌有着至关重要的作用。这也正如陈平原先生在其具有开拓意义的博士论文中所说，1898 年到 1927 年这 30 年虽然短暂，但其承担的历史重任——完成从古代小说到现代小说的过渡——而言，研究十分重要，可以从文体学、类型学、主题学、叙事学等诸多角度综合把握。②

① 任达书名为 *The Xin Zheng Revolution and Japan*，中译本名为《新政革命与日本——中国，1898—1912》，李仲贤译，江苏人民出版社 1998 年版。该观点见中译本第 215 页。对于此书，国内学者多有关注。如桑兵曾著文《黄金十年与新政革命——评介〈中国，1898—1912：新政革命与日本〉》（《燕京学报》新 4 期，1998 年）专门做过评论；而对于任达的观点，桑兵在《近代中国的知识与制度转型》丛书总序中引用过并进而对近代各学科的现代转型做过详细阐释。
② 陈平原：《中国小说叙事模式的转变·自序》，上海人民出版社 1988 年版，第 1 页。

那么，本书为何选取"祭悼"这一主题呢？一个最明显的原因是"祭悼"不仅是上述各学科的交叉内容，同时祭悼文学书写在古典文学史中是一个极其丰富的存在，其特有的文化观念与心理体验无不鲜明地呈现在各类文学作品中，及至近现代文学史的叙述中却成了一种"断裂"的存在。因此，十分有必要探讨导致这种"缺失"现象发生的原因，并为其争取文学史叙事的一席之地。毕竟，一方面，文学史的构成绝不仅仅是政治的附庸与史料的堆积，文学思潮的精神演进更是文学史摆脱不了的关键所在。这即如勃兰兑斯将文学史当作心灵史看待那样，"文学史，就其最深刻的意义来说，是一种心理学，研究人的灵魂，是灵魂的历史。"① 所以，文学史也可以看成是一个时代的精神发展史，而从祭悼心理的现代变动入手来寻求现代文学的心灵史建构便成为不容忽视的重要视角之一。另一方面，从文化视角来看，儒家思想的关键因素是"礼"，这也是中国传统文化的根之所在。正如钱穆先生在台北接待美国学者时所说："要了解中国文化必须站到更高来看到中国之心，中国的核心思想就是'礼'。"② 李学勤也曾说过，"礼是传统文化的核心，如果忽略了其中的宗教崇拜及有关的思想观念，于传统文化便不能有全面的理解。"③ 而在"礼"的精髓中，祭悼文化又是最重要的一部分，是规范社会秩序与现实人生的重要手段。所以，梁启超在分析中国儒礼文化之后总结说："诸礼之中，惟祭尤重。盖礼之所以能范围群伦，实植本于宗教思想，故祭礼又为诸礼总持焉。"④ 也正因为处在

① ［丹］勃兰兑斯：《十九世纪文学主流》（第一分册），张道真译，人民文学出版社1980年版，第2页。

② ［美］邓尔麟：《钱穆与七房桥世界》，社会科学文献出版社1998年版，第9页。

③ 见李学勤为詹鄞鑫《神灵与祭祀——中国传统宗教综论》作的"序"，江苏古籍出版社1992年版；另外，李学勤在《中国礼文化》（邹昌林著，社会科学文献出版社2000年版）的序言中也有类似的观点。

④ 梁启超：《国史研究六篇》，中华书局1947年版，第341页。

"诸礼总持"的位置上，自人类文明诞生之初，祭悼题材的文学书写就未曾离开过人们的视野。在最早的文学作品《诗经》中，就出现了诸如《清庙》、《维天之命》、《烈祖》等多篇关于祭悼题材的诗歌；《九歌》是民间祭神的乐歌，《国殇》是祭悼和颂赞为楚国而战死的将士；《礼记》中有专门的《祭法》、《祭统》等典章制度；《文心雕龙》中的"宗经第三"、"祝盟第十"等章节中有专门的关于祭悼文学的文体归类；《昭明文选》中有专门的关于祭悼的文章选录；而更为显著的是古典文学史中那些涉及祭祀丧悼方面的散文、诗词、戏剧、小说等体裁创作可谓是汗牛充栋，蔚为大观。然而，从文学史撰写的角度来看，祭悼文学的关注与总结何以到了近代社会转型时期成为一种"悬置"的内容而渐渐从人们的视野里消失？

显然，启蒙、改良、革命、保国、科学、民主等众多时代主题与现代命题在近现代思想文化领域中处在显学的重要地位上，已然掩盖了传统祭悼文学的光辉。因此，只有将祭悼文学置放在一个现代转型的社会环境中加以研究，才能够更好地发掘出祭悼文学及其文化再构所彰显的社会价值与时代意义。所以，就其时间段来说，本书采用当前学界中一个逐步深化并得到统一的共识，即将鸦片战争以来，尤其是戊戌变法之后这一时段的文学发展作为中国文学现代转型的初始阶段。无论从文学的生产体制、消费模式、传播流通等外部环境，还是文学的雅俗观念、功用价值、文体变化、人物塑造等内部因素来看，其所体现出来的新的思维模式与精神维度对当时的文学创作均有着迥异于传统创作的深远影响。从 20 世纪 90 年代海外学者王德威在《被压抑的现代性》中提出"没有晚清，何来五四"的质疑起，现代文学转型于晚清的论证就没有停息过。李欧梵、章培恒、范伯群、朱德发、陈平原、王铁仙、孔范今、栾梅健等诸多学者都有类似的断论。如王铁仙认为，"中国文学的转型并不是从'五四'突然开始的，在 1898 年至'五四'前，在一些文学文本内，从内容到形式都已含有一些现代性因素……，这个时期只能说是现代转型的'准备'阶段，或如梁启超所说的'过渡阶段'，只有到了'五四'时期，中国文学才开始转型。"① 而孔范今先生从文化启蒙角度亦指出，"以戊戌变法失败为契机所引发的梁启超式的反思及其迥异于前的历史性行为，表征着历史由政治变革转向文化启蒙的深刻变化。它虽然只是发生于两次政治变革的历史空档中难以持久，但却有幸成了 20 世纪文化启蒙的开端，梁氏的文化批判及其对'诗界革命'、'文界革命'、'小说界'革命的积极倡导，已揭橥了'五四'新文化运动和文学革命时期所关注的诸多基本命题，并以其在新历史层面上的整合，事实上构成了中国文学现代转型的开端。"② 栾梅健更从都市意象、人物设置、新式器物、主题旨意等方面认定发表于 1892 年的韩庆邦的小说《海上花列传》应当成为中国现代文学的起源。③ 可以说，在康有为发动公车上书，意图以政治革命改变时政的同时，严复、梁启超等人就意识到开民智、新民德、鼓民力等诸种"新民"之举是中国现代转型的发力所在，而五四新文化运动倡导的改造国民精神与风貌的民主与科学努力则成了文化启蒙的根本内容。在这种忧患与期望并存的时代环境中，清末民初出现的一系列文学变革与转型，似利器般划破旧有范式，积极响应着这场文化启蒙运动；到"五四"以道德、伦理、科学等内容为变革要求的新文学革命与新文化革命的彻底爆发，才实现了真正意义上的中国文学的现代转型。所以，将祭悼文学作"穿针引线"之用，在很大程度上可以形成一种文学史意义上的连贯性，使"五四"这一时期在文学史的地位显得并不是那么断裂突兀，既能展现出既往传

---

① 王铁仙：《中国文学的现代转型及其意义》，《中国社会科学》2003 年第 3 期。
② 孔范今：《梁启超与中国文学的现代转型》，《文史哲》2000 年第 2 期。
③ 栾梅健：《1892：中国现代文学的起源——论〈海上花列传〉的断代价值》，《文艺争鸣》2009 年第 3 期。

统文化积淀在此时期的变更，又可突破对 20 世纪 30 年代文学异变的意识形态视角解读，在一定程度上寻求二者之间文化观念上的承接。

如何界定祭悼文学？大体而言，它不仅包括最基本的祭文或悼文等实用文体类文章，更具文学价值的则应指涉那些以缅怀为基本主调，蕴含"阴阳异界"的生命延续，并以语言艺术的形式反映社会生活与生死感悟，特别是呈现日常生活的祭悼文化心理审视的文学创作。其中，展示民族国家的时代内涵，揭示世风变革下个人和群体的命运，表现情爱旖旎的深层体验，以及挖掘新旧并存的文化纷争的作品，占有十分重要而醒目的位置。其所关涉的祭悼对象博杂多样，既有天地神灵等权威象征，又有血脉人伦等亲情对象；既有日月星辰等天体现象，又有山川风雨等自然景观；既有对动物植物的祭悼，又有对人类物品的祭悼；既有虚妄的神灵祭悼，又有现实的人类祭悼。所以，在现代民族国家建构的过程中，祭悼文学以异于旧时代的时代命题与异质旋律奏响了动人的乐章。祭悼哀情不仅贯穿于整个文本当中，极力凸显出时代命题，同时也隐藏在文本当中，构成故事叙事的情感基调与背景衬托。而且，祭悼文学又不仅仅是一种特定的情感艺术表达，它同样呈现出了生死观的顿悟、弥留之际的心态，以及群体伦理规范的恪守，是殉国、殉情、殉道三种时代话语的本真记录。所以说，这种文化学意义上的观照让祭悼文学不单纯是一种文字符码化的表现，更是人精神世界与心理沉淀的折射，在至真、至亲、至善与死亡面前也许是最真实的一种人文迹象。

对生者来说，肉体的死亡并不意味人的最终死亡。所以，祭悼是联结生死两界的行为仪式，需要完成它最终的社会意义。同时，它又是人类的一种心理情感体验，在古今中外的文化思想中都可找到关注祭悼的言论。它涉及活人对死亡现象及相关问题的思考与呈现。一方面，它离不开以信仰为核心的观念体系（如灵魂观念、阴阳两界、生命轮回等），另一方面，又与风俗、仪式等为表现形式的行为特征（如丧葬、招魂、驱鬼、祭祖、祭天）等相联系。可以说，前者是一种抽象的深层思维表达，后者则是前者的具体化行为呈现，祭悼背后有着灵魂不死的原始信仰、慎终追远的儒家伦理、六道轮回的佛教教义、赶鬼驱邪的道教仪式等丰富内容。在这种相互之间交融一体的黏合状态中，祭悼文化便成为围绕死亡事件与死亡活动而形成的思想文化体系，其所囊括的诸如小说、戏剧、音乐、舞蹈、绘画、歌谣、俗语等，都必将成为被关注的对象。因此，本书所要解决的是文学视角下的现代性语境中，祭悼文学样式及其所体现出来的祭悼文化是如何展现出其特有的现代性特质的。毕竟，现代性"在20世纪中国主要不是一种已然的经验性的叙事，而是一个需要实现的目标，对于'现代性'的想象以及渴盼社会迅速'现代化'的理性构想和情感诉求，构成了20世纪中国文学、文化的中心内容"。[1] 而且，"占据中国现代性问题的核心是文化价值、精神信仰层面的变革。也就是说一切变革都需从哲学/信仰层面发动而外推之其他"。[2] 所以，在这种功利性的现代诉求中，如果对祭悼的现象学与社会学等文化内容加以分析，将文学研究放置在"社会学—现象学"的文化阐释性结构中，便可形成一种揭示现代转型期间的祭悼文学的文化意义生成与流变的可能性。

正因为如此，祭悼观念及其所呈现出来的文学想象才会在这种转型的氛围中显得尤为重要。从本质上来说，祭悼不仅是一种个体心理特征的体现，更是一种社会群体心理变相折射。祭悼文学这种古老的文体在近代通过与现代意义上的个性解放、群体意识、国家理念、启蒙思潮、民族主义等内容的相互融合，已然焕发出了前所未有的新生态势，其展

---

[1] 耿传明：《决绝与眷恋：清末民初社会心态与文学转型》，复旦大学出版社 2010 年版，第363 页。

[2] 耿传明：《决绝与眷恋：清末民初社会心态与文学转型》，复旦大学出版社 2010 年版，第365 页。

现出来的内在特质也是现代性文化所提供的。毕竟，进化论式的历史发展趋势、立人的启蒙精神、生活在他处的乌托邦信念、科学至上的理性追求等都是现代性存在状态的诸种表现。这种变化正如法国社会心理学家古斯塔夫·勒庞在其著作《乌合之众》中指出的："真正的历史大动荡，并不是那些以其宏大而暴烈的场面让我们吃惊的事情。在研究造成文明洗心革面的唯一重要的变化，是影响到思想、观念和信仰的变化。"① 所以，祭悼文学正是将一种心理主义的文化问题通过文学的现代转型转到了社会学层面，形成了生者的"此在"观念表现、行为特征与逝者的"彼在"发展态势相互之间的融合。而在这种相互之间交融的状态中，文学现代性的转型才能凸现出其关注的主体"人"的现代性转变，将"新人"的文化构想与政治实践淋漓尽致地发挥出来。而作家内心世界中的祭悼心理体验、作品中隐藏的祭悼主题以及为死者撰写的祭悼文、挽联、墓志铭，甚至与祭悼有关的遗嘱、唁电等内容，为中国现代文学创作提供了一个虚幻的文化现象，也成为文学常青之树的另一重要枝权。

## 二、相关概念的说明与联系

### （一）祭悼、祭祀、悼亡与纪念

简单而言，祭悼是祭祀和悼亡的合体称呼。祭祀偏于仪式活动与社会意义，而悼亡则偏重生者对亡者的情感寄托，二者都是为了纪念，并以自身特定的方式在特定的时间和地点向特定的对象表达特定的情感，从而形成了特定的社会意义与时代命题。

细而言之，祭祀是儒教礼仪中最关键的所在。其中，"吉、凶、军、宾、嘉"五礼又是社会行为的典型表现，而属于吉礼的祭祀最为重要。

① ［法］古斯塔夫·勒庞：《乌合之众——大众心理研究》，冯克利译，中央编译出版社2000年版，第5页。

11

古代宇宙观最基本的三要素是天、地、人，因此祭祀对象便可简单分为三类：天神、地祇和人鬼。这就是《礼记》中所说："夫礼，必本于天，肴于地，列于鬼神。"①《荀子》中也说："礼上事天，下事地，尊先祖而隆君师，是礼之三本也。"② 其中祭天神称祀，祭地祇称祭，祭宗庙称享，有着明显的称谓分类。祭祀的法则详细记载于儒家经典《周礼》、《礼记》中，并有《礼记正义》、《大学衍义补》等书进行解释。同时，中国古代讲究"神不歆非类，民不祀非族"，有着较强烈的信仰区别与血缘传承；而且，祭祀有严格的等级界限，天神地祇只能由天子祭祀，诸侯大夫可以祭祀山川，士庶人则只能祭祀自己的祖先和灶神，汉人祭祖也可算是宣告自己为炎黄子孙最直接的方式。

当然，古代这种祭祀仪式在晚清以来受到了极大的冲击，其祭品的选择与处理，祭祀场所、祭祀人员、祭祀行为与祭文的内容等都发生了翻天覆地的变化，更为主要的是祭祀这种古老文化所彰显出来的社会意义发生了现代性位移，传统先贤、侠士豪杰、革命先烈、民族英雄等祭祀对象都具有了文学叙事的划时代意义。尤其在爱国救亡的革命时期，英雄烈士的献祭行为更是超越了个体生命的本真价值，在近代报刊媒体的参与下发挥了淋漓尽致的社会意义。而且，追悼会、公祭仪式等现代祭祀形式的出现也带来了一种全新的公共性道德价值与社会价值，从另一侧面推动了诸多大规模的群众性社会运动。然而，这种生命献祭行为又同样存在于不同政治利益的权力纷争中，存在于"生命能否承受其重"的现代舆论交锋中，存在于"公"与"私"、"个体"与"国家"的双向互动中，存在于无神论信仰的批判中。所以，这种资源争夺的背后又为祭悼文学的书写提供了多义阐释的话语空间。

"悼亡"一词在《现代汉语大辞典》中解释为："悼念死去的妻子，

---

① 《礼记·礼运》。
② 《荀子·礼论篇》。

也指死了妻子。"这种说法源起于晋代潘岳为其妻子作《悼亡》诗三首。而《辞源》更明晰地解释为："晋潘岳妻死，赋《悼亡》诗三首，后因称丧妻为悼亡。"由此可见，后代文人丧妻后，都纷纷用"悼亡"作为诗词主题怀念亡妻，渐渐地，"悼亡诗"也就约定俗成地表达夫悼亡妻的内容。但是，这种习惯并不规范，有很多例外的诗词出现，如明代的孟淑卿、薄少君、顾若璞、商景兰等女文人，都同样以《悼亡》为题纪念亡夫，民国时期何香凝作诗悼念丈夫廖仲恺时，亦题名《悼亡》。所以，悼亡诗词的范围在逐渐扩大，但悼亡对象却离不开夫妻二人。而且，与遵循一定格式要求的祭文相较而言，悼亡诗词创作也更加自由，是文人真实心性的直接呈现，受意识形态影响较少。到晚清以后，社会局势的变动限制了诗词的发展空间，但悼亡情结却仍在延续，在小说、散文、戏剧等体裁中仍会出现众多悼念妻子或者丈夫的优秀作品。除此以外，悼亡对象也有心爱之物、难舍之人、离世烈士、在世卖国贼等对象的加入，丰富了悼亡文学的叙事空间与意义呈现。

　　本书在这里将"祭悼"作为考察对象，是将"纪念"与"祭悼"二者对死亡的意义与情感，以"求同"的方式融合在一起，在"纪念"的背后发掘机体"死亡"之后的文学观照，故"纪念"就有一种祭悼层面上的"广谱"效应。而民国时期朱公振对"纪念日"的解释有助于理解"纪念"与"祭悼"的关系。他说："凡是一件事情已经过去，或是一个人已经死掉，可是这件事情和这一个人，对于国家社会人类，确是有很大的关系，使得我们不忍把他忘掉，应该深深纪念着的，那么就把这件事情发生或是成功的日子，这个人的生辰和死期，作为一个纪念的日子。年年到了此日，大家便用种种方法纪念他，这个纪念日子，就叫做纪念日。"① 所以，从纪念这个层面切入，就会发现祭祀之仪式

---

① 　朱公振：《本国纪念日史》，世界书局 1931 年版，第 1 页。转引自李俊领：《中国近代国家祭祀的历史考察》，山东师范大学 2005 级硕士学位论文，第 8 页，引注 18。

活动、文本中悼亡的情感体验都将会成为本书关注考察的对象。

（二）祭悼文体分类与晚清以来祭悼文学

祭悼文学中最基本的要算祝、诔、吊、祭等实用文体类文章。古典文学中有关祭悼文体有很细致的划分：曹丕的《典论·论文》中有"铭诔尚实"之说，即"诔"强调内容的真实性；陆机的《文赋》认为"诔"具有"缠绵而凄怆"的美学特征；刘勰《文心雕龙》中的"祝盟第十"、"诔碑第十二"、"哀吊第十三"等章节是对祭悼文体的一个归纳；任昉的《文章缘起》中将文体分为 85 类，其中涉及祭悼文体的有吊文、哀颂、哀册、墓志、祭文、诔、挽词等分类；萧统的《昭明文选》序言中有"吊祭悲哀"的文体说明，而且在文章选择上亦有清晰的区别；明代吴讷的《文章辩体序说》与徐师曾的《文体明辨序说》等论著中亦有祭悼文体的专门介绍；及至清代姚鼐的《古文辞类纂》将文体分为 13 类，而"哀祭"便占据其中一类；到近代曾国藩这里，所著《经史百家杂钞》一书将文体分为 11 类，仍将"哀祭"一类保留下来。自古及清代，祭悼文体名目繁冗，较常见的有"祝"、"诔"、"吊"、"祭"。

"祝"，在古代是"祭于神明"的文体，早在口头文学时期，祝词就已经在上古人民和大自然的斗争中广为流传。后随着文字符号的出现，多由长于文辞的人担任"祝史"一职，祝史官职的设置及其所撰写的祝文极大地丰富了祭悼文体的内容与形式。

"诔"，在严格意义上来说，是古代达官贵族死后，累计其生时德行，用以确定谥号的一种祭悼文体。《说文解字》中将"诔"定义为"诔，谥也。从言，耒声。累列生时行迹，读之以作谥者。"[1] 后期逐渐泛化，只要累列死者生平，表示哀悼的都可算作诔文，不过最基本的要

---

① 许慎：《说文解字·言部》卷三上，中华书局 1985 年版，第 76 页。

求是上不谍下，贱不谍贵，幼不谍长。可见，"谍"这一文体，虽不一定用来确定谥号，但却可以彰显"官方与权贵"的肯定与缅怀。

"吊"，往往用于灾祸的慰问与死丧的凭吊活动，先有吊辞，后逐渐出现吊文，其产生与现实生活中的凭吊活动密切相关。最初的吊辞多用于对遭遇灾祸凶丧的生者的慰问，后由慰问生者转向了祭悼死者，吊文也慢慢兴盛起来。刘勰在《文心雕龙·哀吊十三》中，对"吊"的写作对象进行了详细解释，对此，范文澜注为：吊有三义，问终、至、善。① 所以说，吊文可算是最早出现的哀悼文体之一，它直接面对的是死者的现场，是一种"问终之辞"，是古代丧礼的重要组成部分之一。

"祭"，最初是为了祭祀神灵而采用的一种悼念文体，后来，祭悼的对象慢慢人化，成为祭悼亡者（包括圣、贤、亲、友等）的主要文体之一。但祭文并不仅仅限于祭悼亡者，它有更多"物化"的关注对象。所以清代吴曾祺在《文体刍言》中总结说："祭则所用者广，不尽施于死者，如告祭天地、山川、社稷、宗庙。凡一切祈祷酬谢诅咒之举，莫不有祭，祭莫不有文。"② 可以说，祭文本身涵盖了更多的内容，成为丰富繁荣祭悼文学最主要的文体。

毫无疑问，如此斑驳繁杂的祭悼文体孕育了大量的优秀祭悼文学文本。在汗牛充栋的古典文学世界里，宋玉的《招魂》、贾谊的《吊屈原赋》、潘岳的《悼亡诗》、庾信的《伤心赋》、张说的《李工部挽歌》、孟郊的《悼幼子》、颜延之的《陶征士诔》、苏轼的《亡妻王氏墓志铭》、归有光的《寒花葬志》、王士禛的《亡室张孺人行述》、袁枚的《祭妹文》等作品，可以说，都是文学史中的典范之作，无不闪耀着人性的至真至善至美的情感，传递着缠绵哀伤无奈的痛楚。然而到近现代文学文体转型变革后，诗、文独霸文学的格局被小说打破了，文体类祭

① 刘勰：《文心雕龙·哀吊十三》，范文澜注，人民文学出版社1985年版，第245—246页。
② 吴曾祺：《涵芬楼文谈·文体刍言》，商务印书馆1917年版，第45—46页。

悼文逐渐被更多的蕴含祭悼情愫与审美体验的小说作品所取代。所以，在这种祭悼观念与文学想象的支撑下，王韬的《眉珠庵忆语》、沈复的《浮生六记》、天虚我生的《玉田恨史》、周瘦鹃的《此恨绵绵无绝期》、无生的《轩亭复活记》、静观子的《六月霜》、鲁迅的《伤逝》、庐隐的《秋风秋雨愁煞人》和《归雁》、梁实秋的《槐园梦忆》、陈翔鹤的《悼》、朱自清的《给亡妇》等祭悼文学文本脱颖而出，成为近现代文学史叙事的重要补充。透过这些文学作品，不难发现一个非常重要的，但却容易被研究界忽略的学术话题。

　　这就涉及本书的基本立足点问题。祭悼文体是本书所要关注的内容之一但不是重点，同时，对其进行归纳不是为了寻找各文体的差异性，而是为了寻找文体之间所呈现的相似的功利性、情感性以及文化性。所以，本书不打算将传统祭悼文体的现代流变作为考究对象，而是将诸种文体成文后所体现出来的祭悼情感、社会意义与文化表征作为观察对象。这种尝试基于以下几点认识：第一，上述诸种祭悼文体在中国文学现代转型的语境中已经淡化出了历史关注的场域，但从文学史的叙事角度来看，转型变革的祭悼文体背后所呈现出来的心理因素有着文学心灵史编撰的考证价值；第二，祭悼文体不仅仅是一种情感的寄托，更是一种实用性文体，有着对家族、民族、国家等的功能性因素，这种情况在剧烈的时代变局中表现得更加明晰，所以"个体"与"国家"之间千丝万缕的联系在祭悼内容上尤显重要；第三，将文学文本中溢出的传统祭悼观念置于一种现代转型的时空环境中，亦可以揭示人之"标新"与"守旧"的双重矛盾性，而这矛盾本身却恰恰揭示了现代性步伐的复杂与艰难选择；第四，从文化意义上来看，祭悼诸文体自身演变的实质就体现了一种由"巫祝文化"到"礼乐文化"的文明转变，一种由"神本主义"到"人本主义"的世俗转化，一种由"愚昧盲从"到"明悟自觉"的信仰变革，这也是一种现代性流变的最基本体现。

（三）家、家族、民族、国家与祭悼

祭悼从社会行为来看是一种秩序与规范，它本身整合了人间权力与超自然力量的权威，核心概念便是"秩序"，实现了将文化构建与权力实施的紧密结合。其中，文化的构建出自对神灵的宗教信仰，而秩序的稳定则源于社会权力的实施。这就出现了两个相互关联的问题，一个是祭悼文化如何构成，一个是社会权力如何实施。前者是合法性问题的反映，后者则注重由合法性最终衍生的秩序。而问题的落实则应从祭悼观念与社会秩序二者之间的交融共生关系着手，这就离不开对大社会概念下的家、家族、民族、国家等基本组成单位的关注，这些因素又恰恰与祭悼观念的生成有着千丝万缕的联系，尤其是在现代转型的时空环境中，都是脱离不了的考察对象。

"家"本身就是一个模糊的词汇，尤其是这个词汇本身所外延出来的文化含义，在中国传统文化的语义场中更是难以得到明确的解释。一方面，它是社会组织形式的最小单位，是以血缘、婚姻等关系组建而成的，有着特有的地位空间概念和稳定的发展模式。同时"家"还处在一个变动不居的历史范畴中，并且由于家庭成员的不断扩大以及各个家庭之间相互的融合补充，在相对稳定的地域空间内依照血缘、亲缘、婚姻等关系又组成了更大规模的社会群体和利益共同体——家族①，而且家族中的族谱、祠堂等文化载体又承载了各成员共同的集体观念与家族

---

① 族，原本是假借字，把许多支矢装在一起叫"族"，后来写作"镞"，意指盛箭矢的袋子。许慎《说文解字》卷七上：族，矢缝也，束之族族也。段玉裁注：族族，聚貌。《白虎通》班周解释："族者，凑也，聚也"，同姓子孙相亲爱，死相哀痛，会聚有道，谓之族。按照林耀华的说法，也就是"家庭是最小的单位，家有家长，积若干家而成户，户有户长，积若干户而成支，支有支长，积若干支而成房，房有房长，积若干房而成族，族有族跃。下上而推，有条不紊"。见林耀华：《义序的宗族研究》，生活·读书·新知三联书店2000年版，第73页。

意识。这正如梁启超所说，"吾国族制之发达最备，而保守之性质亦最强，故于祭天之外，祀祖为重。所谓天神、地祇、人鬼，凡称鬼者，皆谓先祖也。"① 这种说法虽然过于偏激，但却直接地揭示出传统"天道与人伦"的根本所在，而"人伦"中所体现出来的家族秩序的根基——祭悼祖先——显得尤为重要。另一方面，如果从家以及由家"膨胀"而成的家族这二者之间的外化形式——具体的社会事件与风俗民情等形态来看，还会表现出众多的相通之处。这种相通在本质上是一种伦理秩序、价值取向、人伦规范等内容的具体体现，既有夫义妇顺、父慈子孝、兄友弟恭等伦理范式，又有婚丧嫁娶等生存礼仪。但基于研究需要，本书所关注的仅限于家庭、家族与祭悼的关系，而二者之间互相沟通的桥梁便是传递情感的工具——文学。可以说，在文学视角的涵盖下，祭悼理念及其仪式不仅传递着生物意义上的血脉关系与种族延续，同时也是一种生存境遇、生命感悟的情感体验。值得一提的是，在中国现代作家的笔下，"家族"是一个由来已久被关注的话题，但"家族小说"背后所彰显的祭悼情结却往往被研究者所忽视。面对亲人的死亡，生者的祭悼精神信仰问题在研究领域里得不到应有的地位不得不说是一种遗憾。

在家族的基础上，又因相互之间近似的生活习俗与风俗构成具有相同特征的群体——民族，它是长期历史形成的社会统一体，是一个"有共同语言、共同地域、共同经济生活以及表现在共同文化上的共同心理素质的稳定的共同体"②，体现着交融互渗、共同发展的特性。在民族自身发展的历史进程中，由氏族、部落等组建而成的原始民族发展成为阶级社会后的古代民族，又由古代民族发展成为现代性理念感召下

① 梁启超：《胚胎时代》，《梁启超全集》第 3 卷，张品兴主编，北京出版社 1999 年版，第 564 页。

② 《斯大林选集》上卷，人民出版社 1979 年版，第 64 页。

的现代民族，有着一种进化论式的渐进发展态势。而且在这种流变的过程中，存在着难以抹杀掉的共同点。虽然梁启超在《新民说》中将种族作为界定民族的第一要义，但他认为"民族主义者何？各地同种族、同言语、同宗教、同习俗之人，相视如同胞"的观点也颇有道理。① 孙中山也说，"许多不相同的人种所以能结合成种种相同民族的道理，自然不能不归功于血统、生活、语言、宗教和风俗习惯这五种力，这五种力是天然进化而成的，不是用武力征服而来的。"② 由此可见，信仰与习俗等内容潜移默化地产生了族类观念，并对民族的形成与稳定起到了重要作用。这种情况在晚清以来多灾多难的民族危机下显得极为明显，而其中的祭悼习俗与信仰对"现代民族"的凝聚与融化又有着举足轻重的作用。毕竟，凝聚民族的力量仅仅凭借振臂呼唤全然不够，而祭悼民族英雄与同胞挥洒的热血与精神更能在国民心中产生激动的情绪，民族主义才会得到全面的张扬。

危难之中，民族与国家总是紧密结合在一起的，并且也只有进入近代以后才让中国人幡然醒悟，有了从"天朝上国"到"现代国家"这种意识的转变。梁启超的认识最具代表性，他在 20 世纪初就清晰地认识到了中国民众对"国家"与"爱国"的理解："我支那人，非无爱国之性质也，其不知爱国者，由不自知其为国也。中国自古一统，环列皆小蛮夷，无有文物，无有政体，不成其为国，吾民亦不以平等之国视之。故吾国数千年来，常处于独立之势，吾民之称禹域也，谓之为天下，而不谓之为国。既无国矣，何爱之可云？今夫国也者，以平等而

---

① 梁启超：《新民说》，《梁启超全集》第 3 卷，张品兴主编，北京出版社 1999 年版，第656 页。

② 孙中山：《三民主义·民族主义（第一讲）》，《孙中山全集》第 9 卷，中华书局 1985 年版，第 188 页。

成；爱也者，以对待而起。"① 可以说，西方列强以军事手段打开中国大门后，带来更多的是观念与文化的侵袭，重新思考国家独立富强的历史使命成了先进知识分子不懈的努力。在爱国与救国的焦虑中，晚清以来的祭悼观念在现代国家的逐步确立中发生了微妙的变化。第一，传统的祭天大典随着封建帝制的消亡慢慢退出了历史舞台，由天伦的神秘感到人伦的现实感越发成为祭悼意义的主旋律；第二，祭孔之举随着政治与文化的需要出现了"尊"与"破"的两难选择，而其背后呈现的则是政治或文化权力场域的争夺；第三，祭悼孙中山等国家缔造者取代了以往的帝国君主祭悼，而在祭悼符号发生时代性转变的内涵背后，则凸显出了民族、民主、民权等的现代呼声；第四，从神祇帝王到秋瑾等人民英雄，祭悼对象的变更亦引发了祭悼形式的改变，从追悼会到期刊报纸祭文，从黄花岗烈士碑到人民英雄纪念碑，这类新式的祭悼仪式已经成为国民缅怀国家英雄的主要形式之一；第五，传统祭悼文化的迷信成分与现代国家的"科学"诉求存在着冲突与交融的状态，儒家伦理主导的底层乡土仍具有较强的自治能力，形成了国家追求文明进步过程中貌似"不和谐"的音符；第六，民间祭悼与民族国家的祭悼有着本质区别，前者强调一种"出世"的精神，关注个人的死亡归宿、生命价值和精神超越，具有灵魂救赎的性质，而后者则强调一种"入世"精神，是社会秩序与等级层次的体现，为国家的存在与稳定提供终极价值依据，同时又能够提高集体性的道德伦理与公共思想秩序。

晚清以来的现代转型语境中，民族与国家确实是"水乳交融"，难以单独分开，而上层政权更知道"移风易俗，天下皆宁"的道理。所以，祭神、祭孔、祭天、祭祖等寓涵传统政治思想的祭悼内容与国家祭

---

① 梁启超：《爱国论》，《梁启超全集》第 2 卷，张品兴主编，北京出版社 1999 年版，第 270 页。

悼渐渐分离，取而代之的是民族、国家的本位主义成为国家祭悼的最终目标，并将"祭悼—政教"这种一体化的模式演绎成了新式现代祭悼意义，它不仅是一种信仰，更是一种政治。而且，这种意识形态的转变又创造了晚清以来新式的权力话语，影响了20世纪中国文学的发展模式。所以，以现代性反思中国现代文学的发展历程，就会发现"对现代性进行思考和肯定的一个重要方面就是建立现代民族国家的理念，这使汉语的写作和现代国家建设之间取得了某种天经地义的联系"。但更应说明的是，在国家意念下"汉语的写作与阅读实践就已经被'国有化'或'现代化'了，而与之相对的较'私人化'的文类，如古典文论中归纳的诔、碑、铭、箴等等，则被排除在民族国家文学的大意义圈之外，受到冷落或轻视"。① 可见，汗牛充栋的文学史料中，"私人化"的东西在文学史面前似乎更应该发挥其本身的文学价值，祭悼文学也应该从被"遮蔽"的状态中发掘出来，成为丰富文学史叙事与书写的另一种内容。

## 三、相关研究现状

从现有成果来看，祭悼文学研究从来都为古典文学研究所青睐，而且成果十分丰硕。如王立的《中国文学主题学——祭悼文学与丧悼文化》（中州古籍出版社，1995年）和《永恒的眷恋——祭悼文学的主题史研究》（学林出版社，1999年）两部论著，有着迥异于传统古典文学研究方法的新思路，作者以主题学研究方法进入，具有一定的开拓性。还有一些硕博论文关注祭悼主题文学：如辽宁师范大学韩林硕士论文《佛教与宋前叙事文学的祭悼主题》（2002年），从祭悼对象角度入手，揭示出佛教传入前后，宋前祭悼文学主题的异同及其文学史意义；

---

① 刘禾：《文本、批评与民族国家文学》，唐小兵编：《再解读——大众文艺与意识形态》，北京大学出版社2007年版，第17页。

四川大学彭兆荣博士论文《仪式谱系：文化人类学的一个视野——酒神及其祭祀仪式的发生学原理》（2002 年），从文化人类学理论出发，采用中西文化比较的方法，对酒神及其祭祀仪式的发生进行了研究；青岛大学崔世俊硕士论文《〈九歌〉与巫术祭祀仪式》（2004 年），在对《九歌》进行分类的基础上，探讨了《九歌》与巫术祭祀仪式的关系；首都师范大学李瑾华博士论文《〈诗经·周颂〉考论——周代的祭祀仪式与诗歌关系研究》（2005 年），通过对诗歌所用的祭仪背景及相关祭祀制度的追溯，考论周代祭礼诗歌的源起、创制主体、内容及形式特色，并发掘祭礼歌诗的仪式功能；暨南大学王琳硕士论文《〈楚辞·九歌〉与楚地祭祀文化研究》（2005 年），着重从文献、考古、民俗三个层面研究《楚辞·九歌》的篇名来源、文章主旨、文体特征以及感情色彩的由来与表现等问题；四川大学龚泽军博士论文《敦煌写本祭悼文研究》（2005 年），立足敦煌祭悼文献，历时与共时结合，细致分析了敦煌祭悼文中所蕴含的民俗、宗教、语言、文学等内容；华中科技大学陈哲硕士论文《祭祀文化与〈说文解字·示部〉研究》（2006 年），认为《说文解字·示部》表明了自然崇拜、灵魂崇拜、生殖崇拜、祖先崇拜的先后关系，在祭祀的原则、目的和种类上体现了祭祀文化由原始宗教行为向世俗化和伦理化的发展；东北师范大学张影博士论文《汉代祭祀文化与汉代文学》（2009 年），对祭礼、神灵等现象的兴盛状态进行研究，揭示了这些因素对汉代文学的深远影响；扬州大学问海燕硕士论文《〈诗经〉祭祀诗研究》（2010 年），涵盖了《诗经》中祭祀诗的分类与界定、周代祭祀仪式、周代宗教思想三个方面内容；兰州大学张玉硕士论文《雩祭及其演剧原型探究》（2010 年），以西方原型理论为研究出发点，对上古华夏民族三大祭祀之一的雩祭进行了详细介绍，并探究了雩祭过程中的种种"戏剧化"的演剧活动。

然而令人遗憾的是，虽然近世社会的转型带来了传统文学的现代性转变，但专门研究近现代转型时期祭悼文学的专著却没有出现，我们只能从部分硕博论文中捕捉到祭悼文学那淡出研究视野的华丽"身姿"。如中国社会科学院研究生院姚兴富博士论文《耶儒对话与融合——〈教会新报〉（1868—1874）》（2003 年），以《教会新报》作为立论基础，从宗教信仰角度出发，对耶儒两家异质文化进行了丰富翔实的考证，其中一部分涉及了传统祭悼文化与西洋上帝崇拜的交锋与融合；上海大学张菡硕士论文《清末民初悼亡文学潜流初探——中国小说近代变革研究一种》（2003 年），以传统诗文创作与小说叙事的相互渗透为切入点，分析了从《影梅庵忆语》到《伤逝》的不同时代悼亡文学所展现出的当时人们对生活方式的选择、人生观念的变化以及文本叙事策略本身所发生的一系列变化，展现了清末民初祭悼文学的变革；山东师范大学李俊领硕士论文《中国近代国家祭祀的历史考察》（2005 年），从历史学角度，再现了近代以来祭悼观念变迁下国家图景的整合与重构；浙江师范大学夏文建硕士论文《清"忆语体"散文艺术论——兼论清"忆语体"散文对悼亡文学的开拓》（2007 年），以清末民初"忆语体"散文为关注对象，梳理了悼亡文学由古代向现代过渡的基本脉络；兰州大学王元忠博士论文《鲁迅的写作与民俗文化》（2008 年），从民俗学角度切入鲁迅研究，其中部分章节涉及祭悼观念对鲁迅创作的影响；上海大学刘长林博士论文《自杀如何被赋予社会意义（1919—1928）》（2008 年），从社会学角度阐释了因爱国而自杀献身的英雄烈士，在现代媒体与追悼仪式上所被赋予的社会意义。

可以说，无论从文化视角入手，还是从社会心理积淀入手，抑或从"个体—群体"的信仰入手，近现代转型语境中祭悼文学研究都有丰富的可挖掘空间。同时，祭悼主题又是各学科的交叉内容，文学、社会学、历史学、民俗学、人类学、心理学等都有所涉及，研究成果可谓蔚为大观。因此，如果从研究内容上对这些主要成果进行必要的归纳，作为多学科交叉的祭悼文化会愈显其丰富多样，也只有在这种多元化的视域下展开对祭悼文学的研究，才能拓宽研究视野，理顺撰写的思路，丰富本书写作的内容，现分类总结如下：

有从宗教伦理方面对祭悼文化进行研究的。如张树国的《宗教伦理与中国上古祭歌形态研究》（人民出版社 2007 年版），在对上古诗歌起源及发展史、诗歌的文化内涵及美学内涵认真研究的基础上，提出了"诗乐舞产生并发展于祭祀仪式"的文学艺术起源说。雷闻的《郊庙之外：隋唐国家祭祀与宗教》（生活·读书·新知三联书店 2009 年版），贯通了国家祭祀与宗教信仰、民间社会习俗的联系，建立了一种国家礼制与民众宗教信仰相互影响而有着互动关系的新思维。詹鄞鑫的《神灵与祭祀——中国传统宗教综论》（江苏古籍出版社 1992 年版），将祭祀作为人们信仰神灵的一种宗教伦理来论证。

有从社会学角度对祭悼观念进行研究的。如法国社会学年鉴学派代表人马塞尔·莫斯的代表作《巫术的一般理论　献祭的性质与功能》（杨渝东等译，广西师范大学出版社 2007 年版）一书，关注巫术中巫师的职业，发掘出了这种个体性行为的实质意义上的社会集体性属性，同时又将祭悼行为置放在宗教精神中，验证了他从观念、行为入手所提出的"整体社会性"的理论。

有从政治学角度探讨祭悼观念与国家集体意识生成的互动关系的。如日本学者子安宣邦的《国家与祭祀》（董炳月译，生活·读书·新知三联书店 2007 年版），在思考现代国家的形成与祭祀关系的基础上，提出战争之国即祭祀之国的观点。换言之，近代日本作为战争之国而存在的起源正在于通过国家神道建立起来的祭祀性，更准确地说是由这种祭祀性所保障的国民的统一。王柏中的《神灵世界秩序的构建与仪式的象征——两汉国家祭祀制度研究》（民族出版社 2005 年版）从历史发展的客观角度，系统分析了两汉国家祭祀制度的生成与演化，探讨了国家权力与社会秩序的构建。

有从民俗文化学角度探讨祭悼观念的生成与演变的。如张光直的《美术·神话与祭祀》（郭净译，辽宁教育出版社 2002 年版），将考古学的、文学的及艺术的材料与观点结合起来，对古代中国的文明展开了深入剖析。赵世瑜的《狂欢与日常——明清以来的庙会与民间社会》（生活·读书·新知三联书店 2002 年版），通过民间庙会的祭悼行为，探索了明清社会转型时期的民众生活和大众文化与文学。

有从少数民族祭悼仪式方面进行研究的。如吴晓东的《苗族祭仪"送猪"神辞》（吴老腊演诵，吴晓东译，民族出版社 2007 年版），这种深入民间的"采风"式研究方式，为作者从事中国南方民族口头文学研究提供了翔实的第一手资料。

也有专门选编各类祭悼文章并研究其背后隐喻故事的。如《祭往：挽联中的近代名人》（刘磊、方玉萍，长安出版社 2006 年版）一书，从曾国藩、李鸿章、张勋、蔡元培等十多位近代名人的挽联入手，以哀歌动人，以挽联招魂，细致阐述了他们的生死感悟及追怀。

当然，还有为数不少的论文涉及祭悼观念及祭悼文学的研究，但限于篇幅，在此不一一列举。这里不得不说的是，在中国文学现代转型的语境中观察祭悼观念及其文学想象将会面临一个新的研究困惑，即从现有资料来看虽然庞杂丰富，但真正将这些材料转化成文学意义上的为我所用却又非常棘手。换句话说，与古典文学相比较，我们的现当代文学研究中不乏对死亡主题关注的力作，但对死亡之后的祭悼主题却几乎无人问津。不关注不能说不重要，而是表明我们重视的程度不够，因此，是时候揭开它的神秘面纱了。

**四、研究目标、思路、方法**

社会的根本性变革孕育了一种文化转型语境，而这种语境提供了

"传统"与"现代"这两个言说不尽的话题。也就是说文化价值观念发生了一种趋向性位移，传统文化价值观念受到批判、否定乃至改造，以此建立新的文化价值观念来适应这种新的社会现实。然而，需要说明的是，这二者之间绝不是一种简单的断裂关系，"传统/现代"的框架处在一种松动但不瓦解的交融状态中，即变革者仍有传统观念，遵循旧传统的人也对西学、现代观念有所了解。所以波德莱尔说，"现代性，就是那种短暂的、易失的、偶然的东西，是艺术的一半，它的另一半内容是永恒的、不变的。"① 这也是现代性自身悖论的一个突出表现，即现代性的进展过程中离不开传统因素的构建。带着这种前置逻辑，我们更应将"从传统到现代"理解为"在传统与现代之间"。因此，本书研究目标如下：

第一，考察在现代性语境下祭悼文学及其文化转型是怎样在"三千年未有之巨变"的格局中蜕变更新的，并试图发现其内在的文化脉络及时代意义。

第二，以"国殇"命题切入，考察革命背景下的政治与祭悼二者之间的关系。即祭悼情怀如何在民族主义与国家主义激情感召之下得以释放，而文学又是如何通过这种祭悼之情将其演变成为一种社会心态的，不仅参与并塑造了文学的另一种现代转型模式，同时又实现了文学由"人"的关注到"社会"的关注的合法化变迁。

第三，以"情殇"命题切入，考察阴阳两界情感脉络的文学书写。即阐释具体文本中的祭悼情感是如何被文学想象的，这其中包括个案作家的祭悼观念以及以何种形式呈现在其文学创作中。

第四，以"道殇"命题切入，考察现代转型中新旧祭悼文化对峙与交融的状态。即祭悼文化在本土化与西化之间的互动关系以及五四

① 转引自伊夫·瓦岱：《文学与现代性》，北京大学出版社 2001 年版，第 10 页。

"激进反传统"与"激进反西方"两层语境下如何实现互为对方参照的建构方式与内容。其中祭悼文化中的反迷信运动、无神论信仰下的祭悼观,以身殉道文化名人的信仰坚守等内容都纳入到本书的研究当中。

目标确定后,便会形成一种研究的思路与方法。而文学研究与文学创作一样,也总是在"自律"与"他律"的方法中纠结着。20世纪80年代初,学者们以焦虑的心态,急于摆脱"文艺为政治服务"这种"他律"式的方法束缚,纷纷转向"审美论"、"主体性"、"语言论"等"自律"式方法研究,形成了一股强烈的"向内转"的发展趋势。但正当我们国内如火如荼地展开这种被认为最能体现"文学性"的研究方法的同时,国外的各种"后"学又传到了国内,引起了中国文学研究领域的再次转向,那就是文学研究的文化视野的勃兴。事实上,对文本做"新批评"式的研究,就艺术谈艺术,很容易让文本与社会现实产生人为的"间性"隔离,使得我们无法获取到时代的折射与现实中紧迫的问题意识,而切中时效的批评模式也难以生成。这样文学文本外部的"他律"研究方法便成为一种被关注的转向方法出现了。于是,西方流行的文化研究中的跨学科多学科的研究方法,重视文学与历史、教育、科学、宗教、神话、艺术等相互之间关系的研究,成为我们借鉴的一种有效方法。基于此,本书将会从祭悼文学传统源流及本土化文化构建、祭悼情感救赎与乡土祭悼叙事、西方祭悼观对传统的冲击与再构以及民族国家主义与话语等几个方面来阐释中国文学现代语境下的祭悼文学及其文化转型的构建过程。

第一章对祭悼文学进行简要的溯本逐源式梳理。从对待死亡的态度阐释传统的祭悼观念,并以"个体—群体"的社会心理学内容继续深化这种祭悼观念的生成,进而述说如何形成文学意义上的想象存在,这包括传统的祭悼文学模式流变与现代祭悼文学关注下的"世风"转变与"社会"的被发现。紧接着,第二章在"国殇"命题之下,阐释革命高涨中的祭悼观念如何以文学文本呈现出来以及如何体现出其特有的社会意义，同时在科学/政治的对视视角中揭示出"反祭悼"/"返祭悼"的不同取向与文学再造；对当时隆重而庄严的祭孔活动进行必要的文化考究。第三章则从"情殇"角度切入，通过具体的文本与相关祭文，分析清末至五四现代转型期间的祭悼情感体验，包含爱情乌托邦的以及五四涅槃情结等祭悼心理体验。第四章站在"道殇"立场上，将研究视角延伸到五四时期，以本土/西方互为参照的对比来详细论述二者在文化/文学的层面上的彼此建构，发掘在无神论宣扬下的鬼神观与祭悼观的合法性与合理性，以及传统文化式微下捐躯殒命的殉道文化人的献祭精神与信仰坚守；梳理西方知识话语影响下的作家们如何实现自我的祭悼观念书写；而祭悼文化与鲁迅文学创作二者之间的关系则作为个案加以细致分析。

在阐释祭悼观念被文学想象与建构的文化历程的研究思路下，研究方法就不应仅限于单一的文学文本框架之内，它必须借鉴西方的文本"互文性"方法来研究，既应基于社会学、历史学、心理学、民俗学等学科的理论之上，也要与个体的人，阶级意识，现代民族、国家的形成发生密切的关联，在这种动态的"间性"中丰富祭悼文学的研究视域。互文性最早是由法国文学批评家茱莉娅·克里斯蒂娃根据巴赫金的"对话性"和"复调"理论提出的，意在强调"任何作品的本文都像许多行文的镶嵌品那样构成的，任何本文都是其他本文的吸收和转化"①。由此可知，每一个独立的文本可以看作是一个"正文"，而"正文"与"正文"之间的互为关联便是文本意义的"生产场所"，表现出一种"互文间性"的特征。所以文学作品不再像索绪尔式语言学阐释的那样，是一种文字排列而成的表象，文学意义的生成应在一种相互参照、

---

① 赵毅衡编：《符号学文学论文集》，百花文艺出版社 2004 年版，第 374 页。

彼此关联的动态网络体系中得以实现，形成一种完全交融和对话的文本共存状态。作为一种重要的研究理论，互文性理论注重将文学的外在因素和影响文本化，无论是政治的、历史的、民俗的或社会的、伦理的、心理的都可以视为"互为文本"，这就摆脱了仅仅局限于传统意义上自足与封闭的文学文本研究思路。

在具体操作上，本书将以一种时间和空间跨度式的研究方式切入到不同时代、不同学科、不同社会领域、不同作家等的各种文本当中，对祭悼观念及其文学想象的源流、传播、移植、转型、互文等各种情况进行较为全面的追踪，力求形成一种多向度阐释的可能。同时，在文学/文化的文本互置视域内，更应有意识地涉及由文学文本的互文性转移到文化互文性的逻辑变迁。这种文化互文性一方面体现为前现代文化与现代文化二者之间的对峙与交融，尤其是在现代转型的语境中如何消长的，另一方面体现为民族本土文化与世界多元文化的趋同与差异，在这种对话的背后呈现出来的是文化系统中权力关系的支配与反抗状况。而且在当前现代文化背后的尚欲趋简与精神流浪、传统文化背后的伦理规范与影响式微的时代背景下，考察祭悼文学的趋向以揭示时代的群体社会心态这一问题也鲜明地体现在本书的写作中。

所以，在全书的整体论述掘进中，力求突破的几个问题也就非常明显。第一，将祭悼作为近现代文学研究的切入手段，尝试勾勒出中国现代转型语境中所渗透出来的以"国殇"、"情殇"、"道殇"为时代主题的文学大致轮廓，这必然会打破诸多文学作品的固有认识，形成一种全新的阐释空间。第二，由传统文学的"诗文"向现代文学的"小说"转变，是近世以来文学变革的显著标志。因此，以祭悼文学作为突破口，对多元把握这种动态的流变过程来说显得十分必要。第三，传统祭悼文学是在近世中西文化对话语境中发生新意的，这就十分有必要在常与变、进与退、取与舍的文学叙事中，通过传统伦理之首的祭悼话语把握整个社会的心态涌动与秩序维护二者之间的纠结。第四，祭悼背后既有生者、亲人的至深感情流露，同时又烙印着个体与群体、民族与国家等政治话语权力痕迹，这就需要在"一体两面"的双线叙事中做好情感与理性交迭论证。

# 第一章　祭悼文学的溯本逐源

　　在中国人那里，巩固地确立了这样一种信仰、学说、公理，即似乎死人的鬼魂与活人保持着最密切的接触，其密切的程度差不多就跟活人彼此的接触一样。当然，在活人与死人之间是划着分界线的，但这个分界线非常模糊，几乎分辨不出来。不论从哪方面来看，这两个世界之间的交往都是十分活跃的。这种交往既是福之源，也是祸之根，因为魂魄实际上支配着活人的命运。

——［法］列维·布留尔：《原始思维》①

　　我母亲一面不许我有任何种的儿童游戏，一面对于我建一座孔圣庙的孩子气的企图，却给我种种鼓励。……我用一个大纸匣子作为正殿，背后开了一个方洞，用一只小匣子糊上去，做了摆孔子牌位的内堂。外殿我供了孔子的各大贤徒，并贴了些小小的匾对，书着颂扬这位大圣人的字句，其中半系录自我外甥的庙里，半系自书中抄来。在这座玩具的庙前，频频有香烛燃着。我母亲对于我这番有孩子气的虔敬也觉得欢喜，暗信孔子的神灵一定有报应，使我成为一个有名的学者，并在科考中成为一个及第的士子。

——胡适：《我的信仰》②

---

① ［法］格罗特，*The Religious System of China*，转引自列维·布留尔：《原始思维》，丁由译，商务印书馆 1987 年版，第 296—297 页。
② 胡适：《我的信仰》，见欧阳哲生编：《胡适文集 1》，北京大学出版社 1998 年版，第 7 页。

哭罢：因为我们的国医已亡。此后有谁来给我们治创伤？病夫！你瞧国医都死于赘疣，何况你的身边有百孔千疮？哭罢！让我们未亡者的哭声，应答着郊野中战鬼的哀音。哭罢！因为镇鬼的钟馗已丧，在昆仑山下魑魅更要横行。但停住哭！停住五族的欷歔！听那：黄花岗上扬起了悲啼！让死者的英灵去歌悼死者，生人的音乐该是战鼓征鼙！停住哭！停住四百兆的悲伤！看那：倒下的旗已经又高张！看那：救主耶稣走出了坟墓，华夏之魂已到复活的辰光！

——朱湘：《哭孙中山》①

## 第一节　生死一线牵的文学再现

### 一、灵魂存在与祭悼文学创作

阴阳两界，灵魂不灭，这是自古及今中国人鬼神信仰中不可回避的内容，同时也是文学最早起源形态中必不可少的关注内容。自远古农耕社会起，人们就相信人死之后灵魂依旧存在，那个脱离肉体而飘荡在人们生活空间里的魂魄叫作"鬼"。它们可以游走于人间各处，必要时可以现出原形，或者以梦的形式向活着的人托梦传递想法。因此，作为一种虚无的载体——灵魂便成为人们日常生活关注的对象，并且它的形成体现了一种由自然神化的抽象想象到人类本我的具象形象的动态流变过程。早在人类社会形成之前，远古之人智慧初开，又在蛮荒古地中面临着生存的恐惧与压力，面对自然现象及野兽、高山、大川等不自主地由心灵深处产生敬畏之感，以自我之情感附丽于万物之上，也就创造、想象出了无数具有感情、通人性的神灵与魂魄。这些奇异现象在远古人有

---

① 朱湘：《哭孙中山》，见《草莽集》，人民文学出版社 1998 年版，第 25—26 页。

意识地记录下来的文字内容中占据了重要的地位，成为早期文学想象与染指的关键所在，而文学起源于"巫术说"也便具有了一定的合理性。这正如马克思在《摩尔根〈古代社会〉一书摘要》中所言："在野蛮时代的低级阶段，人类的较高的属性开始发展起来了。……宗教中的对自然力的崇拜，关于人格化的神灵和关于一个主宰神的模糊观念……对于人类的进步贡献极大的想象力这一伟大的才能这时已经创造出神话、故事和传说等等口头文字，已经成为人类的强大的刺激力。"① 古人对自然的崇拜与征服过程也可看作一种人类灵魂献祭的举止，自身的渺小面对浩大的自然界无所适从但又必须有所作为，人类必须以敬畏的心理祭拜自然才能安心从自然中索取利益，即费尔巴哈所说："献祭的根源就是依赖感——恐惧、怀疑、对后果对未来的无把握、对于所犯罪行的良心上的咎责，而献祭的结果、目的则是自我感——自信、满意、对后果的有把握、自由和幸福。去献祭时，是自然的奴仆，但是献祭归来时，却是自然的主人。"② 此后，随着社会结构的渐次完善、掌控百姓的政治需要以及文明的程度逐渐深化，灵魂的对象才具有完全的人形化，不仅死去的祖先、亲人及宗族内勇猛的斗士成为祭悼的对象，甚至处于统治地位的帝王将相也成为祭悼的对象。可以说，有了自然的神话以及神话的人为中心的故事，也就有了神灵的祭悼记载，有了祭悼文学出现的理由。

所以，灵魂观念实质上也成为了中国人对生命不朽的一种朴素世界观，它在古人的日常生活中占据了重要的一席之地，也因此在某种程度上决定了生者在现存社会中的意义与价值。正如恩格斯所说，灵魂不死的观念，"这种观念在那个发展阶段出现决不是一种安慰，而是一种不

---

① 《马克思恩格斯全集》第 4 卷，人民出版社 1985 年版，第 384 页。
② ［德］费尔巴哈：《费尔巴哈哲学著作选集》下卷，商务印书馆 1984 年版，第 462 页。

可抗拒的命运"。① 这种不可抗拒的命运背后，却恰恰反映了人类对死亡的敬畏，生者对死者的追忆，以及死者对生者的社会定位。换而言之，人类之所以把死者的灵魂抽离出肉体，关注的正是这种精神与心理的暗示作用，而出现在日常生活中的那些难以理解的种种"异象"也就成了这种游荡的灵魂得到完美阐释的现实基础。是故，灵魂与肉体、精神与物质、感性与理性便成了一种二元对立现象存在。同时，如果从中西文化差异来看，中国人的灵魂观念往往在于人的心灵之上，从而形成了一种心与心交流的文化价值体系。换句话说，西方人谈及灵魂不朽，往往将其寄托在上帝与天堂那里，而中国人说到这种不朽，却看重人间，强调的是一种古今时间与空间的心与心之间的交流互动。可以说，中国人死后所产生的价值影响更具有社会现实意义，甚至普通人死后，对家庭、家族来说也具有相当大的心灵印记。祭祖、祭孔、祭神等活动背后所凸显的精神寄托与信仰内涵，以及立德、立功、立言等不朽内容，对生者来说，都是一种内心的启示与现实的指导。所以钱穆说：中国人"人生最大的问题，其实并不在生的问题，而实是'死'的问题"。②

然而，生者如何通过一种有效渠道和身边的灵魂取得沟通呢？一个最有效的能够让灵魂得到慰藉、让生者得到"信息"的方式便是祭悼。祭悼亡故的亲人最基本的原因是情感的心理体验。亡者对于生者来说至关重要，是生活空间与生活经历的重要部分，一旦因非人为的因素将这种情感断然割裂，从人的心理上来说，这不能不算是一次创伤。因此，

---

① 《马克思恩格斯文集》第 4 卷，人民出版社 2009 年版，第 277 页。

② 钱穆：《孔子与心教》，见《灵魂与心·钱宾四先生全集》第 46 册，台湾联经出版公司 1994 年版，第 27 页。钱穆在此文上一篇《灵魂与心》一文中指出"灵魂"与"心"是中西两种文化观的不同所在：西方文化重视"灵魂"说，而中国文化重视"心性"说，这成了西方宗教与中国儒家文化的区别所在，即中西人生不朽观念（人生的意义、价值等）的区别。

祭悼正好是为了弥补创伤而出现的最好仪式，成为对故去的人的最好怀念方式。亲人企图超越生死界限进行交流的愿望，以祭悼的形式来体现，既无奈又自欺，支撑这种祭悼实施的力量来源于感情。一旦这种行为形成习俗，也就产生了约束力，有了从众心理和行为模式，也就成了多维的群体效应。所以说，这不仅仅是一个民俗现象，在中国崇尚人伦情谊的传统文化中，悼亡哀祭离不开人们日常生活的圈子；同时，从文学角度来看，它还是有效连通生与死、理智与情感的文学主题。自古及今有很多文人撰文著书，既有"诔碑"、"祭文"、"哀吊"、"吊辞"等加以专门归类的文学体裁的区分，更有数目众多的哀伤祭悼文学作品的涌现。可以说，祭悼背后的象征体系与文学彰显出来的文化寓意在时空交错转化的过程中发生了对撞，祭悼主题在人的情感与功利面前不可摆脱地具有了文学的意义。它可以看作是文学作品中用以表达作者基本思想与基本观点的主线内容，有着具象化与具体化的象征意味。而且，文学中的祭悼关注，无论其表现出来的能指功能或者是所指意义，都处在一种紧密相连的互动关系中，成为折射涌动的社会心态的一面镜子。

　　灵魂对人类所产生的心理暗示与符码意义促使祭悼仪式及其观念的产生，更进一步促进了祭悼文学的繁荣。而且，在祭悼文学史绵延发展的背后，展现的是一个明显的社会心态史的涌动。虽然"心态"这一概念是史学研究的新方法与新问题，但从现在学界看来，"'心态'这一概念所包含的内容已超出了史学范畴。这一概念的作用在于满足史学家们深入一步的愿望，从而与其他人文学科发生联系。"① 而文学作为人文学科之一，在社会心态史的构建上也必然会发挥其特有的作用，其关注的祭悼心理及其观念变迁与社会心态史中"个体—群体"的心理

---

① ［法］雅克·勒戈夫：《心态：一种模糊史学》，见雅克·勒戈夫、皮埃尔·诺拉主编：《史学研究的新问题新方法新对象》，郝名玮译，社会科学文献出版社 1988 年版，第266 页。

结构呈现了明显的张力特征。

## 二、祭悼与"个体—群体"心理的互动结构

面对近代社会的潮起云涌，梁启超在阐释"时代思潮"时说，"凡文化发展之国，其国民于一时期中，因环境之变迁，与夫心理之感召，不期而思想之进路，同趋于一方向，于是相与呼应汹涌，如潮然。"① 在这里，梁启超所论述的时代思潮正是我们现在所说的社会思潮，它在时代变迁的环境中影响着每一个国民的心理，并在这种有意无意的感召作用下形成一种共时性的群体思想取向。可见，群体与个体是密不可分的，它们共同存在于一个相互影响与制约的心理互动结构中，成为推动社会思潮发展的双线动力。而在这种变动的格局中，传统的祭悼文化观念也萌生出了异样的现代因子，鲜明地表现在这种"个体—群体"的心理互动结构中。

对于这种心理互动，刘小枫从社会形态学与心理学角度审视了其中国"现代性"的表征。他认为："从形态学观之，现代性是人类有史以来在社会经济制度、知识理念体系和个体—群体心性结构及其相应的文化制度方面发生的全方位转型。从现象的结构层面看，现代性事件发生于上述三个相互关系又有区别的结构性位置。我用三个不同的述词来指称它们：现代化——政治经济制度的转型；现代主义——知识和感受之理念体系的变调和重构；现代性——个体—群体心性结构和文化制度之态质和形态变化。"② 因此，从现代性的实质内容上来看，情感体验及其所带来的文化格局可以看作是理解 20 世纪"现代性"精髓的一把钥匙，也成为把握中国现代文学精神指向的重要内容。而在众多的心理流脉中，祭悼心理又可以说是较为明显的一条支线。毕竟，这是一种人类

① 梁启超：《清代学术概论》，上海古籍出版社 1998 年版，第 66 页。
② 刘小枫：《现代性社会理论绪论》，上海三联书店 1998 年版，第 110 页。

"生与死"的身份认可，是人类在自己组建的社会组织中得到应有地位及其精神寄托的重要途径之一。而文学作为人学的最集中体现，必不可少地要对人类的生死祭悼进行诗意化书写，以此展现出人类的情感与理性。

换言之，祭悼活动不仅展现出了神灵存在的神秘思维，还应具有一种祭悼心理的文学形象表达。而发掘文学意义上的祭悼实质，便可将"个体—群体"的心理互动机制作为切入点，以此来解决祭悼主题在文学史构建中的观念变更与意义多样问题。一方面，对民间来说，神灵、鬼魂等超自然存在是满足人们个体需要的对象，能够给予人们希望的力量。因此，在人们的心灵深处，渴望通过某种形式与神灵进行沟通与交流，把自己的希望与苦楚传递给神灵，祭悼这种仪式便应运而生。在文学产生的最初阶段，这种现象的描绘比比皆是。如《诗经》中便有大量的采风于民间的祭悼诗出现，成为现代学者研究《诗经》的重要内容之一；台湾学者张光直曾对《楚辞》中的《招魂》、《大招》两首诗做过细致分析，认为生者准备了美好的佳肴，其直接目的就是召唤死者的灵魂回来。① 所以，理性思维开始介入了祭悼活动中的情感释放，并以具象的文学形式将神秘的魂灵世界展现出来。另一方面，对主流意识形态而言，礼教的倡导又增强了祭悼情感的伦理意义，成为维护政治统治的一个重要筹码。所以面对死亡这一永恒话题，统治者更会发挥祭悼心理的钳制作用，维系好个体之间人伦关系的紧密性、复杂性与多样性，从而形成具有群体效应的习俗教化风气。

所以，从个体身份出发，祭悼心理要求一种发自内心深处的虔诚与恭敬。即如《礼记·祭统》中所云："夫祭者，非物自外至者也，自中出生于心者也，心怵而奉之以礼。"（《礼记·祭统》）自古及今，这种

---

① 张光直：《中国青铜时代》，生活·读书·新知三联书店 1983 年版，第 230—231 页。

虔诚的祭悼心理对每一个重视家庭伦理的中国人来说极为重要，成为文学作品中极力渲染的重头戏。祭悼天、地、山、川等自然奇迹是人们面对浩瀚宇宙万物发现自身渺小而在内心中渴求保护的一种图腾式信仰；祭悼神、圣、鬼、怪等臆造形象则是人们寻求福德、安居等理想的一种心灵寄托；祭祖成为血脉相连、骨肉相融、香火传递的最佳载体；悼亡妻（夫）成为两人相悦、两界相思、两情难忘的文本呈现；祭孔是为了传承儒家文化，笼络读书人的统治手段；祭先烈是为了缅怀英雄，激励人们保家卫国的政治宣传。所以说，文学作品中，对祖先、天地、神灵的祭悼代代相传、情感相依，就连道德、军事、文化等方面有建树的先哲功臣们也无不与祭悼发生各种各样的关联，这在中国文学的发展脉络中形成了一个相互指涉的成体系的祭悼图景。然而，不论是个体祭悼还是群体祭悼，如果就其本真意义而言，可以说更关注的则是祭悼的心理暗示，尤其是政治意识形态下的群体祭悼。对于这个问题，几千年前的孔子就一针见血地指出祭悼的实质所在。他说，"祭如在，祭神如神在，吾不与祭，如不祭。"（《论语·八佾》）这颇能说明中国祭悼的心理体验：排除文人撰写文章以求在祭妻、祭友、祭亲人等文本操作中实现个体化情感渲染，其他祭悼过程中的祭悼对象可以说并不是考虑的重点，甚至说得严重些，存在与否都无关紧要，最重要的是通过祭悼仪式，能够在祭悼者心里产生必要的社会辐射作用。这种情况反映到文学创作上亦是如此，作品虽然对祭悼的对象有缅怀的情感，但外漏更多的"内容"则是一种对生者的指引和劝导。

不难看出，在由个体祭悼向群体祭悼的心理变迁过程中，祭悼的情感愈加淡化，而祭悼的功利性则愈加明显。所以，当祭悼活动以一种心理暗示方式与儒家伦理文化联姻后，便发挥了一种类似于宗教信仰的作用，将乡野民众的行为以一种文化心理加以规训并逐渐演变成一种民俗习惯。这恰如韦伯所说："中国的宗教意识把用以制服鬼神的巫术性宗教仪式和为农耕民族制定的历法结合起来，并赋予它们以同等的地位和神圣不可侵犯的性质，换言之，它把自然法则和仪式法则合二为一，融于'道'的统一性中，把超时间的和不容变更的东西提高到宗教上至高权力的地位。"可以说，当政权统治以鬼神的形式出现时，便增加了其神化的色彩。如果再将这种神化光环用儒家伦理加以人化，那么统治的合法性也就不言而喻。所以，韦伯接着说，这种"非人格的天威，并不向人类'说话'。它只是透过地上的统治方式、自然与习俗的稳固秩序——也是宇宙秩序的一部分——以及所发生于人身上的事故来启示人类。"① 可见，天上神灵的权力实施需要人间的皇权代理，而皇权又需要通过祭悼神灵来实现自己在人间的统治，二者相互交融的过程也就实现了统治的神圣化与普世化，"君权神授"在神灵祭悼的实施中也就具有了最合理的解释。历代王朝都极为重视对天地山川等的祭悼活动，及至晚清以来的现代社会转型中，袁世凯、蒋介石等人也都纷纷撰写祭悼文，在动乱的近现代社会里通过祭悼神灵、皇帝、泰山、孔子等符码形象来维护自己的政治统治，达到令国民臣服的政治目的。

现代转型的时代话语促进了各种涌动的社会思潮变化，"个体—群体"的祭悼心理也发生了异质变化。它更多地是从乡土意识和国家统一的意识中产生，并在民主与科学的旗帜感召下使得国民逐渐对祭悼行为有了"真正的理解"与"法律的要求"。因此，在这种转型时局之下，文学作品所彰显出来的祭悼心理在内容与形式上也与传统祭悼文学有了本质区别。随着现代人对死亡的认识愈加科学化，祭悼也就越来越消解了自其产生以来所附带的神秘色彩，花圈、公墓、纪念日、纪念碑、追悼会等现代祭悼因子成为近现代文学作品中频频关注的基本要素，而在这种变动的仪式背后折射的却是"个体—群体"的祭悼心理

---

① ［德］马克斯·韦伯：《儒教与道教》，洪天富译，江苏人民出版社1993年版，第35—36页。

的变迁，并以一种涌动的文化潮流成为推动近现代社会转型的重要组成部分。

### 三、传统祭悼文学的流变

中国文学的起源离不开祭悼巫术仪式及其心理实践。《说文》中说："以玉事神为之巫"，即"巫"所体现出来的实质意义便如祭悼活动一样。同时，如玉玺等器物一样，玉器是王权的象征物，而在侍奉鬼神的过程中在实际效果上实现了处理人间事务的目的。因此，巫术活动所体现出来的祭悼行为与当时统治者的政治要求如出一辙，实现了完美对接。很多研究古代中国的学者都认为：最高权力的统治者就是巫的首领。① 事实上，古代巫祝各司其职，以文辞告神的是祝，以歌舞降神的是巫。所以祭悼文学的最初形式往往从巫祝之中取材，而历代学者考察处于起源阶段的先秦文学时，都注意到了一个重要的主题偏至——巫祝的祭悼仪式。如现代民俗学开拓者钟敬文曾指出，"《天问》的写作，是由当时楚国祠庙所绘的神话、传说及古史的人物、事象触发的，《九歌》是根据楚国的祀典和祭歌而作的，这种说法是汉代《楚辞》注释家王逸首先指出，而为后代多数注释家所承认的。"② 后随着儒家伦理的确立，祭悼对象出现了从祭神到祭人再到社祭的变化。这种文化变迁

---

① 陈梦家的《商代的神话与巫术》(《燕京学报》1936 年第 20 期，第 535 页) 中有"王者自己虽然是政治领袖，仍为群巫首"的论断；张光直的《巫觋与政治》(《美术、神话与祭祀》第三章，郭净译，辽宁教育出版社 2002 年版，第 33 页) 中有"巫通天人，王为首巫"的论断；杨问奎的《中国古代社会与古代思想研究》(上海人民出版社 1962 年版，第 164 页) 中有"国王们断绝了天人的交通，垄断了交通上帝的权力"的论断；李泽厚的《说巫史传统》(《历史本体论·己卯五说 (增补本)》，生活·读书·新知三联书店 2003 年版，第 162 页) 中有"巫的通神人的特质日益直接理性化，成为上古君王、天子某种体制化、道德化的行为和品格"的论断。
② 钟敬文：《晚清改良派学者的民间文学见解》，见《钟敬文自选集》，首都师范大学出版社 2008 年版，第 168 页。

反映到祭悼文学创作上就牵涉了祭文与哀策等文体变化，即刘勰所说"诔首而哀末，颂体而祝仪"。① 而祭悼文学中的人文精神向度逐渐取代了原始宗教色彩，成为历代祭悼文学的主趋势。

不仅如此，梁启超在《胚胎时代》中还从学术思想与天人祭悼二者之间的关系考据了原始祝与史官对祭悼文化的重要作用。其描绘的结构图如下：

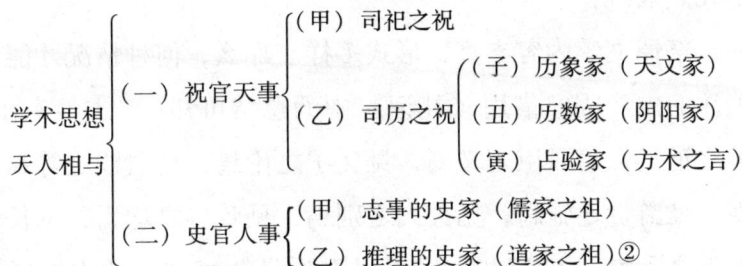

学术思想
天人相与
- （一）祝官天事
  - （甲）司祀之祝
  - （乙）司历之祝
    - （子）历象家（天文家）
    - （丑）历数家（阴阳家）
    - （寅）占验家（方术之言）
- （二）史官人事
  - （甲）志事的史家（儒家之祖）
  - （乙）推理的史家（道家之祖）②

在这里，梁启超说："胚胎时代之文明，以重实际为第一义。重实际故重人事，其敬天也，皆取以为人伦之模范也；重实际故重经验，其尊祖也，皆取以为先例之典型也。于是乎有思想发为学术。"这种大胆的断言，也许不够全面科学，但梁启超从掌握这种学术思想的关键人物"祝"与"史"两个官职进行阐释，可以说是发掘了祭悼文学产生的重要根源，毕竟，"祝"掌天事，"史"掌人事，从而实现"胚胎时代之学术思想，全在天人相与之际"。所以，祭天、祭祖与社祭三个方面恰恰是天人合一思想在祭悼文化中的体现，而这种思想也在青铜时代促进

---

① 刘勰《文心雕龙·祝盟第十》，范文澜注，人民文学出版社 1958 年版，第 177 页。

② 梁启超：《胚胎时代》，见张品兴主编：《梁启超全集》第三卷，北京出版社 1999 年版，第 555—556 页。另外，"胚胎时代"指黄帝、夏、商、周时代。在梁启超追溯学术思想的起源时，将其上溯到黄帝，从历史发展之势而言，此时代之学术思想有三端：天道、人伦和天人相与之际。而"天子祭天地，诸侯祭社稷，大夫祭五祀"，使"吾国最初之文明，事事皆主实际"，使得"祭天"与"祭祖"并举，所以"言三代思想之变迁，于其事鬼神之间，最注意焉"。而且"此等思想，范围数千年，至今不衰"。

了学术思想的兴起，在心灵史上产生了早期祭悼文学。在经过长时间的普遍化与平民化后，祭天的政治功能、祭祖的伦理功能与社祭的社会功能，在一定程度上渐趋融合，并形成了一套发于个人、上达国家的祭悼系统。这个系统中所孕育的祭悼文学不仅安抚了个人心灵的痛楚，同时也维系了上层社会的合理运作与民间社会的凝聚稳定。所以，正是在这种儒家礼教的熏染下形成了具有鲜明特色的祭悼文学体系。传统祭悼文学有如下几点表现：

第一，祭悼文学内容丰富，形式多样。那么，何种情况才能成为祭悼文学关注的内容呢？借用《礼记》中的总结可知："夫祭有十伦焉：见事鬼神之道焉，见君臣之义焉，见父子之伦焉，见贵贱之等焉，见亲疏之杀焉，见爵赏之施焉，见夫妇之别焉，见政事之均焉，见长幼之序焉，见上下之际焉。"① 这些内容可以看作是祭悼文学的内容所在，并统一凝结成为一种对生之追寻与死之遗憾的感情。这其中，最具悲剧美感的要算是文人对亡者的哀思与对生命的咏叹。面对生命的流逝，尤其是没有自然终结的年轻生命的无常摧折，生者总能要将这种怅恨转化为一种悲怜的感情，在追忆死者生前点点滴滴的同时也在感叹美好人生的永逝不返。所以，《文心雕龙·哀吊》中说："辞之所哀，在彼弱弄，苗而不秀，自古斯恸。"② 这种情感反而成为祭悼文学所力求表现的真实内容之一。日本学者后藤秋正曾考证，蔡邕的《童幼胡根碑铭》和无名作者的《许阿瞿墓志》、《童子逢盛碑》"是哀辞的先驱"，"不仅孕育了埋于墓中的墓志，也是哀辞诞生的重大契机"。③ 这其实也说明了祭悼子女的"伤夭"文学在建安时期已经兴起并繁荣起来，如短短

---

① 《礼记·祭统》。

② 刘勰：《文心雕龙·哀吊第十三》，范文澜注，人民文学出版社1958年版，第253页。

③ 后藤秋正：《蔡邕〈童幼胡根碑铭〉与哀辞》，《佳木斯大学社会科学学报》1996年第3期。

三年时间里曹植的长女金瓠、稚子行女，曹丕的稚子曹啫三个孩子先后不幸夭折，曹植在为此而作的三篇祭悼文中，无不强烈宣泄了自己的愤懑情感与悲哀心绪。《金瓠》中他说，"不终年而夭绝，何见罚于皇天"，《行女》中说，"感逝者之不追，怅情忽而失度"，《仲雍》中说，"哀绵绵之弱子，早背世而潜形"。袁宏道的《哀殇》中"我尝静坐思，生死同一例；子既先我行，即是鬼前辈"，真切地将丧子的感性悲痛与生命的理性思考结合起来，形成了超越死亡意义的旷达意境。贾谊的《吊屈原赋》与沈约的《伤谢朓》将过早离世的贤达儒士作为祭悼的对象，抒发了壮志难酬、空有余恨的惆怅之情。陶渊明的《祭程氏妹文》与袁枚的《祭妹文》则渲染了失妹的悲怆之情。

第二，除了悲痛亡者与感慨生命，祭悼文更表现出了一种实用价值与功能。换句话说，礼教文化不仅是维系古代社会稳定的保障，更可看作是祭悼文学发生发展的依据。所以，《礼记》中这样说，"凡治人之道，莫急于礼。礼有五经，莫重于祭。"① 祭悼的社会意义非常重要，而祭悼文学本身所彰显出来的实用文体意义的重要性不言而喻。刘勰在《文心雕龙》中说："铭、诔、箴、祝，则《礼》总其端。"② 对于这样的观点，颜之推在《颜氏家训·文章》里亦有类似的见解，在他看来："夫文章者，原出《五经》：……，祭祀哀诔，生于《礼》者也。"③ 他们都将祭悼文体的起源归结于《礼记》，树立了《礼记》的根本地位。毕竟"礼以立体，据事制范，章条纤曲，执而后显"④，可见，祭悼之举是礼中最为重要的形式，而且在潜移默化中承传着人们心中的集体无意识。所以，社会秩序的建立，离不开"礼"所建立起来的风俗、风

---

① 《礼记·祭统》
② 刘勰：《文心雕龙·宗经第三》，范文澜注，人民文学出版社1958年版，第22页。
③ 颜之推：《文章第九》，《颜氏家训全译》（卷第四），程小铭译注，贵州人民出版社1993年版，第148页。
④ 刘勰：《文心雕龙·宗经第三》，范文澜注，人民文学出版社1958年版，第22页。

气，这也形成了祭悼文学实用价值的最合适温床。历代研究者往往都会以一种文化史观的角度评价极富感情色彩的哀祭谋碑，恰恰是"史文并举"的传统价值观的突出表现。而在这种实用价值观念之下，诸多祭悼文学文本往往因为缺少情感的文学生命力而经不起时间的冲洗渐渐离开人们的视野，真正走入人们心中并得以流传百世的往往是那些渲染真情实感、震撼灵魂深处的文学文本。

第三，从文学创作角度来看，祭悼者往往以一种自我主体身份实现一种内心对话式叙事，并且通过祭悼活动，以一种"现在"的存在沟通了"过去"与"未来"的两个时空维度，形成了人类命运归宿的最好诠释。追思既往，常常由睹旧物或思往事而引发或强化。如元稹的《遣悲怀》中，"衣裳已施行看尽，针线犹存未忍开。"衣裳与针线成为睹物思人的凭借；李商隐的《房中曲》中，"归来已不见，锦瑟长于人。"由锦瑟引发思念之情。寄语将来，则多是感伤自己，在暗叹命运多舛的情愫中上下求索人生意义，或表现豪迈之情，或表现平静之心，成为对人生必然归宿的一种理性思考。如陶渊明的《挽歌》中，"亲戚或余悲，他人亦已歌。死去何所道，托体同山阿。"抒发了一种人生豪迈旷达之情；柳宗元的《祭吕衡州温文》中，"今复往亦，吾道息亦！虽其存者，志亦死矣。临江大哭，万事已矣。"仿佛自身的志向与抱负随着友人的逝去渐渐消磨而去。所以，这种追思既往、抚慰今生的叙事手法往往以自我为观照点，寄寓了自身情感失落的悲楚，融会了祭悼与怀古的咏叹。而且，这种自我表现式叙事与社会的主观期待、角色要求是分不开的，无论是遵循礼俗还是逾越礼俗，文人在撰写祭悼文学的过程中往往都在痛苦的回忆中求索自身人格价值的伦理意义。

第四，祭悼文化作为礼俗文化的根本带来了祭悼文学的普及繁荣，而祭悼文学场域便成了重构乃至融合儒、释、道等诸多文化的重要载体。从祭悼心理来看，它是牵涉原始宗教及儒、释、道三家信仰的大问题。而且，在这种交互杂糅的文化状态中，祭祀行为由原始进入现代，由野蛮上升为礼仪，由烦琐转变为简单，形成了独特的介于宗教信仰与世俗生活之间的祭悼传统。儒家文化下，祭悼文学讲究叙事中宣扬"恩、理、节、权"① 等内容，讲究一种规范的伦理秩序与政治稳定相结合；佛教文化中的"轮回"与"转世"思想与本土祭悼观念结合后，彻底打破了生与死之间的界限，所以祭悼文学中极力宣扬的就是前世行为的积累是为了实现后世生命形态的再次开始；道教作为中国土生土长的宗教，其自身的脱俗成仙思想对祭悼文学的发展产生了深远影响，尤其是在国家祭祀政策的推动下，仙山、道观、神仙、长生不老等道教文化符号完美地与统治政权结合在一起。

　　传统中国一直存在着万物有灵的说法，所以崇天拜地的仪式成了祭悼行为的最初样式。后随着礼俗的约定与文明的进步，崇君与祭祖等祭悼行为与家、国政治统治完美地契合在一起。这正如《荀子》中所说："上事天，下事地，尊先祖而隆君师，是礼之三本也。"② 所以，在心灵史化的传统祭悼文学抒情与叙事中，生与死不仅是人的生存形式，更是人对生命存在的一种认识，是生命不同形态的体现。面对死亡的悲痛与亲情的追忆，祭悼情感就成为传统文人心态中不可或缺的重要组成部分。祭悼主题几乎呈现在传统文学中的各个体裁以及各个时代文学现象当中，成为构建古典文学史的重要内容之一。然而，到了近现代时局变动的大环境中，传统祭悼文学随着文学现代性的质变发生了一种承接与

---

① "恩、理、节、权"是海外学者王明珂总结儒家丧礼理论提出的四种原则。"恩"指与自己越亲近的人，私恩越厚，服丧越重；"理"指公义，即社会普遍认同的价值观，如事父事君等；"节"指节制，即一切丧礼行为皆以礼来节制，不能越礼；"权"指丧礼可以权宜而行，视当时情况而有所变动。从这四种原则可看出儒家由伦理秩序及于政治秩序的架构。参见王明珂：《慎终追远——历代的丧礼》，见刘岱主编：《中国文化新论·宗教礼俗篇——敬天与亲人》，生活·读书·新知三联书店 1992 年版，第 323 页。

② 《荀子·礼论》。

蜕变的双动向。在西方文化与宗教信仰的浸染下，在激进地反传统与平和地回归传统的交锋纠结中，在民族、民主、科学、人性、阶级、国家等现代性要素的感召下，在政治、军事、教育、文化等内容的干涉下，在文明进步与民间风俗交织碰撞的冲突下，中国现代文学中的祭悼内容愈发成为一种救赎的事业，带有了强烈的现代意义的符码效果。它不仅体现为一种对人之个体的救赎、存在的救赎，还上升到一种对现代民族、国家的救赎，文化的救赎，伦理道德的救赎，乃至一种对共产主义事业的救赎。

## 第二节　现代意念关注下的祭悼文学

### 一、西方传教士眼中的中式葬礼及其汉文祭悼小说

考察中国现代化的进程，一个最为明显的指标便是文化现代化，而中国文化现代化最突出的特点便是在西方文化强行传播背景下兴起的近代新学，体现为一种文化涵化①的过程。而这其中不容忽视的一类人物便是来自西方的传教士，正是这些人在枪炮战舰的掩护下为中国先进知识分子带来"放眼看世界"的第一缕现代曙光。因此，在文化涵化的过程中，中国人痛苦地发现不仅无法通过关闭国门来阻绝西方文化的传入，它反而成了一种挽救统治危机、实现保种自强的有效武器，更在相互交融的状态中实现了文化存续与更新。换句话说，晚清以降，西方传教士来华有着特殊的历史使命与作为西方文化载体的特殊身份特征，他们的直接目的并不仅仅是获取经济利益和谋求政治上的控制权，更主要

---

① 涵化（acculturation）过程是文化传播发生的一种现象。当两种不同文化发生接触时，双方都无法维持原来的文化形态，而出现主客体文化相互采借、接受对方文化特质从而使两种文化越来越相似，这一过程就称为涵化。

的是为了传播西方宗教，从而改变中国人的"信仰问题"，以及与信仰相关联的道德、价值观念、风俗习惯等，达到用西方宗教文化改造中国文化并最终征服和取代的目的。

生命的不朽与永生，本来就是人类内心深处所共有的一种要求与愿望，既然自己的生命体不能得到永久的存在，那只能让别人的内心中接纳自己的"虚幻"存在。从中国日常生活仪式来看，丧葬应该算是达成这种愿望的一种最常见的方式。与西方教堂的安魂仪式相较，中国的祭悼包含了更多的文化信息。它不仅是一次亲人之间的告别仪式，更规范了社会的伦理与秩序。所以，1880 年，西方传教士格罗特在厦门看了一次完整的葬礼后大有感受，他从死后的哭泣开始，到吊问，一直看到最后的安葬，他在这个葬礼中看到了整个的中国信仰系统，这次仪式让这个西洋传教士大为吃惊。不可否认，现实生活中的丧葬礼俗所形成的异质文化差异深深地刺激了来华传教士，也让他们认清了这样一个不争的事实：必须解决好在中国传教如何面对祭悼礼俗的问题。所以，格罗特从宗教传播角度说："在中国，灵魂崇拜是所有宗教的基础。灵魂崇拜，又是从人是否会死亡开始的。所以，生存着的人会想这样的问题：怎样处置遗骸？这可以显示生存者的思想，因为他在想：遗骸中是否继续住着灵魂？他们还会复活吗？"① 事实上，正是因为在死亡、下葬、灵魂等因子背后，存在着一个死后世界的想象，才会导致中国的祭悼文化如此盛行。老百姓的民间祭悼信仰中充斥着多元的、具有超稳定结构的神、鬼、精灵等神秘力量，体现仁、义、忠、信等高尚品格的大儒先贤，以及代表"道"与"天"的、化成人形的"玉帝"、"太上老君"、"观音"等祭奠对象。面对如此复杂的祭悼体系，来华传教士为

---

① ［荷］格罗特：《中国宗教系统·葬仪》（卷一），转引自葛兆光：《古代中国文化讲义》，
复旦大学出版社 2006 年版，第 21 页。

方便传教并扩大教徒与受教群众的影响力，他们撰写、译介了不少汉文小说①，努力在作品中寻求天主教、基督教等西方宗教与儒家传统文化的契合点，以此实现以西方文化改造中国民众观念的目的。

早在明末清初时期，传教士就有将基督教义进行文学书写的尝试，如白晋的《古今敬天鉴》、郭纳爵的《烛俗迷篇》、张星耀的《天儒同异考》、严谟的《天帝考》、无名作者的《天主教辨疑》② 等传教士的汉文作品。这些作品立足中西文化的同与异，叙事对象上至士大夫知识分子、下至乡野民众的心理体验，能够将祭悼文化作为西洋宗教文化与中国儒释道三家文化信仰的关键内容加以考辨，希望以此破除中国人信仰中的排教情绪，并确定西洋宗教传播的合法性。其中，流传最广、影响最大的是马若瑟于 1729 年以白话形式创作的章回体宣教小说《儒交信》。③ 小说描绘了当时西方传教士与中国士大夫的思想矛盾与文化冲突的实际情况，尖锐地审视了中西异质文化交锋中的祭悼观念及其民众心理。第一回是员外杨顺水与举人李光之间议论洋教的对话。杨员外有着地方乡绅的身份，负责乡土地方的秩序维护与民众公共事务的建设。因此，异质观念的冲击催发了他对洋教文化的批判：信奉西洋教，连祖宗都不要了。父母死后，不请僧人念经，不烧纸张，这是不孝的表现。李光虽不信洋教，但却以儒教文化来驳斥员外对洋教的批判。他认为人死之后不叫和尚、不烧纸是儒家正道思想，而将贴上锡箔的纸钱烧给阴间的死人是毫无道理的。对于祭悼对象，员外认为中国儒士祭悼孔子，

---

① "传教士汉文小说"指来华传教士为宣扬教义或改变中国人的观念，用汉语写作或翻译的小说。这一概念见宋莉华：《传教士汉文小说研究》，上海古籍出版社 2010 年版，第 1 页。本书亦采用这种说法。

② 上述作品可参见郑安德编：《明末清初耶稣会思想文献汇编》，北京大学宗教所整理，2003 年。

③ 马若瑟：《儒交信》，见郑安德编：《明末清初耶稣会思想文献汇编》第 4 卷第 45 册，北京大学宗教所整理，2003 年。

是确有其人，而西洋教徒祭祀的天主，是无形无象，带有很大欺骗性。李光反驳认为，西洋之上帝在教徒心中，这样才能驱使教徒在世行善，死后进入天堂，而不是在世行恶，死后入地狱。交谈最后，李光认为中国尊祭孔子足够，不必再尊奉上帝。这部分内容反映了中西两种文化在当时民众生活中的冲突。第二回是李光与信奉洋教的士大夫司马慎之间的交谈，讨论的重点内容之一便是人死之后灵魂的问题。二人都认为对待人死之后的灵魂，洋教心法与孔教心法是一致的不死不灭，都要求信仰者敬天修己爱人。这恰恰是传教士马若瑟借二人的言谈说出了自己的心声："耶稣不灭孔子，孔子倒成全于耶稣"；"入天教室，必自儒门"。这一认识俨然有"耶儒同祭"的尝试，也可看作是早期传教士因其自身实力不逮而进行的妥协式传教方式的尝试。第三回到第六回则以不同事例宣扬了儒学与天主教义之间的相互交融性，至结尾处则叙述李光夫妇无疾而终，骨肉同藏于地，灵魂同升于天。从传统知识分子儒家信仰来看，这种描绘散发着浓郁的洋教祭悼气息，也是马若瑟欲跨越中西死亡祭悼的隔阂，实现西洋宗教文化浸染的动机所在。

进入 19 世纪后，传教士汉文小说发生了明显变化。一方面传教士受到中国本土文化的本能抵制而不得不变；另一方面，此时西方神学受到近代科学、民主、理性等要素冲击不得不进行内部调整，自由派传教士更强调了教徒之间的伦理与人道之间的灵活性，而不是僵硬地遵守规范的神学教条。所以，在他们看来，小说这一艺术载体具有改造社会、变更民众思想的功用，能够充分地阐释基督教义。而且，小说所特有的故事性与叙事特点在很大程度上满足了下层民众的阅读口味，对传播西方神学思想有很大的功效。因而，他们普遍采用适应中国本土文化的写作策略，创作了为数不少的小说文本。这正如当时的传教士李佳白所说："今天下谈者，动言西法若用之中国，则富强可立致。此非通论也。盖法虽善，必与其人心、风俗相宜而不相戾，乃可采用之。故善用法者，必相宜而后动，渐摩而后入。"① 所以，真正具有新教传教意义的小说应该是创作于1819年的米怜的《张远两友相论》。② 小说以对话形式引出两个人物，一个是张，资深的教徒；另一个是远，对基督教一无所知但却有慕道以求信仰的内心渴望。作者采用古典小说的章回体形式，并在文中利用传统的眉批式加以注释，不少内容涉及中西迥异的祭悼文化。如在第五回中张谈到《圣经》中耶稣降世救赎罪人的举动，阐释了祭拜耶稣的信仰基础；第七回谈及复活之身与现在之身的不同，也从侧面解释了灵魂信仰的存在与合理之处；第八回写到每年初一、十五祭神、祭祖等民间日常活动，对中国祭悼图景进行了较为详细的描绘。此外，米怜在作品中宣扬了一种贬佛道、扬儒家的宗教信仰。在第一回中，米怜严厉地批判了道教祭悼体系中的多神信仰与偶像崇拜，认为这是假神不是真神，因而在民众信仰中不会产生积极的作用；在第六回中，他区别了佛教死后轮回与基督教死后复活的不同，佛教中关于人死后进入六道轮回而成禽兽的说法是不可信的，而基督教复活之身则与儒家的孝道有着密切关系。在第八、第九回中，他写了基督教徒的祭悼仪式与中国的祭神、祭祖仪式的不同，而且教徒祭悼仪式中并没有设香案、蜡烛的布道之举，因此其祭悼的目的也不是为了求功名、祈平安，更没有为子孙后代积福积德的主观努力。可以说，小说较为深刻地挖掘了中国民间祭悼文化体系中的细节问题，并用西方基督教信仰内容进行相应的规训，在扩大基督教传播范围的同时也不断冲击了民众祭悼信仰。

① 李佳白：《革命论》，《万国公报》第95卷，1896年12月，第5—6页。
② 此作品版本很多，文中采用版本为哈佛—燕京图书馆藏，题"道光十六年镌，新嘉坡坚夏书院藏版"，1936年新加坡重印本。文中对此小说各回目内容的归纳转见宋莉华的《第一部传教士中文小说的流传与影响——米怜〈张远两友相论〉论略》(《文学遗产》2005年第2期，以及美国学者韩南的《中国近代小说的兴起》与熊月之的《西学东渐与晚清社会》等书)。

《张远两友相论》这种问答体形式对以后的传教士汉文小说创作产生了深远影响。如创作于 1856 年的叶纳清的《庙祝问答》①，写的就是一个西方传道者与中国庙祝二人之间对话的故事。作品一开始就叙述了传道者与庙祝在庙宇前交谈，当传道者看到中国祭拜菩萨的民间行为后，大加批判，认为是愚昧可笑的事情。他对祭拜者点烛、烧香、排牲、列酒、跪下求神、跌筊杯、摇签竹、烧纸衣、化元宝、庙祝击鼓鸣钟、祭神者燃放爆竹等行径不以为然，逐一驳斥。而这恰恰触及了中国祭悼文化中最基本的仪式内容，也彻底惹恼了中国的庙祝，认为传道者忤触神明。于是两个不同信仰的人针对祭悼这一行为展开了针锋相对的争执。在随后二人一问一答的过程中，传道者贬斥佛教，认为佛教传入中国后，百姓不祭拜上帝为天地的主宰，而是崇信异端、祭奉偶像，带来了中国历史上的战乱与灾难。不难看出，佛教中的祭神信仰、祭悼仪式、轮回观念等在作者这种歪曲的叙事下成为愚昧的代名词，而庙祝也不得不被慢慢消磨了佛教信仰，开始转向了基督教的接受。在郭实腊的《赎罪之道传》中，故事的背景虽然置放在明朝，但却直接展现了近世以来中西文化交融与对撞的激烈现状。该小说共两卷十八回，其中一卷第五回阐述了善人之死，第六回则为祭祀之大义。可以说，小说中的祭悼主题及其文化意义占据了较大篇幅，而且对祭悼文化的论述也往往是在中西对比的视域内，以用基督教义教化民众的方式实现西方死亡祭悼与上帝祭拜为目的。

传教士的汉文小说属于近代小说中的一部分，然而从更广阔的"文化—历史"背景来看，它又成为西方殖民侵略的重要组成部分。毕竟，"文化对待它所能包含、融合和正视的东西是宽容的；而对它所排

---

① 此书为哈佛—燕京图书馆藏本，题"光绪七年，福州城内太平洋福音堂印，福州美华书局活版"。本书对此小说内容的归纳亦参考上注中所提资料。

斥和贬低的就不那么仁慈了。"① 从传教士汉文小说中流露出来的对待中国祭悼文化的态度来看，他们主张基督教一神论的宗教信仰十分明显。面对佛教、道教中祭悼的多神论与偶像崇拜现象，以及佛教祭悼中的轮回转世，道教祭悼中的长生不老等观念，他们纷纷将其作为迷信之举予以否定，并企图以基督教义加以取代。在他们看来，基督教信仰中的上帝才是世间唯一需要祭拜的对象，人死之后灵魂会脱离肉体，行善者灵魂会入天堂，行恶者则被打入地狱。而且，在西方的宗教信念里，人生的意义在于得到上帝的眷顾；而在中国人的信念中，人生的意义在于得到家庭、家族成员的尊崇。所以，西方人死后，希望凭借祭悼仪式将自己的灵魂回归上帝并得到永生与不朽，而中国人则希望在死后，他的生前的行迹与思想能够通过祭悼留在血缘子孙乃至社会其他人的心中。

当然，西方化并不等于现代化，但西方化作为现代化的一种模式与现代化在某种程度上有着重合之处。传教运动的目标也从最初的单纯拯救个人灵魂转而强调建立以宗教文化为根基的社会秩序。可以说，他们既是破坏者，标榜改变中国人的思想与灵魂，构成了对中国传统文化的"现代性挑战"，又是革新者，为晚清以来具有革新意识的知识分子传递了具有借鉴意义的文化知识、价值观念与风俗范式，二者之间的合作关系对晚清以来的中国现代化运动产生了多方面的影响，近世"社会"也就渐渐拉开了帷幕，走在了"被全球化"的道路上。

## 二、"社会"的被发现——"世风"成为被审视与批判的对象

刘小枫在《现代性社会理论绪论》的前言中认为：20 世纪这 100

---

① ［美］萨义德：《文化与帝国主义》，李琨译，生活·读书·新知三联书店 2003 年版，第17 页。

年来所关注的实质性问题是现代现象，而现代现象源于一种文化基因的社会演化。所以，社会理论的形成是与现代现象及其现代性问题纠结在一起的。① 于是，他从这一角度论述了西方诸学者对现代性的不同看法，这不仅适合西方现代社会发展的状态，也同样对转型变革中的近世中国有着明显的启示。在中国追寻现代的步伐中，"社会"被先觉的知识分子从混沌的状态中发掘出来，同时，为与现代社会想比照，"世风"也被赋予了客观化色彩，以便有效地审视它，并能或激进或保守地批判它。

何为"世风"？概而言之，"世风"是一个社会的心态、精神气质、伦理规范等内容的展现，是价值体系的重要组成部分。一旦社会生活形态发生转型，"世风"所带来的客观价值体系必然产生根本性的变动。现代社会形态表现为一种激进的求新破旧气质，以及一种试图取代传统的形而上学的精神气质。这种情况在现代文学思潮的涌动中表现得最为明显，从清末谴责小说"目睹"社会之怪现状开始，到梁启超的《论小说与群治之关系》中论及小说对道德、民俗、宗教、文艺、人心等各方面有着"不可思议"的支配力量，再到五四文学中以"X 射线"视角透视社会，在病态的社会中叩问人的灵魂。在这种世风之下的主题心态中，往往会表现出实用价值理性与生命价值体验的结构性变化，这其中祭悼主题也不例外。所以，祭悼本身所包含的文化意义与习俗特征能够迅速进入现代知识分子的视野之内，而文学艺术也对这一全新内容给予了积极的书写热情，创造出了一系列与祭悼相关的反映世风世俗与人伦心态的文学作品。

近现代文化格局下，"社会"的被发现往往体现为人的个体价值与群体效应二者相互之间的对照关系，以期带来全新的生活方式与生存理

---

① 刘小枫：《现代性社会理论绪论·前言》，上海三联书店 1998 年版，第 1—2 页。

念。所以，作为个体的人，人们的眼光往往都聚焦于"社会"的瞬息万变，这就取代了传统秩序中个人对"天道"的顿悟以及对自我内心世界的"三省吾身"。在这种由"传统"向"现代"的转变过程中，文明的指路航标一直成为人们亟待追随的方向。因此，在现代知识分子那里，曾经被传统士大夫树为文化之基的诸种习俗因其现代意念的生成而成为"不良"现象，成为被审视、被批判的"万恶之源"。这体现为以下几点历史事实与文学想象：第一，中国祭悼观念及其文学想象的现代式变更始于19世纪末的国门大开，在"保国、保种、保教"的社会思潮之下，整个社会心态都涌现出前所未有的变动，而西方传播过来的文化讯息与话语也成为促进中国进入现代转型的政治、文化标志之一，祭悼观念便成为在本土与西方、文化与政治、个体与群体等多层面上促生中国文学现代转型的多种要素中的重要一环。第二，中国现代文明进程，既有被动的西方介入也有主动的传统筛选，但在五四时代，为了确立现代的价值而否定了古代的意义，传统成为一种臆断之中的"假想敌"，批判它成为确认"现代"合理性的重要手段。因此，中国根深的忠孝仁义、三纲五常等伦理内容自然首当其冲，于是一个问题出现了：如果选取死亡面前每一个人都逃避不了的祭悼观作为考察对象，五四先贤们将会有怎样的心理来对待这种最传统的文化呢？第三，将祭悼习俗作为晴雨表来审视现代社会，赋予人强烈的主体精神与抗争意识，这具有明显的时代现实意义。因此，在从晚清到五四这一"变"与"常"纠结的文化格局中，现代作家摆脱不了以祭悼这一特定主题进行艺术想象的可能性，更会将其置于被发现的"社会"与"世风"的大背景下，进行文学的情感宣泄与理智的文化审判，从而揭示现代人的悲剧人生与病态社会中的诸种现象，并反思其产生的文化根源。

　　"救亡图存"是近代以来的时代主题。在文化思想家与知识分子看来，诸种陋习所导致的"世风"日下是导致中国社会积弱落后的重要原因之一，这也成为作家们反思国民劣根性所聚焦的关键所在。毕竟，传统旧俗遮蔽了国人"睁眼看世界"的视野，不仅束缚了人们的思想，还阻碍了现代文明的进程；而且"世风"的嬗变与人的精神面貌有着密不可分的关系，它是近代以来民众意识觉醒与思想解放的重要表现。留辫、缠足、婚姻、节烈，甚至丧葬习俗与祭悼文化等都纷纷受到强烈的质疑与猛烈的抨击。所以，移风易俗、破旧立新，以"进化论"的理论实现"世风"的变革与演进也就理所当然地成为知识分子的时代命题。并且，在西方文明与近代科学的外力推动下，传统的祭悼礼仪受到了明显的变革，仪式上的去繁趋简与信仰上的破除迷信成为文明走向的重要标志之一，

　　"欲救中国，必自改革习俗入手。"① 这是一部分欲改旧俗以达救国目的的知识分子的集体呼声。虽然这不是解决困境的根本所在，但这种主张却在很大程度上推进了现代文明与文化的进程。所以，以"开通民智"为宗旨的文化救国直接营造了一个变革"世风"的新氛围，以此试图确立新的、带有群体效应的价值观念与社会约定，这也势必会形成一种新的、带有现代性意味的政治追求与文化选择。对于这一点，法国学者勒庞最早从"群体心理"角度分析了现代人类的文化更迭与信仰嬗变现象。他说："当我们悠久的信仰崩塌消亡之时，当古老的社会柱石一根又一根倾倒之时，群体的势力便成为唯一无可匹敌的力量，而且它的声势还会不断壮大。"② 可以说，从"群体心理"角度阐释社会转型时期的文化信仰问题具有很强的说服力，这种情况同样也符合近代中国的社会现状。积贫积弱的近代中国亟待解决的是民智的开通问题，所以当时有人指出："今中国有至大之患二，一曰贫，二曰愚。此二者

---

① 壮者：《扫迷帚》（第一回），见《绣像小说》第 43 期。

② ［法］古斯塔夫·勒庞：《乌合之众——大众心理研究》，冯克利译，中央编译出版社 2002 年版，第 6 页。

有其一焉，则足以亡国灭种。""若以中国目前之现状言之，已至国家极贫极愚之限，若再过此，则非国家矣。""故曰救中国之贫，宜先开中国之智。"① 这种认识在当时具有一定的代表性，早在戊戌维新时期，保皇派人士康有为分析洋务运动失败的原因时，就一针见血地指出时弊陋习所起到的决定性作用，他上奏光绪帝说："诚以积习既深，时势大异，非尽弃旧习，再立堂构，无以涤除旧弊，维新气象。"② 可见，如果不革除"旧习"，再来一次如洋务运动般设立厂矿、军事学堂等"堂构"的努力，其终究摆脱不了失败的结局。严复更是发出"华风之敝，八字尽之：始于作伪，终于无耻"的呼声。在如此虚伪无耻的衰败残局面前，在"吾欲与之为微词，则恐不足振聋而发聩；吾欲大声疾呼，又恐骇俗而惊人"的两难处境上，严复坚定地说："时局至今，吾宁负发狂之名，决不能喔咿嚅唲。"③ 这种绝然态度与超然勇气也正是前驱者们在披荆斩棘的跋涉路上的真实写照。可以说，近代知识分子反思国人愚昧的根源直接寻觅到"世风"中所积习的糟粕，将其看作失去生命活力的"死物"，并希望用"天演"、"新生"等带有启蒙作用的文化模式加以取代，实现民众群体的整体觉醒。因而，知识分子往往会撰文著书，以最严厉的言辞批判文化陋习，形成一种悼死求新生的"悼文"形式。这种情况恰如《老残游记》在"自叙"中的悲观说法："棋局已残，吾人将老，欲不哭泣也得乎？吾知海内千芳，人间万艳，必有与吾同哭同悲者焉！"④ 如果以聚焦现实、审视世风这种"求同"思维观察晚清文坛，不难发现"谴责小说"的作家们大都具有与刘鹗

----

① 《论贫与愚之因果》，《东方杂志》1904年第2期。
② 康有为：《上清帝第四书》，见郑大华、任菁编选：《强学——戊戌时论选》，辽宁人民出版社1994年版，第36页。
③ 严复：《救亡决论》，见牛仰山选注：《天演之声——严复文选》，百花文艺出版社2002年版，第80页。
④ 刘鹗：《老残游记·自叙》，人民文学出版社1957年版，第1页。

相同的心声。同时，"祭悼"旧俗以求世风转变与民众群体心理的变通，这种心路历程同样也反映出知识分子"祭语"将来的进化论努力与乌托邦想象，即试图将"人间"变成"天堂"，以此变"死"为"生"，感召人们奋不顾身、舍生取义，真正实现政治、思想、文化等领域的蜕变新生。这种情结多见于"政治小说"、"革命小说"中，在公理至上的理想社会构想中埋葬了现存社会的合法化生存。所以说，这种旧俗文化的"祭悼"心结无疑可以看作是近代社会变革的心理基础，也是近代知识分子进行文化抉择与文学思考的凭借所在。

　　采用"祭文"形式揭示社会文化当中的诸种世风陋俗，这在当时作家写作当中颇为流行。如对吸食鸦片的社会现象，就有不少文学作品描述过，但最具鲜明创作特征的要数李伯元的《某宦祭烟枪文》。该文采用祭文形式，生动刻画了嗜烟官吏的形象，细致描绘了嗜烟官吏与烟枪二者之间难舍难分的情感体验与忧愁惨郁的情绪。文章开头就说要"以心血一升，民膏五斗，祭汝烟枪之灵"。因为在这个嗜烟官吏看来，虽然"读书愈多，心计愈巧，求利愈工"，但却不如烟枪能给他带来刺激，让他"含蓄而老到也，酷烈而浑涵也"。而且，烟枪能够帮助他"服官有年，赃私巨万，其资之深，而左右逢源，如兵家之出奇制胜者"，其作用之大、效果之好、影响之深，无不跃然纸上。甚至这个官吏与烟枪达到了不离不弃的程度，以至于"晨夕相依，衾枕与共，孱弱困惫，则必求助于尔，忧愁惨郁，则必藉解于尔，尔非吾之至爱乎！尔非我之良相乎！吾虽与尔相离别，而吾心固未尝一刻而忘尔"。更有甚者，这位官员死后都要将烟枪带在身边，"吾如弃世，吾必取尔以为殉。"① 不难看出，用祭文的形式描写嗜烟官吏的心理与神态极具优势，也深刻地批判了当时社会所出现的吸食鸦片这种世风陋习。再如小说

① 李伯元：《某宦祭烟枪文》，见魏绍昌编：《李伯元研究资料》，上海古籍出版社1980年版，第436—437页。

《活地狱》，作者写作本意是揭示官僚贪污、衙门积弊、监狱黑暗等世风陋习，借此抨击当时的社会黑暗。但小说却鲜明地营造了一层祭悼文化的阴影。首先，地狱的观念常见于宗教当中，也可称为冥界，是人死后灵魂的归属地之一。小说命名为"活地狱"，其"魂离人世间，深入鬼门关"的寓意显而易见，民众生存的现实世界其实就是"地狱"，恰如作者在小说"楔子"中所说：堂上拍惊堂木的是阎王，而衙门里小鬼多得很，拉链子带人的是无常鬼，书吏是催命判官，衙役好比牛头马面。以至于作者断言："阴曹的地狱虽没有看见，若论阳世的地狱，只怕没有一处没有呢！所以我说他的厉害，竟比水火刀兵，还要加上几倍。"① 其次，在人们信仰体系中，地狱从来都是生前罪孽深重之亡魂所在的空间，因此，为轮回转世就必须接受各种酷刑折磨。而小说中无处不见的就是现实社会中的各种"酷刑"，其名目之多、刑罚之重、涉人之广堪比阴间地狱，足见作者匠心独运的文学构思。再次，民众对最痛苦的生存往往习惯以地狱来表述，经历大劫难也往往会以进地狱来形容。作者论述"活地狱"还有一层"劝善"的意图涵盖其中，以此警诫官吏众善奉行、诸恶莫为，这样才可取信于民、树立威信，即作者所说的"何妨就做些眼前功德，留个大纪念与百姓呢"！② 当然，假托"祭文"形式来指涉社会陋习、事端等世风问题的作品还有很多，比如吴研人的《黑籍冤魂》、《人镜学社鬼哭传》，陆士谔的《鬼国史》，怀仁的《卢梭魂》，静观子的《六月霜》，佚名的《宪之魂》，鲁迅的《伤逝》、《药》、《纪念刘和珍君》，郁达夫的《薄奠》、《沉沦》等作品都呈现出了明显的"祭文"特征，并对当时的时局与世风等社会现象进行了深刻的剖析与批判。

---

① 李伯元：《活地狱·楔子》，上海古籍出版社 1987 年版，第 2 页。
② 李伯元：《活地狱·楔子》，上海古籍出版社 1987 年版，第 3 页。

### 三、遗嘱与祭悼文——生死两界的"宣言"

近代变动的时局涌现出了诸多政治名人和文化名人，他们的死不仅仅是个体生命的结束，同时也会折射出文化本身"死结"与"新生"二者之间的交融情况。如果以现代性意念进行审视，一个不能忽视的文化载体便是他们的遗嘱，以及社会各界为他们撰写的祭悼类文章。毕竟，"人之将死，其言也善"，遗嘱应该可以看作是弥留之际情感态度最真诚的流露，是个性特征最直接的表征，是思想倾向最鲜明的体现。它不仅包含了个体临终前的遗愿，更有对亲情友情的留恋，对现实世界的愤懑，对政治、文化等理想抱负的惆怅。同时，祭悼他们的文章又会因各自立场的不同形成不同的声音，使原本自然的"死亡"过程反而扑朔迷离、纷繁复杂。所以，透过遗嘱与祭悼文所糅合的多样信息，我们可以更多地把握他们的人生境遇与生存图景，触摸历史细节背后的情感流露，这能够对梳理时局变动与文化脉络起到举足轻重的作用。

在诸多政治名人中，可以掌控晚清政坛局势的非李鸿章莫属。他建立淮军，平定太平军与捻军，创建亚洲第一的北洋舰队；他开办工厂，兴办洋务，促进了近代民族经济的觉醒；他审时度势、出洋考察，开辟了中国近代外交。这些成就为李鸿章带来了更多时代重任与艰难选择，他在弥留之际的最后一个奏折（实际上也是遗嘱）中说："服官四十余年，未尝因病请假"，"和约幸得竣事，俄约仍无定期"，"每念时局艰危，不敢自称衰病，惟冀稍延余息，重睹中兴。赍志以终，殁身难瞑"。① 这种鞠躬尽瘁的政治姿态是李鸿章的真实写照，也让他操纵了清末军政的大局走势。然而，面对清政府举步维艰的困局，仍旧"举行新政，力图自强"的李鸿章同时也存在"千夫所指"的人生污点。

---

① 《晚清掌门的遗嘱》，见曾辉编著：《民国名人的遗嘱》，团结出版社 2009 年版，第 3 页。

他不仅是清末典型的贪官，更主要的是中国最重要的卖国条约都是由他签订的，以至于留下了"卖国贼"的唾骂之声。可以说，他的一生风光无限，但同时也功过参半。在他死后，社会各界名流纷纷撰写祭悼文章发表各自的看法，让他一度成为近代历史洪流中争议最大的人物之一。他的学生严复挽联曰："使当时尽用其谋，知成效必不止此；设晚节无以自见，则士论又当如何！"① 不难看出，严复是站在李鸿章的立场上替他说话，在赞扬他洋务革新的同时也为他丧失名节而委婉辩护。而梁启超站在现代知识分子立场上对这位争议的晚清重臣进行了既别于市井又异于政客的史家论断，他在李鸿章去世几个月后著书悼念说："其为非常之奸雄与为非常之豪杰姑勿论，而要之其位置行事，必非寻常庸人之眼之舌所得烛照而雌黄之者也。"正因如此，梁启超感慨地说，"吾敬李鸿章之才，吾惜李鸿章之识，吾悲李鸿章之遇。"② 这一见解可以说超越了私情与党派的偏执看法，具有较为客观的史学家眼光。毕竟，李鸿章虽具有现代政治家的素养，但不能摆脱前现代社会的文化羁绊；虽引进西方科学技术，但不能改变晚清社会的利益基础；虽大力发展近代军工产业，但又不得不奉旨签署卖国条约。可以说，在悲剧的历史时期，他注定是一个悲剧人物，以至于郁郁而终。

国家民族的危难同样激发了热血青年的愤慨，改良一派代表谭嗣同便是戊戌变法中最引人瞩目的志士，这皆源于他被捕前所说的遗嘱式宣言："各国变法无不从流血而成功，今中国未闻有因变法而流血者，此过之所以不昌也。有之，请自嗣同始。"③ 抱着变法必死的决心，谭嗣同最终舍弃了日本使馆提供的"逃生"机会从容就义，用自己的鲜血

① 梁启超：《李鸿章传·李鸿章年谱》，东方出版社 2009 年版，第 212 页。
② 梁启超：《李鸿章传·绪论》，东方出版社 2009 年版，第 3 页。
③ 梁启超：《谭嗣同传》，见《谭嗣同全集》，生活·读书·新知三联书店 1954 年版，第 524 页。

向顽固守旧派做了最后的抗争。在狱中他更表明自己赴死的决心，作诗写道："我自横刀向天笑，去留肝胆两昆仑"，革命气节跃然纸上；刑场就义时，他慷慨激昂地说："有心杀贼，无力回天，死得其所，快哉快哉！"充分表现了追求真理、勇于献身的大无畏气概。谭嗣同死后，其妻李闰在他的忌日里都要赋诗悼念。其中流传至今的是七律《悼亡》，读起来让人肝肠寸断："盱衡禹贡尽荆榛，国难家仇鬼哭新。饮恨长号哀贱妾，高歌短叹谱忠臣。已无壮志酬明主，剩有奥生泣后尘。惨澹深闺悲夜永，灯前愁煞未亡人。"① 国难家仇面前，空房、孤灯，独自一人泣血写诗，这是怎样的精神压抑啊。此外，谭嗣同的好友唐才常挽联曰："与我公别几许时，忽警电飞来，忍不携二十年刎颈交同赴泉台，漫赢将去楚孤臣，箫声呜咽。近至尊刚十余日，被群阴构死，甘永抛四百兆为奴种长埋地狱，只留得扶桑三杰，剑气摩空。"② 作为刎颈之交，唐才常悔恨自己未能与好友共赴黄泉，将生路留给他人而死亡留给自己，以至于感慨无限，同时又深深惋惜谭嗣同刚受重用即牺牲，宏大的理想就此搁浅，长埋地下竟成永诀。

然而，谭嗣同英勇赴义的壮举却起到了良好的社会效应，其牺牲精神深深地激励了后来者。邹容、陈天华等许多年轻的革命党人都因敬仰他大义凛然的气节，毫不犹豫地选择了为国捐躯。戊戌变法失败后，清政府严厉镇压维新人士，当时年仅 13 岁的邹容，却勇敢地将谭嗣同遗像挂在书房，并写诗祭悼曰："赫赫谭君故，湖湘志气衰。惟冀后来者，继起志勿灰。"③ 表达了对维新志士士气衰落的哀伤和希望后来人

---

① 刘萍君：《先祖母李闰二三事》，见政协长沙市委员会文史资料研究委员会、政协浏阳县委员会文史资料研究委员会等合编：《谭嗣同研究资料汇编》，1988 年版，第 99 页。

② 梁启超：《饮冰室诗话（摘抄）》，见政协长沙市委员会文史资料研究委员会、政协浏阳县委员会文史资料研究委员会等合编：《谭嗣同研究资料汇编》，1988 年版，第 437 页。

③ 邹容：《为谭嗣同遗像题诗》，见杜力、王家崧编著：《英烈诗碑》（上编　革命英烈诗碑），首都师范大学出版社 2007 年版，第 26 页。

继承遗愿的期望。陈天华为抗议日本政府制定的《取缔清韩留日学生规则》以及日本媒体对中国留学生的侮辱，悲愤选择投海自绝，留下了遗嘱《绝命书》。他在其中写道："其有一线之希望者，则在于近来留学者日多，风气渐开也。使由是而日进不已，人皆以爱国为念，刻苦学习，以救祖国，由十年、二十年之后，未始不可转危为安。"这种理想却与现实形成了巨大反差，驱逐留日学生也就断了中国强盛的唯一希望。所以，陈天华号召大家"坚忍奉公，力学爱国"，为引起爱国学生的重视，他"以身投东海，为诸君之纪念"。[1] 陈天华跳海自杀、以身殉国的壮举激发了留日学生的爱国情感，引起了社会各界的广泛关注，宋教仁在为其撰写的祭文《烈士陈星台小传》中激昂地说，"近年革命风潮簸荡一时者，皆烈士（指陈天华，引注）提倡之也"[2]。陈天华好友冯自由的挽联"忆昔年扶桑设会，长沙设学，无锡设府，原期国复民苏，谁料破碎河山有今日；与吾子辛丑同砚，壬寅同盟，民元同事，忽告山颓木坏，此后搜寻史实向何人。"[3] 既深情地叙写了二人之间的友情，又精湛地概括了陈天华的救国理想与实践努力，在缅怀故友的同时也肯定了他自杀的价值，如同"警世钟"般唤醒沉睡的国人。此外，周恩来在南开学校毕业后东渡日本求学，临行前写下七绝诗："大江歌罢掉头东，邃密群科济世穷。面壁十年图破壁，难酬蹈海亦英雄。"[4]抒发他以陈天华为榜样救国救民的志向，这从另一方面也可看作是周恩来为陈天华写的"挽联"。

总之，生前的遗嘱与死后的祭悼文章可以看作是一个人较为真实状

---

① 《热血志士的遗嘱》，见曾辉编著：《民国名人的遗嘱》，团结出版社 2009 年版，第 22 页。
② 宋教仁：《烈士陈星台小传》，陈旭麓主编：《宋教仁集》，中华书局 1981 年版，第 24 页。
③ 冯自由：《中华民国开国前革命史续编》（上编），中国文化服务社 1946 年影印本，第 46 页。
④ 南开大学、中共中央文献研究室编：《周恩来早期文集 1912.10—1924.6》，中央文献出版社 1998 年版，第 300 页。

态的反映。而且，在追寻现代性的文化格局中，这种真切的情感寄托与价值立场不容忽视，也注定了文化名人与政治名人的死绝难平静。而遗嘱与祭悼文章背后所形成的另类祭悼文化图景，对掌握中国现代文学中的"私人性"情感流露与话语构成至关重要。毕竟，对命运变故的总结与思考，对人生态度的理解与书写，对落魄者与奋进者生命的人文关怀和价值判断等，从来都是现代文学不可逃避的重要母题。

# 第二章　国殇——革命背景下的政治与祭悼


中国一向就少有失败的英雄，少有韧性的反抗，少有敢单身鏖战的武人，少有敢抚哭叛徒的吊客。

——鲁迅：《这个与那个》①


人生有死，死有重轻，死以为国，身毁名荣，漠漠沙场，烈骨所暴，崭崭新国，烈士所造，千祀万禩，俎豆馨香，魄归蒿乡，魂在帝旁。

——孙中山：《祭武汉死义诸烈士文》②


没有什么比无名战士的纪念碑和墓园，更能鲜明地表现现代民族主义文化了。这些纪念物之所以被赋予公开的、仪式性的敬意，恰好是因为它们本来就是被刻意塑造的，或者是根本没人知道到底是哪些人长眠于其下。这样的事情，是史无前例的。

——安德森：《想象的共同体》③

---

① 鲁迅：《这个与那个》，见《鲁迅全集》第 3 卷，人民文学出版社 2005 年版，第 152—153 页。

② 孙中山：《祭武汉死义诸烈士文》，见《孙中山全集》第 2 卷，中华书局 1982 年版，第 242 页。

③ ［美］本尼迪克特·安德森：《想象的共同体——民族主义的起源与散布》，吴叡人译，上海人民出版社 2003 年版，第 11 页。

# 第一节 祭悼情怀与革命气节的对话

## 一、为了今天的记忆——革命小说中的"香火"传递

晚清文学现象当中最值得关注的是伴随着社会革命浪潮而出现的革命小说。在这些革命小说里，宣传革命思想、渲染革命情绪、鼓动民众革命热情、介绍革命成果等都是小说创作的关注点。所以，小说本身的教化意义大于美学意义，"文以载道"的文学观依旧发挥着固有的作用，只不过是在时代主题面前呈现出社会变革的现代特性。换句话说，在很大程度上，文学在摆脱传统伦理道德的约束后又成为现代革命政治的宣传品。当革命的宣传教育大于审美感知时，文学作品中的死亡意义也便被赋予了超脱身体死亡的本体价值，这尤其体现在晚清以来的革命小说中。所以，在革命主题面前，小说中的祭悼书写往往延续着烈士们的牺牲意义与生命价值，带着一种对逝去的革命气节的今天"记忆"，实现了革命者之间的"香火"传递。

出于维新变革以达"新民救国"的政治目的，在现代报刊杂志等传媒手段的参与下，小说的作家群与读者群不断扩大，很大程度上促成了晚清革命小说的急剧繁荣，也彻底改变了传统小说的文学观念。对此，黄人在《小说林发刊词》中说："今也反是，出一小说，必自尸国民进化之功；评一小说，必大倡谣俗改良之旨。吠声四应，学步载途。"① 说的便是时局变革后所产生的新式小说，在帮助国民进化的同时尝试改陋易俗的努力。所以，1897 年，梁启超与严复二人南北呼应，所拉开的变革小说的序幕也可看作是晚清"救国"革命的重要组成部

① 黄人：《小说林发刊词》，见《中国近代文学大系》第 3 集·第 13 卷·散文集四，上海书店出版社 1993 年版，第 138 页。

分。无论是《变法通议》还是《附印说部缘起》，在洋洋洒洒的政论中，梁、严二人的身份不是小说家，而是政治家和启蒙宣传家，他们都将小说的政治功利性认识得极为清楚。毕竟当时正值《马关条约》签订后，处在国亡民衰的危机下，提倡小说变革更有利于他们开展"变法"的政治尝试。到 1902 年，梁启超正式提出"小说界革命"的口号："欲新一国之民，不可不新一国之小说……何以故？小说有不可思议之力支配人道故。"① 这比先前更明确地提出了小说与政治革命之间的关系，将小说看作是变革政治的最佳武器。

所以，在这些政治革命小说中，为自由、民主、国强、民富而努力牺牲的仁人志士毫无疑问地会成为小说叙事的中心人物，而围绕烈士的祭悼书写也必然成为浓墨重彩之处，成为后来者继承遗愿、激发斗志的文学凭借。如孙景贤的《轰天雷》，从正直人士荀北山上万言书，请归政于皇上这一情节开始写起，小说表现了反对清王朝专制、立宪保皇、同情革命的立场。在极度的悲情中刻画了戊戌变法运动中的志士们慷慨就义的壮举；同时，又在继承烈士的革命志气下充分肯定了资产阶级暴力革命的主张，首点孙文，次点章炳麟，将他们看作最优秀的英雄人物。荀北山的行为恰如"轰天雷"一般，震惊了全国上下，而更能促使国人觉醒的则是小说中极力刻画的那些赴死就义的烈士们的壮举，也许这才是真正的"轰天雷"，在点燃革命火种的同时也促发了烈火的全国范围蔓延。郑权的《瓜分惨祸预言记》题标"政治小说"，作者借明代遗民之口，预言 1904 年后，九国公使将会在北京按照协议瓜分中国，仅将山西作为满人最后的统治区域。而清政府姑息养奸，任其所为，俯首听命于帝国主义侵略。同时，国人都醉生梦死，毫不关心国家大事。就是在这种时代环境下，作者塑造了爱国志士夏震欧、曾群誉、仇弗

---

① 梁启超：《论小说与群治之关系》，见张品兴主编：《梁启超全集》第 4 卷，北京出版社 1999 年版，第 884 页。

陶、华永年等人物，在前仆后继地开展救国斗争，成立了兴华帮共和国并得到诸列强的认可。很明显，面对黑暗的现实中国，作者将希望寄托在爱国志士身上，在祭悼的光环下发挥革命的遗愿，鼓舞国人继续战斗，爱国救世之心可见一斑。

法国学者托克维尔认为有两种爱国主义，即"本能爱国主义"与"理智爱国主义"。前者"既有对古老习惯的爱好，又有对祖先的尊敬和对过去的留念，怀有这种情感的人，珍爱自己的国家就像心爱祖传的房产……因此，他们把爱国主义中所包含的情感的一部分转化为忠君的热情，为君主的胜利而自豪，为君主的强大而骄傲"。而"理智爱国主义"在托克维尔看来"虽然可能不够豪爽和热情，但非常坚定和非常持久。它来自真正的理解，并在法律的帮助下成长。它随着权利的运用而发展，但在掺进私人利益之后便会消减"。这是一种"共和国的理智的爱国主义"。① 反观中国近代时局，晚清格局之变带来国人爱国情感的变更却有着更加复杂的因素在里面，士大夫阶层的复杂性使得他们既能体现出"本能爱国主义"的忠君情结，同时又会不推崇君主，甚至在爱国主义旗帜下，有推翻君主的政治举动。但这又明显区别于"理智爱国主义"，有着中国本土化的爱国主义形式：一是这种爱国主义情感有时是理性的，有时又极端排外；二是它有时是统一的，有时内部以充满了相互之间的非理性攻击和谩骂。这就是一个传统悠久的文明从"天朝上国"的美梦中惊醒后的反应，在惊慌失措的无知中存有不容忽视的统一和坚定。所以，晚清已降的巨变激发了国人心中本来并不存在的现代民族国家意识，其思维深处呈现出来的是从"天下"到"国家"的转变。文学家笔下的爱国主义更多地希望以英雄志士的热血来带动国民的觉醒，然而在这种觉醒后的社会重构中，西方的文明与秩序则成了

---

① ［法］托克维尔：《论美国的民主》（上卷），商务印书馆 1996 年版，第 268—269 页。

他们文学想象的参照物。

所以，以曲笔影射没落的清政府是当时革命小说的一大特点。一方面，在革命浪潮的推动下，清政府虽苟延残喘，但尚未出现土崩瓦解、大势已去的局面，因此也极为重视新兴舆论媒体对民众思想的导向作用；另一方面，引进西学以挽救垂死中国是革命小说的重要内容，而描绘域外高举自由、民主、科学等先进旗帜对腐朽旧势力的革命举动更容易让国内热血青年接受，毕竟，西方民主之路是当时革新中国的"取经之路"。如连载于《新小说》第一至五号上的未完成小说《东欧女豪杰》便是这样的代表。小说署名"岭南羽衣女士"，以俄国 19 世纪 70 年代民粹派为题材，通过俄国虚无党人苏菲亚的革命活动，赞扬了她为反抗封建专制政府，不畏强权而被捕坐牢甘愿献身的革命精神。苏菲亚出身贵族，但却接受了进步思想，以救世为己任，为唤起民众觉醒，她装扮成贫苦女子，向群众宣传救国思想时不幸被捕，在狱中坚强不屈。虽然小说没有写到苏菲亚的悲烈就义，但她以身殉义的高尚情操却表现得淋漓尽致，小说营造的伤悼氛围极为浓烈，惋惜英雄早逝的同时更希望读者"幸毋以对岸火灾视之"。可以说，《东欧女豪杰》描绘的苏菲亚女英雄形象，对 20 世纪初求新求变的中国革命青年来说意义重大，其舍生取义、牺牲自我以求国富民强的凛然气节对他们来说，是一种鼓舞，更是一种鞭策，以至在《新小说》第五号中对苏菲亚撰写了这样的悼词挽文："东欧万里尽阴霾，戮力齐心拨欲开。故国不堪回首中，男儿能不愧裙钗。"① 这种集于热血青年呼声的题词无不显示出女豪杰苏菲亚的革命牺牲精神在当时的影响。而且，在小说《哀女界》中同样有这样祭悼意义的文字表达与情感传递："他日义旗北指，羽檄西驰，革命军中，必有玛尼他、苏菲亚为之马前卒者，巾帼须眉，相将携

---

① 《新小说第一号题词十首》，见梁启超主编：《新小说》第五号，1903 年 5 月 15 日。

手……"① 由此可见苏菲亚形象影响之大，范围之广，程度之深。

严复和夏曾佑一直强调小说的社会作用，并一致认为人类都会有一个公性情，"何谓公性情？一曰英雄，一曰男女。"一方面，英雄在天下家国中发挥着无以替代的作用，以至"豪杰愈为天下家国所不可一日无"；另一方面，爱情成为维系社会的基本礼法，即所谓"男女之情，盖几几为礼乐文章之本"。所以，在英雄与爱情的交织下，"英雄之为人所不能忘，既已若此，若夫男女之感，若绝无与乎英雄。然而其事实与英雄相倚以俱生，而动浪万殊，深根亡极，则更较英雄而过之。"② 可以说，这种对小说创作的认识极为清晰地预示了时代洪流下小说发展的基本走向，将爱情与英雄并置在小说创作中，英雄赴死的正气不仅验证了爱情的完美，更凸显了爱情主题之下英雄主义的崇高，更能激发热血青年的革命热情，致使当时一大批作家采取这种方式进行创作。

包天笑的书信体哀情小说《冥鸿》，如果从其内容与文体上来看，它更具有祭悼小说的特征。小说开篇之前，包天笑就交代，他的朋友大哀是辛亥革命烈士，生前与夫人有过约定，每周通信一封。所以，"及大哀既战死，招魂设座于家，夫人仍守大哀临别之一言，每星期必作一书，焚化于炉中。"③ 而这11封书信正好构成了小说的内容。妻子以"未亡人娟"的身份写信给为国牺牲的丈夫大哀，涉及对辛亥革命后社会现状的评论。如"第一百六十九号"信中说，"今则媚视烟行者盈天下，狗苟蝇营之风，益复大盛。以娟度之，殆有过于前清之季。"而这

---

① 亚庐：《哀女界》，见《女子世界》第9期。
② 严复、夏曾佑：《本馆附印说部缘起》，引自陈平原、夏晓虹：《二十世纪中国小说理论资料》（第1卷），北京大学出版社1988年版，第2—6页。
③ 包天笑：《冥鸿》，见吴组缃、端木蕻良、时萌主编：《中国近代文学大系·小说集七》，上海书店出版社1992年版，第764页。本书中对该小说引用皆出此处，注释不一一标明。

种情况，对为改变旧局势而牺牲的革命烈士来说，是绝对不想看到的。所以未亡人娟通过冥信发出了这样的感慨："嗟夫！嗟夫！哀哥倘生今世，亦必悲愤填胸，怒发冲冠。今已为长眠之人，解脱一切，或徒有悲悯耳。"书信中对辛亥革命后的社会现状述说可见一斑。在"第一百七十一号"信中，未亡人娟向亡夫大哀诉说了烈士子女的教育问题。她说："今日方吸集一国之财，为争权夺位之资，亦奚暇顾及所谓教育事业耶？"伤感之情跃然纸上，但批判社会的愤慨也极为强烈。在"第一百七十五号"信中，未亡人娟说出了辛亥捐躯烈士的理想与现实的对照，"当日志烈之士，倡种族革命之说。今种族革命已遂矣，而所愈于满清末季者几何耶？"对牺牲的烈士来说，革命果实被窃取是一件非常痛心的事，"掷无量数志士仁人头颅，而其结果仅值此，实为当时所不料。"在随后的几封信中，未亡人娟回忆了过去的美好生活，温情之中涌动着对逝去爱人的思念和感伤。这种抒发情感的方式恰如忆语体散文，即如"第一百九十一号"信中所说，"娟每端坐静思，往事如潮，辄奔赴于脑臆，虽一针一线之微，时若有可以追忆之端，向者亦尝杂录数则，名之曰忆语。"所以信中的追思忆语频频出现，如"好花拂户，明月窥帘，温馨光阴，去如一瞥，有不令人肠断耶！"（第一百七十七号）；"我欲问君，君能答我，君如有灵，则我梦魂中夜夜仁君，宁不能一倾三年中积愫耶！"（第一百八十六号）；"犹忆我辈蜜月以后，并坐轩中，我方食梅子，君嫌其酸泌齿牙，掷诸庭除之前。"（第一百八十七号）；"鸳已成孤，鹤犹添算，白头偕老之祝词，一易而以红颜薄命等普通名词，供人叹唱，境之不同，有如是哉！"（第一百八十九号）。不难看出，信中所流露的思念之情至纯至深，催人泪下，而英雄与男女两个主题之间的完美契合更提升了小说阐释的多层含义，也在很大程度上实现了严复与夏曾佑在小说创作上的理论主张。

当然，单纯的爱情并不是英雄主义的展现，而男女之情全部糅入

"大爱"当中，这才真正将英雄主义的牺牲精神与就义举动的激励作用发挥到极致。林觉民是一位试图推翻帝制的革命志士，在革命前他就清晰地认识到革命起义牺牲者给国民所带来的巨大影响。革命前，他对郑烈说过："此举若败，死者必多，定能感动同胞。……使吾同胞一旦尽奋而起，克复神州，重兴祖国，则吾辈虽死之日，犹生之年也，宁有憾哉！宁有憾哉！"① 也正是抱着这种必死的决心，他在激情与眷恋的情感交织中写下《与妻书》，这封信也可以看作是极具现代意义的"遗嘱"。这封书信是林觉民殉国后其友人从门缝中投入林氏家中的，也是英雄眷恋之情的最后表白。在近代革命风云变幻的时空环境中，真心革命的革命党人不仅要面对自己的娇妻幼子，更要牵系社会发展、国家危亡。林觉民将爱国爱民看作是爱情的归宿，所以他说，"吾至爱汝，即此爱汝一念，使吾勇于就死也。吾自遇汝以来，常愿天下有情人都成眷属；……吾充吾爱汝之心，助天下人爱其所爱，所以敢先汝而死，不顾汝也。汝体吾此心，于啼泣之余，亦以天下人为念，当亦乐牺牲吾身与汝身之福利，为天下人谋永福也。汝其勿悲！"作为一名民主主义战士，心胸容纳的岂可只有儿女私情？林觉民的《与妻书》是缠绵的爱情颂歌，更是对祖国深切爱恋的正义之歌。他慷慨激昂地说："吾辈处今日之中国，国中无时无地不可以死？到那时使吾眼睁睁看汝死，或使汝眼睁睁看我死，吾能之乎？抑汝能之乎？……今日吾与汝幸双健，天下人人不当死而死，与不愿离而离者，不可数计；钟情如我辈者，能忍之乎？此吾所以敢率情就死不顾汝也。吾今死而无余憾，国事成不成，自有同志者在。"② 这个有着血肉之躯的普通人，同样又是有着崇高理

---

① 郑烈：《林觉民传》，见《革命先烈先进传》，中国国民党中央党史史料编撰委员会编辑，"中华民国"各界纪念国父百年诞辰筹备委员会 1965 年版（台湾），第 119 页。
② 林觉民：《与妻书》，见江河编：《名人的遗书》，时代文艺出版社 2006 年版，第 209—210 页。

想的革命家，在生死离别之际依旧思考着如何实现国家与社会的真正民主，那赤胆忠心的革命豪情感染着所有的后继革命者，成为留给后人的一份珍贵文化遗产。

周瘦鹃的《为国牺牲》也可算是一篇祭悼英雄亡魂的爱国主题小说。小说以浪漫主义笔调，极力凸显了顾明森大尉为国捐躯的感人事迹。其中，前三个部分是铺垫，无论是家人送别之景，还是顾明森到阵地接受任务，并胜利完成断桥歼敌任务，都铺垫了小说最后所显现出来的悲壮之举——顾明森用自己的血肉之躯填了炮筒帮助我军夺得最后胜利。在"大中华民国万岁"的呼喊声中，震撼灵魂的还有巨炮上那殷红未干的血迹，成为一首荡气回肠的祭悼英雄亡魂的颂歌。

值得一说的是，鸳鸯蝴蝶派作家虽然爬梳在言情的小天地里，但他们中大多数人的血液里同样具有强烈的爱国热情，当祖国面临危机时，他们也会通过文学创作来宣传爱国思想。如1915年5月，日本政府通过袁世凯向中国提出的"二十一条"被报道后，触怒了中国作家的情感底线，他们不约而同地称这天为"国耻日"，并在多家报纸杂志上首创"国耻"专号。《礼拜六》搜集当时各报新闻，辟《国耻录》专栏选登，周瘦鹃还写了《亡国奴日记》、《中华民国之魂》、《祖国重也》、《为国牺牲》等爱国小说，塑造了诸多为国捐躯的义士，借以呼唤国人抵抗外辱。1919年五四运动爆发，在"还我青岛"的浪潮里，周瘦鹃又将《亡国奴日记》抽印成册，广为散发，希望民众知道亡国的痛苦，奋起救国。李涵秋也将五四运动写入《战地莺花录》，以主人公蹈海自杀，来激励人们的爱国热情。包天笑的《谁之罪》写学生相互鼓励，冒死抵制日货，姚鹓雏的《牺牲一切》写某留学生辞去日本洋行工作，宁愿牺牲生命也要另谋出路。可以说，这些作品中无不流露出一种祭悼英雄亡魂的悲哀情怀，并在这种"尊死与祭亡"的叙事结构中表达自己对革命的热情，从侧面反映了作家对五四运动强烈支持的情感。

或许，永垂不朽是革命烈士们共同追求的价值理念，也是革命理想中凸显人性的最佳内容。然而，英雄志士们绝不希望他们的死是徒劳的，他们更希望以生命的结束来换取危难时局中国民的集体觉醒，希望这种革命的"香火"不断传承。而身体又永远是革命的本钱，所以，身体的存在形态也就决定着革命精神的延续与永存。无论是生的躯体还是死亡的躯体都在革命精神的维系下发挥着社会作用，因此对死去身体的革命者以文学方式祭悼，其本身的意义与价值极其重大，因为只有在鼓励与渲染下，革命的情绪才会极度高涨，革命才会成功，这当然也是革命小说创作的最终愿望。

## 二、亡魂与英雄的密谋——乌托邦境域中的同志情结

在激流涌荡的革命环境里，时代领军人物在历史发展中的作用从来都不容忽视，其人格魅力与精神旨归都将成为一种方向性的指路航标，吸引先进青年尾随其后。所以，站在时代浪尖上的各界人士总会以一种楷模式的形象出现在文学作品中，尤其是伴随着近代印刷业的普及，各类期刊、报纸副刊中都会刊出卓有建树的名人画像，以期通过他们的深邃思想或者他们笔下的人物所彰显出来的英雄气概来勉励中国热血青年，完成宏大的革命事业。而在这种主观建立的互动联系中，亡魂与英雄二者之间的形象互渗则成了最为闪亮的一种类型化模式，在一种乌托邦境域内实现了同志情结的相互传递与革命情感的相互渗透。

1902 年，在梁启超创刊的《新小说》第 2 号上刊出了拜伦和雨果的铜版插图，并对二人冠以"大文豪"的称呼。在拜伦生平简介中梁启超写道："拜伦又不特文家也，实为一大豪侠者。当希腊独立军之起，慨然投身以助之。卒于军，年仅三十七。"① 很明显，对寻找救国

---

① 转引自倪正芳：《拜伦与中国》，青海人民出版社 2008 年版，第 35 页。

之路的政治活动家梁启超来说，拜伦作为希腊英雄的形象比作为文学家的身份更具有现实价值。所以，梁启超将拜伦画像刊载到《新小说》中，希望借助拜伦的亡魂及其英雄的事迹达到一种救国的可能性。即拜伦身上体现的民族主义和帮助弱小民族的"侠义"精神吸引了梁启超，而拜伦在中国文学中的第一次亮相就已经被塑造成为具有人道主义精神、敢于牺牲的英雄形象，并以此深深地影响了近代中国知识分子的精神世界。所以，梁启超在其创作的具有乌托邦意义的小说《新中国未来记》中，以散曲形式译出了拜伦长诗《唐璜》中的《哀希腊》片段：

> （沉醉东风）希腊啊！希腊啊！你本是和平时代的爱娇，你本是战争时代的天骄。撒芷波歌声高，女诗人热情好，更有那德罗士、菲波士荣光常照。此地是艺文旧垒，技术中潮。即今在否？算除却太阳光线，万般没了！
>
> （如梦忆桃源）玛拉顿后啊，山容缥缈，玛拉顿前啊，海门环绕。如此好河山，也应有自由回照。我向那波斯军墓门凭眺，难道我为奴为隶，今生便了？不信我为奴为隶，今生便了！①

诗歌中讴歌了希腊的辉煌历史，但更哀悼了希腊此时被奴役的处境，在悠扬顿挫的情感中鼓励希腊人民团结起来，为希腊的自由奉献自我。通观《新中国未来记》创作，梁启超极为重视《哀希腊》在文本中的作用，其新民救世的感情完全透过这首诗歌传递出来，而拜伦身上所折射出的英雄气概以及号召希腊人们起来反抗外辱的义举与当时梁启超的心境遥相呼应。所以，梁启超借小说中的人物李君之口说："这诗虽属亡国之音，却是雄壮愤激，叫人读来精神百倍。他底下遂说了许多

---

① 梁启超：《新中国未来记》，见张品兴主编：《梁启超全集》，北京出版社 1999 年版，第5631 页。

什么'祖宗神圣之琴，到我们手里头，怎便堕落'，什么'替希腊人汗流浃背，替希腊国泪流满面'，……句句都像是对着现在中国人说一般。兄弟也常时爱诵他。"① 这恰恰是当时梁启超的真实感悟——希腊曾经经历的就是现在中国所经历的——所以他也渴望透过拜伦亡魂与英雄双向身份的融合来激励中国青年，英雄振臂一挥，响应者云集，振兴国家则指日可待。这样，英雄身份的拜伦在中国读者心中与争取"民族国家"的努力融为一体，给绝望中的青年人带来了莫大的精神支持，鼓舞了当时与希腊人境遇相同的中国人救国图存的心态。

对英雄拜伦形象的关注不仅仅限于梁启超，当时著名的政治活动家马君武同样对拜伦表现出了强烈的兴趣。他在《十九世纪二大文豪》一文中认定拜伦是参加希腊自由战争中病死的侠士作家，所以他说拜伦是"英仑之大文豪也，而实大侠士也，大军人也，哲学家也，慷慨家也"，"闻希腊独立军起，慨然仗剑从之，谋所以助希腊者无所不至，竭力为希腊募巨资以充军实，大功未就，罹病遂死"。② 这种认识与梁启超不谋而合，扩大了拜伦的英雄形象在中国所产生的影响。不仅如此，深陷亡国危机中的爱国知识分子对拜伦的长诗《哀希腊》感触颇深，多有宣扬，而中国读者很大程度上正是透过这首长诗表达出来的祭悼哀伤之情加深了对拜伦英雄气节的认识。

到文学家苏曼殊这里，更是将拜伦的英雄气概与救世之举加以自比，用"知音"的身份深入到拜伦性格认知的深层中，在浓烈与冷静中达到与拜伦心灵契合的状态。在苏曼殊看来，拜伦"以诗人去国之忧，寄之吟咏，谋人家国，功成不居，虽与日月争光，可也"。③ 这种

---

① 梁启超：《新中国未来记》，见张品兴主编：《梁启超全集》，北京出版社 1999 年版，第 5631 页。
② 马君武：《十九世纪二大文豪》，见《新民丛报》第 28 号，1903 年 3 月。
③ 苏曼殊：《拜伦诗选自序》，见柳亚子编：《苏曼殊全集》第 1 卷，中国书店 1985 年版，第 125 页。

赞叹虽有拔高拜伦历史影响的嫌疑，但足可见苏曼殊对拜伦式革命精神与英雄义举的独好。早在 1908 年苏曼殊东渡日本时，便因去国离乡的寂寞感与无根感而强烈喜欢上了拜伦，他当时带着对中国时局的幽怨，重新翻译《哀希腊》到了如痴如醉的地步，以至于郑逸梅说他"泛舟中禅寺湖，歌拜伦《哀希腊》之篇，歌已哭，哭复歌，梵声与流水相应，盖哀中国之不竞，而以伦身世自况。舟子惶骇，疑其痴也"。① 诗歌中有这样的片段：

> 故国不可求，荒凉问水濒。不闻烈士歌，勇气散如云。琴兮国所宝，仍世以为珍。今我胡疲恭，拱手与他人。
> 威名尽坠地，举族供奴畜。知尔忧国士，中心亦以恧。而我独行谣，我犹无面目。我为希人羞，我为希腊哭。②

很明显，苏曼殊将自己的情感融入到了诗歌翻译中，在祭悼拜伦的同时发出了无声的哭诉，为拜伦，为希腊，为自己，更为风雨摇曳的中国。除此之外，辜鸿铭、胡适、卞之琳等人都翻译过《哀希腊》，用中国文人的情愁哀绪悼念拜伦；而作为思想家的鲁迅理解得更是深刻，《摩罗诗力说》中，鲁迅在"别求新生于异邦"的实践努力下，希望中国能够出现更多的像拜伦、雪莱等人一样的"精神界之战士"，发扬拜伦的"摩罗式"叛逆精神，坚定自由追求的向往，只有在这种情况或者氛围下，才可以在中国留下无数个"拜伦式"中国英雄志士的影子。

启蒙思想家卢梭的形象也在当时备受关注，在晚清知识界产生过重要影响。1905 年同盟会成立，在其会刊《民报》第一期卷首所刊登的便是"世界第一民权主义大家卢梭"的图像，在一种缅怀逝者的氛围

---

① 郑逸梅：《南社丛谈》，上海人民出版社 1981 年版，第 297 页。
② 苏曼殊：《哀希腊》，见柳亚子编：《苏曼殊全集》第 1 卷，中国书店 1985 年版，第 79 页。

中宣扬卢梭的自由民主精神，由此可管窥当时革命党人借助亡魂所要实现的政治诉求和情感价值取向。此外，《新民丛报》第五号同样也刊载了卢梭的遗像，为变法图强做思想舆论准备。由此可见，不管是革命派还是改良派，虽然他们对拯救衰微的中国方式不一样，但都不约而同地选择了启蒙家卢梭的思想，并借用他的亡魂扩大在中国的影响力，实现了亡魂与英雄的密谋。

　　邹容的《革命军》亦借用卢梭的逝者形象，将他的思想作为挽救国难民危的救世良药，他说："夫卢梭诸大哲之微言大义，为起死回生之灵药，返魄还魂之宝方，金丹换骨，刀圭奏效，法美文明之胚胎，皆基于是。我祖国今日病矣死矣，岂不欲食灵药、投宝方而生乎？苟其欲之，则吾请执卢梭诸大哲之宝幡，以招展于我神州土。"① 可以说，在《革命军》中，借卢梭之魂鼓动民众革命的尝试极为明显，而邹容本人也"自比法国卢梭"②，足见其影响之深。小说《血痕花》，更是将卢梭的描绘加以中国本土化，将其英雄形象定义为中国式的儒者，有着豪侠般的精神气质，在介绍先进的西方民主平等思想的同时为中国的振兴事业而积极奔走。③ 到《东欧女豪杰》这里，作者在祭出卢梭亡魂的同时，更是高度赞扬了卢梭的作品《民约论》，称其为"救苦救难观世音经"。④ 而怀仁的《卢梭魂》中，更是将这种亡魂的祭悼与救世英雄的伟大推向了极致。小说采用魔幻荒诞的手法，依据佛教中生死轮回观念，将卢梭的亡魂作为一个线索性的人物，在不断抗争与革命中推进了小说情节的跌宕起伏。在"楔子"中假托启蒙思想家卢梭的魂灵漂游

① 邹容：《革命军》，中华书局 1971 年版，第 3—4 页。

② 邹容：《邹容集》，重庆出版社 1983 年版，第 12 页。

③ 蕊卿：《血痕花》，《浙江潮》第 4 期，见罗家伦主编：《中华民国史料丛编》，中国国民党中央委员会党史史料编纂委员会 1983 年版，第 140 页。

④ 岭南羽衣女士：《东欧女豪杰》，见《中国近代小说大系》，百花洲文艺出版社 1991 年版，第 618 页。

到东方大地，与黄宗义、展雄、陈涉三人在阴曹地府中相碰。四魂灵对当时阎王的专制统治极为不满，决定鼓动革命，推翻冥府中的君主专制。但事情泄露后，被阎王缉拿，卢梭等人只好逃亡至人间的唐人国托生，因此引出了本书的故事发展，而《卢梭魂》也因此得名。作品中的唐人国自然影射的是中国，统治者曼殊自然是满族的谐音称谓。在曼殊残暴统治下的唐人国中，汉县朱家村有朱胄、东方英、武立国三人立志收复唐人国，率众揭竿而起，占据汉山，凭借"独立峰"与"自由峡"的天险安营扎寨，并树起"夺回唐人国"、"驱尽曼殊人"的旗帜，招兵买马、习武练兵，为收复唐人国而积蓄力量。此外，建中县富户华裕后、黄福郎舅二人因受官府迫害而投奔汉山，而他们的儿子华复和黄人瑞听闻消息后，放弃在日本求学的机会，归国后联络了各路英雄，逐渐壮大了义军的力量。而曼殊女王得知汉山的消息后，便派兵讨伐义军，义军被围困后有幸得到黄帝显灵帮助，以"自由钟"做镇山之宝，并称"自由钟"自动响起时，便进兵剿灭曼殊，收复国土，故事至此结束。可以看出来，小说将卢梭的启蒙精神糅进了革命英雄人物的言行举动当中，宣扬了爱国主义、民族主义和民主主义思想。作者怀仁在小说中表现出了他对思想启蒙者的缅怀祭悼情怀，借助英雄义举暴露出了晚清政府的黑暗、腐败与军队的残暴，更将矛头指向慈禧太后，显示了小说的进步性。

此外，更多的革命烈士走出了沉默的无声世界，走入了民众的阅读空间。在民众的集体祭悼中，英雄与亡魂的结合有了特定的时代意义与历史价值，并由此在一种乌托邦的革命思想领域内预示了革命精神的无上荣耀、革命义举的前仆后继以及在此基础上对中国命脉的无限希望。如革命党期刊《民报》在以大量篇幅揭露清政府伪立宪的同时，连续刊发那些壮烈牺牲的革命志士的肖像、遗书等，在缅怀烈士的同时也努力吸引民众眼球，争取民心，引领民意。较具代表性的有为唤醒"沉睡"的国民而蹈海自杀的《猛回头》、《警世钟》的作者陈天华的肖像，为暗杀赴洋考察五大臣而壮烈牺牲的吴樾烈士与其未婚妻子的合影。尤其是吴樾被炸身亡的照片，身上衣服破碎、血肉模糊，憔悴的面孔却印刻着桀骜不屈的神色，在很大程度上唤起了民众的激愤之情；再有就是刺杀安徽巡抚恩铭的烈士徐锡麟的遗照，鉴湖侠女秋瑾的英姿，以及邹容、杨卓林、史坚如、马宗汉、陈伯平等革命烈士为国家前途慷慨赴死的肖像，从印刷品走向大众传播的关注点上，一幅一帧都成为鲜明的符号。这些生动的影像与善恶分明的文字评说，相互对应、彼此契合渗透，激励鼓舞着民众的革命热情，并以点滴累积的方式将民众的立场自然而然地汇聚到对革命党政见的拥护和支持上。

这其中最让中国民众揪心的革命人物要算是鉴湖女侠秋瑾。1907年，年轻的秋瑾在故乡绍兴被清政府杀害，成为中国历史上第一个因政治原因而牺牲的女性，引发了社会各界的集体祭悼。从当时的文坛状况来看，几乎所有的进步报刊都发表了缅怀祭悼女英雄的文章，而更多的作家则将秋瑾作为小说创作的原型人物，创作了大量文学作品以寄托对女英雄的哀思之情，并借以鼓励大家继承她的遗志，完成尚未成功的革命事业。这种情况恰如《敬告为秋女士呼冤者》一文所述："女士之死，海内冤之。哭以诗者有人，吊以文者有人，传其遗事者有人，刊其著述者有人，知其冤而对浙中大吏笔伐口诛者有之，闻其冤而愤浙中士绅致函诘责者有人。"① 从当时作为舆论中心的上海来看，各类报纸做出了迅速报道：《时报》除连续报道秋瑾遇害事件的始末外，更发表了祭悼秋瑾的《哀秋瑾案》、《记秋女士遗事》、《对于秋瑾被害之意见书》等几十篇有关秋案的评论文章和诗词、漫画等。更对秋瑾赴死就义的过程进行了细致描述："行至轩亭口，秋瑾不作一声，惟注视两旁

---

① 《敬告为秋女士呼冤者》，见浙江省社会科学院历史研究所、浙江图书馆编：《辛亥革命浙江史料续辑》，浙江人民出版社 1987 年版，第 358 页。

诸人一周，即附首就刑。观者如堵。"① 此外，《申报》没过几天就刊发秋瑾诗六首，祭悼秋瑾的文字达三万多字，涉及内容包括秋瑾被捕与就义的详情、绍兴府公布的有关秋瑾"罪案"、秋瑾被害后的余波、秋瑾持手杖的男装照片以及各种祭文挽联等。1907 年 10 月 6 日《申报》刊出的《徐锡麟传》一书广告中，有"徐手刺皖抚，剖心而死，祸及秋瑾女士大狱。……小像七幅，并有秋瑾女士墨迹一章"② 等语，尽管是广告，其中却充满了对秋瑾的伤悼与敬意。此外，《时报》还刊载了秋瑾好友吴芝瑛撰写的《秋女士传》、《纪秋女士遗事》、《西泠吊秋》七绝四首等诗文，还有明夷女史在《敬告女界同胞》中写道："至于以国民之权利、民族之思想，牺牲其性命而为民流血者，求之吾中国四千年之女界，秋瑾殆为第一人焉。则秋瑾之死，为历史上放光明者，良非浅鲜。……继秋瑾之后者将闻风接踵而起，崇拜之，欣慕之，女界革命之传播，必速于置邮而传命，今日者特其起点而已。……我二万万同胞人人心中有秋瑾之铜像，人人脑中有秋瑾之纪念，则秋瑾虽死犹生。"③ 而《文娱报》则在头版刊登广告，征集祭悼秋瑾的各类文学作品，广告词中说："敬请诗界男女同胞竞赐佳章，无论祭文、挽联、诔词、铭赞，邮寄上海租界广西路宝安里浦东同人会谢企石收，限中秋截止，揭晓从速，酬教从优，如赐传奇或剧本短篇小说，则更欢迎。……"④ 可以说，秋瑾的惨死激起了民众祭挽歌哭、抗议请愿：《祭秋瑾》、《挽秋女》、《吊越女》、《哭侠魂》、《轩亭冤》、《轩亭血》、《轩亭秋》、《碧

---

① 《中国近代史资料丛刊》、中国史学会编：《中国近代史资料丛刊》（辛亥革命三），上海人民出版社、上海书店 2000 年版，第 43 页。

② 转引自傅国涌：《追寻失去的传统》，湖南文艺出版社 2004 年版，第 18 页。

③ 明夷女史：《敬告女界同胞》，见浙江省社会科学院历史研究所、浙江图书馆编：《辛亥革命浙江史料续辑》，浙江人民出版社 1987 年版，第 361 页。

④ 《追悼秋瑾广征著作启》，转引自吴泰昌：《文艺作品中的秋瑾》，《人民日报》1981 年 10月 9 日。

血碑》……频频见诸报端，通过舆论的不断推动，秋瑾的革命家形象自然而然地印记在民众的心中，也时刻鼓舞着民众的革命热情。

秋瑾从容就义后，《中国女报》与《女子世界》合并，改刊名为《神州女报》，虽然仅仅出了三期，但却包含了大量的关于秋瑾的祭悼类文章。在创刊号上就载有秋瑾好友徐自华（寄尘）的《神州女界新伟人秋瑾女士传》，佛奴的《秋女士被害始末》，佚名的《论秋瑾之被杀》、《秋瑾有死法乎》，王钟麒的《秋瑾女史哀词》，孔繁淑的《哭秋瑾七律四章》及《吊秋女士》、《吊越女》、《挽鉴湖女侠》、《浙祸》、《挽秋女士》、《哭秋女士瑾》、《挽竞雄》等大量悼念秋瑾的诗词、联语。《神州女报》第二号又有《吊秋璇卿女士文》、徐自华的《为秋瑾营葬事致吴芝瑛女士书》及《哭秋璇卿女士》、《哭秋女士》、《哭秋瑾娘》、《挽秋璇卿女士联》、《挽秋女士瑾》等大量诗词、联语，其中不乏"惨成七字狱，风雨断肠天"这样令人长久难忘的沉痛诗句。

在小说创作中，无生的短篇小说《轩亭复活记》在上海《女子世界》增刊本发表，小说描写了夏瑜（后改为秋瑾）死而复活领导革命的故事同样传递了浓烈的悼亡之情。鲁迅先生 1919 年 4 月发表的小说《药》中所塑造的"夏瑜"亦源于此小说，在夏瑜坟上增添花圈寄托了鲁迅对秋瑾的哀思悼亡情感。哀民的《轩亭恨》中宣扬的是秋瑾身上的女豪杰气质，刻画了秋瑾解救民女只身犯险的侠女行为。此外，徐锡麟、秋瑾的从容就义也对言情作家包天笑产生了巨大影响，他于 1907 年创作的章回体小说《碧血幕》便是祭悼秋瑾的重要作品。他在回忆录中曾说："我想写革命事迹。当时革命党东起西应，排满风潮热烈。恰有徐锡麟、秋瑾的一件事发生，秋瑾是中国女子中革命的第一人，我想把秋瑾做书中的主人公，而贯穿以各处革命的事迹。"[1] 小说虽然在

---

① 包天笑：《钏影楼回忆录》，香港大华出版社 1971 年版，第 326 页。

夸张的、理想化的叙事中刻画了秋瑾形象，但却让读者一目了然地把握了侠女秋瑾的人生历程，作者在缅怀秋瑾的基调上热情讴歌了她接受革命思潮以身殉国的高尚情操，舍身爱国的义举成为一种鞭策性的革命激励手段。值得一提的是静观子的《六月霜》将这种祭悼情感表现得更为沉重。书名《六月霜》是采用"邹衍下狱，六月飞霜，齐妇含冤，三年不雨"的典故，为秋瑾的冤情而著文呐喊。小说分上下两卷，每卷六回，共十二回。上卷写秋瑾被捕与牺牲的经过，下卷从秋瑾幼年时代写起，包括从日本归国、母亲死亡、绍兴就职等，终结到吴芝瑛领尸，民众和学界共愤，以及官吏掘秋瑾坟阴谋，教育界再抗拒等内容。全书所引用诗词均为秋瑾原作，而吴芝瑛为秋瑾所作的"传"与"祭文"等也被作者安插在小说的前后，详细刻画了愤怒的学生民众等在政治高压下无所畏惧地召开追悼会，在慷慨悲歌中缅怀逝去的鉴湖女豪杰。到五四作家庐隐这里，其小说《秋风秋雨愁煞人》用半散文半小说的体裁和明线与暗线交错描写的双线结构，通过秋瑾就义五年后，另一个小说人物（凌峰）来秋瑾墓祭奠的情节，来叙事抒情，使之产生的文学效果更加生动感人。小说首先描写了一个弥漫着凄伤哀婉气氛的典型环境——秋瑾墓，从而想起这位女英雄逃捕、入狱、殉难的往事，引出整体主题——秋瑾之死。而"秋风秋雨愁煞人"又恰恰是秋瑾就义的临终遗言，庐隐将其作为小说题目，亦暗喻了今日中国何尝是秋瑾所理想的共和国家。

可以说，英雄人物的死亡从来不会悄无声息，在文学曲笔的作用下其亡魂将会呈现出更具时代意义的社会价值，在一种社会群体参与的祭悼氛围下彰显出其外附的功利性。基于此，亡者的灵魂祭悼所印证的不仅仅是情感的直接宣泄，更有政治目的附丽其上。所以，国难民危的时代主题下，亡魂的祭悼更是为了表现英雄的革命气节，为尚未成功的革命指引前行的方向，而这行迹却离不开中国追寻现代化道路上独具的乌托邦境遇，毕竟英雄与亡魂的结合，将会成为一种标杆式形象根植在热血青年的心中，鼓励他们完成未竟的事业。

### 三、去异族化：种族主义视域中的祭悼观纠结

晚清以来的现代中国，从总体上而言，处在一种"纷乱与融合"的危机状态。毕竟，在自给自足的小农经济基础上所形成的狭隘的乡村社会意识，使得中国这一时期一直没有产生全民族的忧患意识和抗争意识。但随着现实危机感的加强与西方现代民族主义理论的输入，清统治的合法性遭到了前所未有的质疑，一种新的全民族的生存意识得到了全面的刺激，并最终导致以清王朝覆灭为标志的封建统治的结束和新的政治权力的产生。在这种理念变更与政权交替的背后，不容忽视的是"被激发的民族主义"所形成的主流社会潮流，以及与之相应的国家主义认同。而为了实现这种政治目标，无论是改良派还是革命派，抑或是早期无产阶级组织，都在自己的政治理论中充分注意到了"去异族化"的问题，并试图在种族革命下实现国富民强的宏愿。这种情况更是鲜明地呈现到了当时的文学创作中，以至于阿英在《晚清小说史》中极为重视这些反映种族革命的文学创作，在他看来，"晚清小说活动中之最激急最进步的洪流，为伴着民族革命运动而起的'种族革命小说'。这些小说，是以宣传革命思想，鼓动革命情绪，使人民同情、参加，以完成中国的种族革命为任务。……研究晚清小说，最被忽略又最不应忽略的，就是这最发展的一环。"[1] 所以，在种族革命小说中循着革命烈士的身影，并发掘出民众的祭悼情怀，对提升种族革命小说的价值显得不可或缺。

应该说，国家是一个在现代过程中被建构的概念，也是在各种领域

---

[1]　阿英：《晚清小说史》，凤凰出版传媒集团、江苏文艺出版社2009年版，第90页。

内被想象的一种文本载体。从文学视角观之，自近代向现代的转变进程中，"国家的想象"除了有着强硬的"政治烙印"外，关键还在于精英意识形态下所生成的"启蒙"与"救亡"的相互渗透，以及在此基础上实现的由"天朝上国"之文化共同体向现代民族主义想象共同体的转型。因此，救国意识成了当时语境中涉及民族福祉的重要话题，而不同政治取向的人也形成了不同的种族革命观。以章太炎和孙中山为代表的革命派吸取西方现代民族主义理论，将汉民族作为中华民族根基所在，提出了"驱除鞑虏、恢复中华"的种族革命观。可以说，这是一种以"反满"、反帝和建立民族国家为目标的民族论。而以康有为、梁启超为代表的保皇派或立宪派则注重传统今文经学的资源积累，力图从文化上寻找民族的认同模式，以此取代传统的"华夷之辨"。所以，在革命派"排满"的革命风潮涌起后，将其所推崇的汉民族主义当作是一种小民族主义，将己方所宣扬的文化包容下的诸民族的民族主义当作大民族主义。但限于立场局限性，这实质上也成为康、梁在儒家文化维度下保皇努力的理论尝试。

　　维新流产、庚子巨变，使得清王朝统治的合法性受到严重质疑。"非我族类，其心必异"，推翻腐朽清政府的统治，制止它成为西方列强在中国的代言者成为种族革命的重要内容。当时的革命者这样认为："有知识者，知满汉二族利害关系全然相反，欲求自存，非先除满人不可，由是汉满种族之问题渐生，而排满之风潮起矣。"[①] 更有甚者，有革命者偏激地认为，满、汉之间的种族革命在所难免，而爱新觉罗的姓氏更比满族有着被仇恨的理由："满固夷矣，而汉且与之相随俱毙。是亡中国之大罪，将在汉不在满也。……居今之中国，所为革命之本义维何？则仇一姓不仇一族是也。夫为我汉族不共戴天之仇者，就广义言

---

① 陶成章：《浙案纪略》，见中国史学会主编：《中国近代史资料丛刊·辛亥革命》（三），上海人民出版社、上海书店出版社1957年版，第15页。

之，厥为满族。更进而言之，则实满族中之爱新觉罗之一姓。"① 这些言论昭示，爱国救亡、排满兴汉在当时俨然成为众多爱国者喊得最响也最具凝聚力和号召力的口号。而由此生发的诸多革命义举也的确深深影响了当时正在成长的一代人，如当时年仅十来岁的郁达夫，后来在他的回忆中就曾说过："对我印象最深的，是一位国文教员拿给我们看的报纸上的一张青年军官的半身肖像。他说，这是一位革命义士，在哈尔滨被捕，在吉林被满清的大员及汉族的卖国奴等生生地杀掉了；我们要复仇，我们要努力用功。所谓种族，所谓革命，所谓国家等等的概念，到这时候，才隐约地在我脑里生了一点儿根。"② 应该说，郁达夫一类热血青年受到这种革命思想影响的为数不少，他们真诚地为"徐锡麟、熊成基诸先烈的牺牲勇猛的行为"而祭悼，在《民主》、《民呼》等"灌输种族思想，提倡革命行动"的报纸中汲取必要的思想营养，面对衰败的中国渴望能够"冲锋陷阵，参加战斗，为众舍身，为国效力"。③

所以，在这种"保国保种"的种族革命口号宣传下，不仅革命运动如火如荼地进行着，在文学界，为配合这种革命热潮，种族革命小说创作同样蔚为大观。而且，在这些种族革命小说中，无一例外地都非常重视革命烈士的视死如归精神以及由此而产生的祭悼情怀。如托名犹太移民万古恨所著的小说《自由结婚》，便是近代资产阶级革命派小说中一部重要的代表作。小说题标为"政治小说"，以宣扬种族革命为主，对腐朽的清政府和侵略中国的帝国主义进行了无情批判。在"弁言"中，作者借犹太老人 Vancouver 先生之语，表示出这样的创作心态，"败军之将不足言勇。设吾言令欧美闻之，适足以见笑而玷耳。虽然三

---

① 阙名：《仇一姓不仇一族论》，见张枬、王忍之编：《辛亥革命前十年时间时论选集》（第3卷），生活·读书·新知三联书店 1977 年版，第 42—42 页。
② 郁达夫：《私塾与学堂》，见《郁达夫文集》第 3 卷，花城出版社 1982 年版，第 376 页。
③ 郁达夫：《大风圈外》，见《郁达夫文集》第 3 卷，花城出版社 1982 年版，第 434 页。

折肱可为良医，在君等当以同病见怜也，倘一得之愚，赖君以传，使天下后世知亡国之民，犹有救世之志，则老夫虽死亦无憾矣。"①

在小说中，无处不见的是对在种族革命中殉难英雄的缅怀以及民众悼亡的伤情。作者在第三回"巾帼老英雄片言警弱女，将军真人杰一死为同胞"中首先介绍的是黄祸的父亲，一个因反对做汉奸而殉难的英雄人物。在黄祸母亲的叙述中，黄父官至总兵，但在外族入侵而发生的洋教与当地民众冲突事件的处理上，黄父情愿牺牲一己而不愿残灭同胞，献媚外人"。这种赴死就义的决心鼓舞了士兵、百姓抗击异族入侵的勇气，小说结论道："现在要雪国耻，报父仇，有三大仇人，是用得着吃刀的。第一仇人是异族政府。第二仇人是外国人。第三仇人是同族奴役。"② 这种警示的基调贯穿了整个小说创作，革命志士的死一直被作者主观地置放在亡者祭悼的心理暗示中，这在书中不断呼唤着民众为外抗外族，内争民权而努力奋斗的决心。可以说以警示亡国灭种的危险为主题的《自由结婚》，是作者在国家民族处于危亡的紧要关头，满怀真切炽烈的爱国激情创作出来的。从美学意蕴上讲，小说的情调是低沉而悲壮的，同作品表达的主题是合拍的。但由于当时形势的严峻和急迫，理念往往压倒了形象，这是不必讳言的。

冷情女史述，汉国厌世者著的《洗耻记》同样宣扬了种族革命观。故事讲述牙洲的汉国被野蛮民族贱牧人打败，汉国人无法忍受贱牧人的残暴统治，聚义革命。其中志士明易民顺应民意，召集汉国壮士起义反抗，但却被贱牧王借助洋兵镇压而死。明易民的儿子仇牧带着父亲的遗愿，与几位志同道合的人意欲前往狄梅的起义村发动革命。仇牧写信给

---

① 震旦女士自由花：《自由结婚》，见《中国近代小说大系》，百花洲文艺出版社 1991 年版，第 105 页。

② 震旦女士自由花：《自由结婚》，见《中国近代小说大系》，百花洲文艺出版社 1991 年版，第 131 页。

葛明华，希望她来参加。葛明华收到信后与迟柔花、爱香一同启程，却中途迷路。他们遇见了世外桃源的几位义士，他们都是不愿做贱牧人的子民，200 年前逃到这里的。小说至此结束。从小说内容来看，有不少情节涉及民众祭悼的心理刻画，甚至在第五回中更直接将《祭郑成功文》作为主要内容加以叙述："不降村"中有国姓爷郑成功的祠堂和坟墓，村民都以尊祭郑成功为傲，以不降为荣。祭文中较为明显地呈现出了种族不辱、奋战不休的革命精神："堂堂汉族，从为此奴。颂功歌德，日月悠悠。胡运将颠，东海扬波。一战败北，割地求和。其他为何，非幽非燕。无情异族，侵我食眠。头颅可断，不辱祖先。奋死一战，相继阵亡。死者责尽，生者徒伤。惟兹祖庙，念念难忘。……嗟尔少年，毋忘今日。"① 此外，将小说定名为《洗耻记》也是为了彰显洗刷汉族人被满人统治的耻辱这一主旨。如果定格在小说文本的行文结构与叙事脉络当中，我们不难发现，不管是明易民还是他的儿子明仇牧，都被作者赋予了聚义英雄的革命气概，而仇牧祭悼父亲的热血场面不仅验证子承父业的义举，更推进了小说故事情节的纵向展开，将"家耻"与"国耻"紧密地融合在一起，点亮了小说的文眼。

陈天华的《狮子吼》同样折射出了作者"排满革命"的政治理想。在楔子中，陈天华以"混沌国"比喻中国，以"吞食国"、"鲸吞国"比喻帝国主义列强，揭露清政府割地媚外，列强屠杀、欺压中国人民的罪行，呼吁同胞当如睡狮醒吼，穷追虎狼。然而，小说开篇耐人寻味，在具有乌托邦色彩的梦境中，作者写汉民族经过革命而兴，却采用祭悼曲调《黄帝魂》作为开场，《黄帝魂》是炎黄子孙祭悼黄帝时采用的专属曲子，陈天华采用此曲，"反映了他的反满思想和他理想中的国

---

① 汉国厌世者著，冷情女史述：《洗耻记》（第五回），见《中国近代小说大系》，百花洲文艺出版社 1991 年版，第 432 页。

家"①。而且小说中还有大量用祭悼手段确立民众排满思想的细节描写，如第三回中写的民权村中，孙姓始祖临死前就一再告诫自己的子孙们：满洲本是中国的一个附属，却盗进中原，其仇恨不共戴天，所以子孙后代要有报仇之心志，永世不许应满洲的考，不许做满洲的官，违背此言者，不许进祖宗的祠堂中。可以说，这一亡者遗言对祭悼他的子孙来说有着莫大的鞭策作用。毕竟，不遵祖宗遗言是不能进祠堂祭悼的，这对子孙来说是莫大的惩罚。

此外，历史人物的民族气节总会在民众的祭悼中得以彰显并流传深广。所以，当时的章太炎曾说，"欲鼓吹种族革命，非先振起世人之历史观念不可。"② 而为达到强化种族革命宣传的目的，革命者们非常重视对历史上可歌可泣的民族英雄的书写。如当时革命期刊《湖北学生界》曾发表文章《中国民族主义第一人岳飞传》③ 一文，展现了民间百姓对岳飞的悼亡与尊崇之情，欲在这种民族沉淀的悼情中唤醒民众的种族意识。《浙江潮》上发表的《中国爱国者郑成功传》④ 一文，同样具有这样的效果。《江苏》杂志除在第4期发表了《郑成功》外，还在第9、10期合本中刊载《为民族流血史可法传》一文，在第11、12期合本中刊载《中国民族主义大豪杰冉闵传》一文。这些文章无不在祭悼民族英雄人物上下足了功夫，通过歌颂他们的事迹和英雄气节，振作了民众的"大汉族"精神，也为当时种族革命积累了"自立"、"自强"的启蒙精神。至于小说创作，吴研人的《痛史》极具代表性。小说标注"历史小说"，明显具有借古讽今、影射现实的特点。故事背景是南

---

① 阿英：《晚清小说史》，凤凰出版传媒集团、江苏文艺出版社2009年版，第97页。
② 冯自由：《章太炎与支那亡国纪念会》，见《革命逸史》（第1集），新星出版社2009年版，第84页。
③ 见《湖北学生界》第4、5期。
④ 见《浙江潮》第2、3、5、6、8、9等期，连载，未完结。

宋灭亡前后，通过叙述元军攻占南宋这一段惨痛的历史，揭露了异族侵略的残暴与当权者的昏庸，顺应了当时轰轰烈烈的种族革命潮流。为达到小说仇奸尚忠的美学效果，作者极力高扬文天祥、张世杰、陆秀夫以及南宋遗臣遗民谢枋得、岳忠、狄琪、郑虎臣等忠臣义士的壮举，并不惜笔墨在小说中直抒祭悼情感，弘扬民族大义，高扬爱国主义精神。在这一线索下，包括了文天祥被囚，慷慨就义，张世杰兵败崖山，沉江殉国，陆秀夫背负小皇帝投海而死，谢枋得押送燕京后绝食而亡等内容，祭文、悼词、挽联等不断在文本中出现。而且，祭悼场景以及由此而生发出来的革命态度也不断推动着小说的创作，如第三回"守樊城范天顺死节"中强调了樊城守将阵亡所激发的兵与民的革命热情；第四回"送灵柩韩新当说客"更是将张世杰的英雄义举和爱国精神完美地呈现了出来；到第六回"死溷厕权奸遗臭"中写了度宗皇帝突然驾崩带来的局势变动，更从正面写了奸臣贾似道卖祖求荣的丑恶嘴脸，推动了小说情节的进一步发展；到第八回"走穷途文天祥落难"呈现了忠臣的侠肝义胆以及仁人义士对他的悼念缅怀，而文天祥的人格魅力直接激励众多原南宋官兵将领义无反顾、以身殉国。小说的后面依旧在弘扬这种爱国精神，如十九回"念故主唐玉潜盗骨"详细写了祭祀文天祥尸首的经过，以及南宋先帝尸骨惨遭屠戮后被唐玉偷回重祭仙霞岭的细节。这也引发了第二十回"桂夫人寿终玉亭乡"的故事，谢枋得完成老母亲桂夫人的丧礼后，孝心已表，才灵前拜别，取道福建，完成救国未竟事业。这又引发了后面几回的故事内容。可以说，祭悼情感成为一种传承英雄烈士的一支主线，而祭悼场面与祭悼心理沉淀则成了不断推动小说情节的内驱动力之一。

署名克敏的小说《热血痕》，通过春秋末年吴王夫差与越王勾践相互征战的故事喻示了晚清政治的黑暗与种族革命发生的必然性。作者塑造了诸多殉难捐身的爱国志士，而主人公陈音无疑寄托着作者的政治理想。陈音是越国百姓，自小沦为吴国奴隶后便立志为除奸扬善而努力抗争。然而，父亲的惨死改变了他作为独侠扶弱的个人英雄主义理想，站在亲人的祭台上，"复仇"取代了"善恶"，内在的道德要求也就不可避免地转化成了外在的民族政治任务。换句话说，通过祭悼仪式，"传统"意义上的道德化故事也就成了"现代"意义上的保卫家园。陈音将浓郁的眷恋亡父的祭悼之情转化为悲愤的复仇兴国的强烈愿望，主动积极联络爱国义士，投入复国之战，最终壮烈殉国，实现了由独侠向爱国英雄的形象转变。很明显，在小说中，文学祭悼之举与复仇兴国的政治目的实现了良好的联姻，尤其是在国亡之后，呼唤国人自强自立、抵制外辱、雪耻报仇等情绪渲染跃然纸上。

所以说，通过对死去英烈或者历史人物的祭悼，能够在心理上达到一种共鸣，从而产生种族革命所需的"群体心理"，这势必使人具有一种脱胎换骨的全新感觉，可以在崇高理想的激励下成为一英勇无畏、奋勇杀敌的人，从而生成战争环境中所必需的"种族荣誉、国家存亡"的爱国主义情怀。一个现实的历史事件是，戊戌六君子之一的刘光第牺牲后，其灵柩运回四川老家时，沿途百姓无不到江边致祭，形成了轰轰烈烈的公祭活动：九炮齐鸣，爆竹齐响，家家披麻戴孝，悲痛之情溢于言表。乡人不仅诵读了文天祥的《正气歌》，以彰刘光第报国赴死的决心与义气，同时还宣读公祭祭文，表达对清政府的愤怒与无望："彼苍者天，忠义何罪？歼我哲人，邦国其瘁。哀我民思，周知所屈。汉唐遗秽，帮国其坏。"① 不难看出，祭文中有着强烈的批判甚至否认清政府的声音，"汉唐遗秽"背后的去异族化呼声逐渐得到乡野民众的认可。

晚清种族革命的文化语境中，文学的表达方式无疑以明了畅达为主要选择，实践着"个体、大众、群体、民族、国家"之间的互动互存

① 刘海声：《刘光第传略》，见中国人民政治协商会议、四川省富顺县委员会文史资料委员会编：《富顺文史资料选辑》（第13辑），1999年版，第81页。

关系。而个体在一个公共的空间里（民族国家），其英雄主义往往会以主体性在场的身份发出一种主人翁教诲式的宣言。毕竟，死是作为生物个体的生命的终结，但却可以通过祭悼的手段来实现生命意义的再次书写，这种努力，表达的通常是主人公、作者与读者的共同欲望。而在这种"种族政治"的背后，祭悼文本创作的行为本身或许就是通过情感教化大众来实现团结民众、以文建国的目的。所以说，创作者的主体意识里就存满了时代"鼓手"的情绪，而典型的事件里所凸显出来的典型人物也就必须代言这个典型的时代特征，以此真正实现现代意义上的"文学强民"的建国之路。

## 第二节　不"和谐"的节拍：反迷信运动中的"反祭悼"

### 一、反迷信运动：晚清维新的主潮流

晚清以降，迷信活动异常繁盛。究其原因，除去传统文化信仰因素的积累外，更离不开当时动荡的局势、混战的军阀、民众流离的生活等诸多人祸天灾的影响。可以说，社会的衰败直接导致了民众生活的艰辛，现实的无助在很大程度上会框定民众"生活在别处"的人生态度，而祭悼习俗更被人们普遍采用。对此，时人指出，"迷信'鬼神'及'灵魂'，到了近代，好像更加流行"。[①] 对于这种现象，鲁迅的《故乡》中就有切实的描述，闰土所有东西都不要只要祭悼专用的器物——"香炉和烛台"，这足以看出当时人们的生活状态。而乡野民众在贫苦的日子里仍集资修建用以祭悼的神灵塑像与庙宇，如当时华北地

---

① 费鸿年编：《迷信》，商务印书馆 1947 年版，第 10 页。

区一个村庄"修盖了供奉武神的真武庙，据说真武君可以保护村庄不受匪帮扰害"。[1] 这种情况也从侧面说明了时人的信仰生活状态，迷信的虚妄麻醉性驱动了民众获取心灵暂时解脱的欲望。更有甚者，迷信被当时不少人看作是解救世风日下、道德沦丧的良药。在这些人看来，"思想散乱者，迷信可以统一之；意志薄弱者，迷信可以坚定之；举动飘忽者，迷信可以稳固之；性情怠忽者，迷信可以奋勉之；体质柔弱者，迷信可以发达之。"[2] 然而，这种非理性的虚幻愿望和愚昧行为并不能解救衰败的社会与劳苦的大众，在现代文明敲叩古老中国大门的同时，活跃在民众生活中的诸种迷信活动受到了最为激烈的批判与攻击，一场场"反迷信"运动呼之而出，演化成了一场场无烟且激烈的"革命战争"。

在"现代中国"的想象构建过程中，启蒙者不仅主张建立自由民主的新型民族国家，更希望拥有一个与此类国家相适应的新民群体。可以说，从晚清到五四，为塑造具有自我意识的现代公民形象，中国民众的信仰体系与价值观念发生了明显的断裂与蜕变。尤其是涉及民众日常生活的迷信行为，启蒙伦理知识谱系从来都将其作为批判与抛弃的对象。当时知识分子欲实现改民俗以新民的政治努力与文化尝试十分明显，如宋教仁、蔡元培等人顺乎时代潮流，组建了社会改良会，提出的口号是"以人道主义去君权之专政，以科学知识去神权之迷信"，内容直指传统文化中的封建成分，如"戒除迎神、建醮、拜经及诸迷信鬼神之习"，"戒除供奉偶像牌位"，"戒除风水及阴阳禁忌之迷信"[3] 等束缚民众思想的诸多羁绊。因此，反迷信运动便被作为一种"新民"、"新德"的整体性改造手段融入现代国家知识话语权的构建当中，成为

---

① ［美］杜赞奇：《文化、权力与国家——1900—1942年的华北农村》，王福明译，江苏人民出版社2003年版，第119页。

② 冼震：《迷信之解剖及其效用》，《光华学报》第2年第2期，1917年3月7日。

③ 《社会改良会宣言》，转见陈旭麓编：《宋教仁集》（下），中国书局1981年版，第378—379页。

现代性追求的重要现象之一，同样也成为晚清以来一系列从话语到实践的维新尝试的主潮流。

　　然而，反迷信运动作为一种文化新格局出现的表征内容并是晚清以来现代性诉求的独有现象。从传统文化对死典庙祭淫祀的批判，到追寻现代道路上的反迷信尝试，对民众非理性的聚众信仰的揭露与改造从来都可以看作是精英知识界在世俗世风中的话语权力努力。所以，王权政治与精英阶级为实现各自相应秩序的规范性，总会将自己的意识形态通过信仰体系传送到社会群体当中，在一种极为复杂的政治与文化背景下形成"维护"与"再构"的矛盾局面，并成为一种连贯性的方式隐藏在历史长河中。直至晚清以来缔造现代民族国家的大时代变革中，随着传统文化中的愚昧与迷惘内容的弊端显露，加之西方近世科学理性观在中国知识界的抬头，知识精英们明确指出了迷信在中国现代化进程中的危害性。在他们看来，"阻碍中国进化的大害，莫若迷信。……中国之民智闭塞，人心腐败，一事不能做，寸步不能行。……视西人之脚踏实地，凭实验不平虚境，举一切鬼神狐妖之见，催陷廓清，天可测，海可航，山可凿，道可通，万物可格，百事可为，卒能强种保国者，殆判霄壤。故欲救中国，必自改革习俗入手。"① 由此可见，改革习俗最重要的环节便是借用西方近世科学态度破除迷信，毕竟，"迷信"一词蕴藏着更多的是民众信仰价值与行为仪式的反观，而"反迷信"运动便也成了"新"与"旧"两种生存方式与思维方式在信仰世界中的最直接表现。与此同时，在时局变动之下，"反迷信"运动又与民族国家、新民新政交织在一起，使其从维新到革命不同政治态度下有着统一性的内涵要求——对民众信仰世界中虚妄愚昧的行为方式进行批判乃至改造。但这种同一性的信仰求变又会因权力团体差异呈现出不同样式、不同情

---

① 壮者：《扫迷帚》，见阿英编：《晚清文学丛钞·小说一卷》，中华书局 1960 年版，第390—391 页。

景以及不同类别的努力倾向，而主流要求与民间喜好同样也存在于上与下之间相互对峙、妥协乃至交融的复杂而丰富的多样历史场域中。

在 19 世纪中期以来的政治与文化变革的大时代背景下，"反迷信"作为一种话语形态越发成为激进革命者阐发启蒙理念与政治抱负的一柄"尚方宝剑"，不仅时刻参与到启蒙内容的历史构建过程中，同时还形成了一套顺时顺势的价值体系，实现了权力话语对知识谱系的改造。所以，在这一现代性变革的历史潮流中，反迷信运动的内容都集中在传统风俗民气、社会世风取向或殖民侵略文化上，在改良、革命、民主、启蒙、现代国家等时代命题中，"反迷信"逐渐占领文化领域的主体地位，取得了时代话语权力的合法性地位，并以革新的面貌潜移默化地改造着民众的日常生活世界。虽然民国初年才将反迷信运动作为一项国家政令加以提出来，但在清末时期的庙产运动以及维新与辛亥革命激进者的政论文章中却仍有不少这方面的讨论。可见，反迷信运动在近代科学推进的历程中被赋予了异样的色彩与内容，以一种现代性的文化现象进入到晚清以来的政界、知识界与文学界当中，为现代社会的变动与转型营造了一个激进的话语实施背景。这恰如汪晖所说，现代汉语中存在大量新的词汇并非是自然的产物，而是一个有目的的技术化产物，这一过程可称作"语言的技术化"。①

经过晚清以来的诸种维新努力，反迷信运动逐渐从一种话语操作的理性反思转变到政治与文化革新的社会实践行为上。辛亥革命成功后，社会秩序产生了极大的震动，革命者更注重新思想在社会层面上的传播功效，在革命宣传上有着破除神权信仰、反对迷信习俗的倾向。尤其是在国民政府成立后，新政府针对当时社会风俗变革现状，制定了很多反对迷信活动的规章制度与伦理范式。当时的政府倡导新式丧礼，对程序

① 汪晖：《现代中国思想的兴起》，生活·读书·新知三联书店 2004 年版，第 1136 页。

和礼仪做了较大变动。对请僧道超度、焚烧彐灵车马楼库等迷信活动予以坚决抵制，亲友吊唁多赠花圈、挽联等，孝带改用白色纸花，出殡时仅设鼓乐，不用仪仗，丧期缩短，献爵改为献花圈，古典祭服改为长袍马褂，跪拜逐渐改为鞠躬礼等各种新风气。甚至许多省份都发生过用毁庙反神等暴力手段以改民众信仰的事情，出现"毁坏佛像，打碎城隍，占据寺院庵观，驱逐僧道女尼"的现象。① 各类民间祭神祀鬼的神职人员受到了较为明显的排斥，"僧人也，尼姑也，道士也，今皆在淘汰之列"。② 甚至很多民众家庭中供奉的"天地君亲师"的排位，也有遭受取缔的。可以说，此时期出现的反迷信运动，在一定程度上打击了鬼神、先贤、祖先等偶像祭悼的权威性。这样，在国家权力的参与下，反迷信活动便具有政治秩序重建与社会文化重构的双重意义。

## 二、文明小景："反祭悼"背后的现代进步观

在反迷信运动中，一个较为清晰的线索是"反祭悼"的话语论争与实践操作。此处所说的"反祭悼"系指反对祭悼背后的各项迷信内容。自古祭悼信仰中的鬼神灵怪、魂魄转生等诸多虚妄缥缈的内容，就被知识精英们质疑乃至批判。早在《礼记》中就曾对祭礼习俗有过这样的记录："凡祭，有其废之，莫敢举也；有其举之，莫敢废也。非其所祭而祭之，名曰淫祀。淫祀无福。"③ 可以说，在传统中国，淫祀、愚昧、伪神等祭悼对象或仪式多以正统祭典的对立面姿态而存在，成为士大夫知识群体审视、批判乃至重构的重要内容。祭悼不正当的神灵鬼怪不仅是民众精神信仰的偏颇，更是冲击现存政治统治的隐形势力。所

---

① 《三教大会议》，《大公报》1912年12月19日。
② 《僧尼道与学堂之关系》，《申报》1913年3月18日。
③ 郑玄注，孔颖达疏：《礼记·曲礼下》，见李学勤主编：《十三经注疏·礼记正义》（标点版），北京大学出版社1999年版，第155页。

以，在官方主导下，由知识界共同参与的"禁祭"之举从来就没有断过，不符风俗与教化的祭悼行为都被当作一件牵涉社稷安危的大事加以处理。到了晚清已降的现代化追寻中，这种因传统祭悼中的迷信成分而出现的各种"反祭悼"努力同样出现在社会转型中，在现代、科学、启蒙等话语权力中审视着各种"异端"的祭悼现象。

祭悼行为无论是个体的还是群体的，在原初阶段都可看作是心灵寄托的一种形式，并无正祀与淫祀的区别。只有出现私有制以及国家机构之后，民间祭悼中有悖于正统祭典规范要求的"小传统"内容才被定义为"淫祀"或"淫祠"，成为主政者在神灵与伦理祭悼上加以限制的对象。所以，将民间祭悼信仰的神祇纳入到国家祭悼体系中，这是正统与民间在精神控制与反控制上的博弈行为，同样也是一个不断交融与革新的进化过程。所以，以当朝政权为代表的主流正统文化，为实现政治统治的目的总会将自我的价值信仰解释成为全社会成员共同遵循的集体性认知，在权力辅助下加以贯彻并不断修改乃至摧毁来自各方与之冲突的民间草根性的小集团信仰。在这"破"与"立"的历史交叉中，一以贯之的依旧是主流信仰对"小传统"的改造。清初时，就有诸多禁止民间私自建造道庙神祠的举动，最为著名的要数康熙即位时出现的江宁巡抚汤斌毁坏五通神①的案例，并由此引发了江南地区的多次禁毁淫祠的"反祭悼"运动。在康熙授权下，汤斌采用重孝悌的简朴礼法手段，一方面采取禁妇女游观、毁淫词小说、惩巫祝、拆淫祠、沉偶像、革火葬等激烈动作，另一方面则藉着修建"正祠"以表彰先贤，定期在学宫讲《孝经》、《小学》等举措②，在整顿地方祭悼风俗的同时也

① "五通神"又称"五郎神"，是横行乡野、淫人妻女的妖鬼，因专事奸恶，又称"五猖神"。其来历复杂，一说指唐时柳州之鬼；一说是朱元璋祭奠战亡者，以五人为一伍。总之，五通神为一群作恶的野鬼。人们祀之是为免患得福，来福生财，遂当作财神祭祀。五通神以偶像形式在江南广受庙祀。

② 参阅吴建华：《汤斌毁"淫祠"事件》，《清史研究》1996 年第 1 期。

维护了正统的封建礼教。到晚清戊戌变法时期，康有为在给光绪帝的折子中，也主张将民间祭悼神庙等迷信场所改变成学堂以兴教育，他说："查中国民俗，惑于鬼神，淫祠遍于天下，以臣广东论之，乡必有数庙，庙必有公产。若改诸庙为学堂，以公产为公费，上法三代，旁采泰西……庶几风化可广，人才大成，而国势日强矣。"① 在这里，虽然废除淫祀、淫祠的"反祭悼"行为的出发点是为了维护衰败的清王朝正统地位，其本身的价值并没有显示出严格意义上的科学进步观，但从民众信仰角度上来看，这一举动在一定程度上打破了习以为常的规范性约定，而且其废庙兴学之举有着迈向现代文明门槛的特定意义。同时从其目的来看，废淫祀以兴学院有着"国势日强"与"抵御外辱"的现代政治主张，并将西洋文明作为中国祭悼风俗改良的参照范本，带有"旁采泰西"的世界性眼光。

但这种以废淫祀祭祠为主要内容的"反祭悼"活动并不是一蹴而就顺利完成的，它受到了传统风俗的坚决抵制，这可以说是近现代文化转型的一个突出表现。毕竟，传统的儒家伦理纲常在中国文化本体中仍旧占有重要的地位，其超稳定的观念体系不会在一夕之间崩溃变革。即便是当时处在革命前沿，以反封建、反迷信而著称的启蒙者与实践者身上都或多或少地存有旧伦理与迷信风气的影子。如反对封建的革命斗士彭家珍死后，其未婚妻为恪守贞洁烈妇的伦理信仰，乘坐八台大轿过门守节，成了婚姻祭悼的牺牲品。② 所以，对于这种矛盾的纠结现象，当时周作人非常理智地总结说："迷信之所以遗留者，因为这些虽然已使国内的明白人感到憎恶，但与别一部分的人的思想感情还正相谐合，他

---

① 康有为：《请饬各省改书院淫祠为学堂折》，见舒新城编：《中国近代教育史资料》上册，人民教育出版社1981年版，第80页。
② 参阅《王烈女过门守节之志盛》，《申报》1912年6月5日。

们虽被上等的同胞训练过，有了文明的外表，在心里还仍旧是一个野蛮。"① 可以说，这种解释非常符合当时文化转型期间民众的普遍心理，欲求新而又困于旧是当时几乎所有求新求变的进步者们所逃避不了的时代话题。周作人虽然也反对祭悼神灵的迷信活动，但他同时也反对拆毁寺庙的行为。他的理由为：一、"强迫的干涉感情思想上的事会有流毒"，二、寺庙"保存起来可供人家的研究或赏玩"，三、破坏寺庙是表面现象而没有效力，神鬼塑像是有形的，"迷信的根源是在无形的人心里"。所以，"要破除迷信，当用教育的方法，养成科学思想"。同时，周作人又说，"我不大相信民众会怎么进步，我不能想象有一个时代会完全没有宗教或迷信，无论社会制度如何改变，教育如何发达。"②应该说，相较于维新派拆除寺庙的主张而言，周作人从人的精神信仰上来论说民众神灵祭悼的习俗，其本身就蕴含着较为明显的文化企图，而这也恰恰是改造民众迷信盲从的最好途径。

此外，"反祭悼"运动还以西方近世文明作为参照的范本，将两种相异的信仰规范与价值观念置放在同一时空氛围内，以此认清中国祭悼文化中的虚妄迷信成分。有"睁眼看世界第一人"之称的魏源很早就将中西祭悼信仰进行对比，形成了在当时较为先进的对自然与神的关系的深刻理解。他认为，"天地乃受造之物，所造之者，神也；天地乃运动之机器，所以运之者，神也。天地尚不可称神，而世人常敬数神、千百神，如日月云雷，山海社稷，则以其尊大显赫而神之。古人有文武出众，功德在人者神之。不知天上地下，止有一神所管，更无二神可抗。故专言神，恐邻于祗鬼；专言天，恐泥于形气，惟合言神天，乃是该至

---

① 周作人：《乡村与道教思想》，见钟叔河编订：《周作人散文全集4》，广西师范大学出版社2009年版，第730页。

② 周作人：《拆毁东岳庙》，见钟叔河编订：《周作人散文全集7》，广西师范大学出版社2009年版，第79—80页。

大至灵之宗，即儒书所谓造化，所谓上帝，非世俗玉皇大帝之谓者也……惟天灵，即神天，全无身体，无方所，无在无不在。故《易》曰：阴阳不测谓之神，妙万物之谓神，不疾而速，不行而至之谓神。"①不难看出，面对神灵的祭悼，魏源有着较为清醒的认识，在西方无所不能的"上帝"并不是中国理解的"神"，它无身体的"造化"，处于一种无形的状态，有着信仰观念中的唯一性，而中国的"神"却是有形之体，是一种偶像崇拜的体现，而对"神"的祭奠也就有了浓厚的迷信成分在里面。然而，作为一种行为规范与伦理要求，祭悼具有独特的文化内涵，如果全以西方现代观念对待，难免陷入科学与迷信、先进与落后、文明与野蛮的对照当中。而且，这种建立在进化论基础上的社会发展观，不可避免地导向西方文化中心的论断。

　　清末民初的祭悼文化变革离不开从西方译介的宗教观念。如创刊于1902年12月1日的《翻译世界》便连载了日本学者贺长雄翻译的《宗教进化论》。该书分为宗教发生篇和宗教发达篇。宗教发生篇共分四章：第一章为"论宗教根本由于人妄信有魂魄身体二物，死后则有魂魄离出之事"；第二章指出这种"妄信身体与魂魄二物"的间接原因包括天文、气象、生物界等方面，而直接原因则为人对"照影"、回声等现象的误解；第三章指出"魂魄身体二物相离"的原因在于对梦的误解；第四章指出"人妄信人死魂魄离出身体"的原因是出于对死亡的误解。宗教发达篇也分四章：第一章为"原人妄信亡魂还归之事为丧礼之起原"；第二章为"原人妄信鬼魅幽灵精气等之起原"；第三章为"从葬殉死之起原"；第四章为"原人妄信地狱极乐等之起原"。②而被蔡元培译介的日本著名佛教哲学家井上圆了的《妖怪学讲义录》，亦为

---

① 魏源：《天主教考上》，《海国图志》第二十七卷，岳麓书社2011年版，第875页。
② 《翻译世界》第1—4号，1902年12月1日—1903年2月27日，见姚存安：《社会学在近代中国的进程（1885—1919）》，生活·读书·新知三联书店2006年版，第62页。

国人打开了眼界。全书共分总论、理学、医学、纯正哲学、心理学、宗教学、教育学与杂部八门。主要以科学的分析逐一解释几百种怪异的自然现象、幻觉、妄想等迷信谬论，以及感情和意志冲动所造成的迷误。在宗教学部门中，分了幽灵、鬼神、冥界、触秽、咒愿、灵验六篇，剖析了所谓幽灵鬼魂、天堂地狱、祭祀祈祷、灵验报应等现象的本质。① 从译介的西方著作来看，此时期的人借助西方科学观念形成了较为清晰的"反祭悼"思想，有着朦胧的无神论观念。

近代启蒙精神与科学态度在"反祭悼"的文化变局中发挥了无可替代的作用。从当时走在舆论前沿的报纸《申报》所报道的内容来看，民众的祭悼心理与祭悼观念从来没有离开媒体的关注，传统意义上的祭神悼鬼习俗与意义受到了精英知识界的批判。如《雷殛答问》、《妖火说》、《雷击释疑篇》等文章指出世间本无雷神，并以近世科学态度解释了"雷击"、"妖火"发生的缘由；《论妖术有无》、《说鬼》、《论妖妄》、《鬼言》等文章力证鬼怪祭悼的荒谬；《祈雨答问》、《神仙说士》、《论以神治病之谬》、《佞神论》等文章则驳辩了民众祭悼神灵以求天顺人安的虚无；《论扬州保甲局禁祀邪神事》、《烧天香考》等文章更是对民间祭悼信仰中的迷信成分进行了直接追问。② 可以说，当时的主流媒介极为重视厘清民众日常生活中的迷信内容，在"新民"的道路上发挥着劝教的作用。

在当时的进步作家看来，民智未开与鬼神祭悼等信仰有着一定联系，中国想要改变积弱积贫的局面就必须消除民众头脑中的淫祭观念。所以，晚清以来出现了诸多"反祭悼"题材的小说。李伯元主编的

---

① 蔡元培：《初印妖怪学讲义（总论）》，见高叔平编：《蔡元培全集》（第一卷），中华书局1984年版，第252—253页。

② 上述所列文章参见徐载平、徐瑞芳：《清末四十年申报史料》，新华出版社1988年版，以及张天星：《1890年前后〈申报〉反迷信活动与中国传统新闻观念的近现代转型》，《东南传媒》2010年第6期。

《绣像小说》中就刊载了大量的此类小说，呼应了当时社会不断高涨的反迷信社会运动。其中壮者写的《扫迷帚》堪称反迷信小说的代表作。小说在启蒙的主题下对苏州以及附近省份的诸种祭悼习俗加以揭示，显示了作者批判否定鬼神祭悼、淫祀祭祠的写作态度。小说开篇就指出迷信乃是"阻碍中国进化的大害"，提出了"欲救中国，必自改革习俗入手"，而欲改革习俗，当然就必须从破除祭悼迷信入手。在作者看来，"中国唐虞以来，敬天祭鬼，祀神尊祖，不过借崇德报功之意，检束民智。自西汉诸儒，创五行之论，以为祸福自召，而灾祥之说大炽。于是辗转附会，捏造妄言。后世变本加厉，谓天地鬼神，实操予夺生死之权，顺之则吉，逆之则凶。由是弃明求幽，舍人媚鬼，淫祀风靡，妖祠麻起。……虽今日地球大通，科学发达，而亿万黄人，依然灵魂薄弱，罗纲重重，造魔自迷，作茧自缚。虽学士大夫，往往与愚夫愚妇同一见识。"① 正是基于上述认识，作者在随后的章节中描述了大量的民间祭悼迷信并加以驳斥，如第四回批判了苏州扎鬼像以示祭悼的民间习俗"孟兰会"，第八回用西方近世科学驳辩了中国丧葬中的"风水"之说，第九回中以某省学政以青蛙为神加以祭拜的例子，嘲讽了官场中祭悼神灵鬼怪的陋习，第十一回揭示了善男信女具烛进香的虚假，以及建造淫祠以敛钱财的真实目的，第十五回中写了城隍进香祭悼的场面，揭示了寺庙假慈悲的面目，第十八回有对民间巫觋恶风的尖锐批判，第十九回对"社戏"与"赛会"中的祭悼迷信加以揭露，第二十回中描绘了中国人在瘟疫面前不求实际、惟尚妄为的祭神祭鬼心态，入木三分地刻画了民众争先祭祀瘟神的场面，同时对吴江人死必请女尼陪伴加以祭悼的习俗进行了激烈的抨击。可以说，作者以近世科学态度对上述祭悼迷信逐一加以说明，如扫帚去灰般清除了隐藏在传统文化信仰体系中的祭悼迷信，使

① 壮者：《扫迷帚》，见阿英编：《晚清文学丛钞·小说一卷》，中华书局1960年版，第390页。

小说成为晚清以来"一部最优秀最有着影响力的启蒙运动的书"。①

嘿生的《玉佛缘》同样暴露了祭悼迷信的害处。佛像是芸芸众生祭拜许愿的寄托体和心灵停靠的一处港湾，小说正是从这一民间信仰的重要标志物为切入点，拆出官员、和尚以及众多民众"虔诚"信仰背后的烂污。作者还对祭神拜佛的敛财行为进行了严厉的批判，将借上香拜佛而行奸谋的行为揭露得淋漓尽致，对和尚超度亡魂、气死活人的行为进行了无情的嘲讽。主人公钱子玉临死时直接高呼"玉佛害我！"，他的友人吊子玉诗曰："为语涅槃无我相，几能灭度到人间"。② 小说通过曲折生动的故事情节达到启蒙的功效，对沉湎祭神拜佛的迷信行为予以理性揭示，深刻地警醒了世人。

可以说，五四以前的"反祭悼"文化努力取得了一定成绩，人民对淫祀祭祠、鬼神祭悼等有了较为清晰的认识，这是值得肯定的。然而不得不说的是，这一时期的信仰文化转型努力带有明显的政治色彩，以西方舶来的现代文化以及由此而生的中国近现代理论内容来审视中国传统文化，更多地将民间信仰、祭悼习俗等简单地划归"迷信"范畴，这也决定了在维新政治洪流下对传统祭悼文化所做出的一系列改变的尝试和努力，必然带有盲目性与不彻底性。

## 第三节　从"反祭悼"到"返祭悼"：落日夕阳下的近代国家祭悼

在封建集权制的中国，国家祭祀文化有着长久的历史传承，它是维

---

① 阿英：《晚清小说史》，凤凰出版传媒集团、江苏文艺出版社 2009 年版，第 122 页。
② 嘿生：《玉佛缘》，见吴组缃等主编：《中国近代文学大系》（第 2 集·第 7 卷·小说集 5），上海书店出版社 1992 年版，第 516 页。

护皇权稳定统治与社会长治久安的重要手段之一，也是传承中国传统文化的关键载体之一。因此，在近代变动的时局下考察国家祭悼体系的嬗变状况，对于发掘传统文化近现代转型的民族性与时代性有着重要的理论意义。国家祭悼文化的近现代转型主要表现在以下几个方面：一是伴随着封建国家的瓦解，皇权政治下的祭天大典日渐消亡，袁世凯复辟后为谋求权力的合法化所举办的国家祭天仪式是神权与王权合一的退场曲；二是孔子祭悼依然在国家祭悼体系中占有重要地位，晚清至民国的祭孔仪式纷繁复杂，其背后所展现的却是斑驳陆离的政治斗争；三是帝王将相与英雄烈士的祭悼形式突破了传统限制，民族性与时代性成为时代的符码性标志，这其中关于国父孙中山的祭悼最值得反思考究。概而言之，民主与科学逐渐占据文化阵地的主流，而专制与迷信则在时代洪流的冲击下越发失去阵地。在这具有现代意义的祭悼文化转型中，传统天人合一的祭悼思想慢慢枯竭，祭天祀祖、祭政合一逐渐从传统国家祭悼文化体系中剥离了出去，而民主、民权、民生等现代主题慢慢演变成国家祭悼文化中的新符号，展露出了一缕文明进步的曙光。而且，宗法制下的传统社会模式出现了瓦解迹象，新式市民社会模式显示出日益强悍的生命力，这种社会转型同样是国家祭悼变革的重要原因之一。

## 一、循旧求新——近代祭天、祀孔大典的时代意义

天是古代祭悼体系中最大的神祇之一，因日月星辰、风雨雷电等自然现象的无法解释，这种神秘性通过王权渗透之后，神权与王权得以统一，祭悼的政治意义凸显出来，成了控制民众基本生活的一种手段。所以，承传数千年的文明进程中，天地神灵祭悼并不是慢慢地淡化衰落下去，而是伴随着封建王权的需要越来越强化了，并由此形成了一套规范鲜明的国家祭悼文化体系。就其功能而言，可简单概括为政治控制与社

会控制两种：政治控制强调在庄严宏大的环境中保证自上而下的专制王权统治的有效性与可持续性；而社会控制则强调民间百姓在神秘主义面前对"天子"与"神权"的内心崇拜与受其统治的自觉性和无反抗性。这两种功能通过国家祭悼所体现出来的特有性质密切相连，"天道教统"的政治含义非常明显，由此形成了传统政治文化中的"礼治"核心内容。所以，古代祭悼与政治结合得极为密切，所遵循的便是"君权神授"，即君主的权力来自于天神。天神是人类社会背后的一个存在，是包括人在内的世间万物的主宰，但它不能亲自出现在人类生存的社会中，因此便在人间找一个"代理人"，这个人便是"天子"，亦即人间社会的"君主"。统治者祭悼"天神"就是为了说明自己权力的合法化，而历代王朝的更迭也就是天意传承权力的具体表现。

早在先秦的诸多典籍中就对"神权政治"的合法化进行了相当程度的阐释。自国家政权诞生之后，天子们便将天的威力与人间的权力、福祸紧密地联系起来，诚惶诚恐地加以拜祭。对此，《左传》明确指出，"国之大事，在祀与戎"，即祭悼与战争等同，是国家最大的事情。这可从中国古代社会给国君制定的五项职责加以言说。这五项职责包括主持国家、亲自祭祀、奉养百姓、侍奉鬼神、参加朝觐，其中与祭悼有关的达三项，不难想象，祭悼一直以来都被看作是关系国家命运的头等大事。而且祭悼天地神灵仪轨曾经作为国家的典章制度而存在，其延绵的漫长程度几乎囊括了史前时代和整个人类的文明史。自记录的符号——文字出现后，历代的史书、方志及文学作品等均有专门篇幅记录祭悼盛典及其有关事宜，形成了一个较为全面且复杂的祭悼文化文字记载与信仰传承系统。诸多史书记载国君施政与战争时，都离不开神秘的祭天悼鬼之说，如《左传》中就记载，鲁、齐、郑三国联合攻下了许国，郑庄公对许国大夫百里奚说："上天降祸于许国，鬼神确实对许君不满，而借寡人的手惩罚他……。"① 《国语》中也记载："有神降于莘，王问于内史过，曰：'是何故？固有之乎？'对曰：'有之。国之将兴，其君齐明、衷正、精洁、惠和，其德足以昭其馨香，其惠足以同其民人。神飨而民听，民神无怨，故明神降之，观其政德而均布福焉。"② 像这种形式的记载充斥于中国传统典籍当中，成为一种合乎常态的政治文化"实录"。不仅如此，对于这种"祭政合一"的国家祭悼文化，先秦典籍中早就注意从民众鬼神信仰中发掘"君权神授"征兆。《韩非子·解老》中说："凡所谓祟者，魂魄去而精神乱，精神乱则无德。鬼不祟人则魂魄不去，魂魄不去而精神不乱，精神不乱之谓有德。上盛畜积而鬼不乱其精神，则德尽在于民矣。"③ 意思是说鬼魂出没人间侵蚀人的魂魄是因为当权者不祭悼，如果祭悼了，人鬼便会和谐相处，互不干扰。同时，这也是当权者德行善举的最好体现，毕竟民众的安居生活是检验他们政绩的唯一手段。到汉代"史家之绝唱"的《史记》中也总结说，"由是观之，神者，生之本也；形者，生之具也，不先定其神形，而曰我有以治天下，何由哉！"④ 因此，自古每一位当权者都将祭天之举作为自己政治生活的头等大事来看待，这不仅仅是为了验证其虔诚的心态，更主要是为了稳定他的政治统治。

　　鸦片战争后，中国一步步沦陷为半殖民地半封建社会，封建王朝的土崩瓦解以及西方民主科学思想的迅猛传播深刻地改变了中国相对稳定的文化格局。然而，时局变了，国家祭悼的传统地位没有变，无论是改良派祭孔祀经以维护末代王权，还是革命派祭悼革命烈士以求民主演进，无论是义和团尊神祭鬼以抗外辱，还是袁世凯祭天尊孔以求复辟帝

① 《左传·隐公十一年》。
② 《国语·周语上》。
③ 《韩非子·解老》。
④ 《史记·太史公自序》。

制，轰轰烈烈的国家祭悼在近代政治与文化大舞台上多次充当了政治统治的可利用资源。

早在戊戌变法时期，康有为就给光绪呈递奏折，呼吁国家祭祀人人参加。他将"天"与人的"祖宗"相提并论，以此希望能够凝聚民心，共御外贼，力挽衰败之大清王朝。在他看来，"天者，人之祖父也，人既不忘所生，祀其祖父，又岂可忘所自出，而不祀天哉？王者至尊，为天之子，宜祀天，人民虽卑，亦天之子也，宜亦祀天也。不过古者尊卑过分，殊其祀典，以为礼秩，岂可论于今升平之世哉？"① 这种主张切断了旧有王权祭天的传统因袭，将高高在上的神秘仪式拉下神坛，回归民间，显示出了资产阶级民主平等思想。但让人遗憾的是，这种尝试改变祭天仪式的政治努力终因戊戌变法的失败而最终流产。

武昌起义后，孙中山、黄兴等革命倡导者均在海外，革命者迅速作出反应，需要找一个德高望重、为民所知的领导者，才能施令于民。于是，黎元洪阴错阳差中被革命者推选为湖北军政府都督，并仿照古礼，祀列祖列宗，在阅马场举行了盛大的祭天大典与阅兵仪式。借帝王祭天仪式以示顺天应人，不仅树立黎元洪的个人权威，也符合了当时立宪派权力集中的主张。从黎元洪《黎都督祭天文》的内容来看，虽与传统帝王祭天文无类，但无不透露出时代革命的信息：既有种族革命的呼声，"惟我汉族，神明之裔，沦于胡羯，二百余年。……自庚子以来，天诱民衷，祖宗来格，义旗屡举，未奏肤功。"又有鼓动民众浴血抗

---

① 康有为：《请尊孔圣为国立教部教会以孔子纪年而废淫祀》，见中国史学会主编：《中国近代史资料丛刊·戊戌变法（二）》，上海人民出版社 1957 年版，第 233 页。值得一说的是，康有为不主张供献祭品与祭文的祭天仪式，认为这是民智未开的表现，他强调祭天过程中的"心祭"作用。（见康有为：《康子内外篇》外六种，楼宇烈整理，中华书局 1988年版，第 55—56 页。）他的这种"心祭"类似于一种虔诚的宗教信仰，但这在危难的晚清时局下显然是一种妄想，民众不可能自觉转变祭悼方式。所以，康有为只能继续保留传统祭天礼仪，并希望将其扩展到贫民百姓当中。

清、还我河山的呼声，"义声一动，万众同心，兵不血刃，克复武昌，我天地、山川、河海、祖宗之灵实凭临之。"还有借"天"之势树立政治统治之威，"元洪投袂而起，以承天麻，以数十年群谋众策呼号流血所不得者得于一旦，此岂人力所能及哉？（即祭天之意——引者注）"更有为实现共和民国而努力的革命呐喊，"当传檄四方，长驱漠北，吊我汉族，歼彼满奴，以与五洲各国立于同等，用顺天心，建设共和大业。凡我汉族，一德一心，今当誓师命众。"① 不仅如此，黎元洪在《黎都督祭黄帝文》中也高调宣称："元洪德薄智浅，仰托先皇灵爽之凭，依赖同志进行之锐，誓必达到目的，而后循序布宪，足与寰球各国，并驾齐驱。"② 可以说，较之传统帝王祭天大典，为民国、为国民、为社会这都是革命党人假借黎元洪祭天之举的政治目的，也顺应了时代革命的需要。

辛亥革命最大历史意义就是推翻了封建王权的统治，完成了覆灭清王朝的使命。然而，专制王朝覆灭并不意味着传统祭天仪式彻底失去市场。袁世凯盗取革命成果后，为巩固其篡夺的政治权力，于1914年12月23日举行了现代形势下的传统形式的祭天典礼，因其声势浩大与倒行逆施而备受瞩目，其行为背后所呈现的继承传统与彰显现代的双重特性也更具学术研究价值。时任内务总长的朱启钤非常重视袁世凯的祭天大典，随时随地鼓吹这种祭悼仪式的重要性。但其言谈亦明白显示，他对典礼并无虔诚之心，只是视其为一种顺应民意的施政手段。在与美国公使芮恩施谈话时，他说："忽视祭天，对民国政府来说是有危险的。全国农民根据阴历查看有关播种、收获以及其他农事的仪式。如果废除

---

① 黎元洪：《黎都督祭天文》，见辛亥革命武昌起义纪念馆、政协湖北省委员会合编：《湖北军政府文献资料汇编》，武汉大学出版社1986年版，第21页。
② 黎元洪：《黎都督祭黄帝文》，见辛亥革命武昌起义纪念馆、政协湖北省委员会合编：《湖北军政府文献资料汇编》，武汉大学出版社1986年版，第22页。

现在政府已经确定要举行的冬至祭天典礼，而跟着来一个荒年或大歉收，全国人民定要责难政府的。""祭祀并不能一定保证丰收，但无论如何，却可以减轻政府的责任。"① 袁世凯本人当然更在乎祭天仪式背后的神权威严，渴求成为如同传统帝王般的主祭者，以此巩固他专制统治的地位。但他多次下令恢复国家祭祀时，亦不得不打着为国为民的幌子。1914 年 2 月 7 日，袁世凯在发布的《祀天定为通祭令》中说："礼莫大于祭，祭莫大于祀天，应定为通祭，自大总统至国民皆可行之。大总统代表国民致祭，各地方行政长官代表地方人民致祭，国民各听家自为祭，以示一体。京师祭所应在天坛，祭期应用冬至，祭礼应用跪拜，祭品应用牲牢。"② 在这份规定中，袁世凯一方面依旧遵循旧礼，采用跪拜礼，而民国临时政府已立法废除了跪拜礼，采用鞠躬礼；另一方面将祭天权力下放到国民身上，欲以群体性的形式掩盖实行专制的目的。这在有些学者看来"率领全国祭天，邀请所有的人都参加，在一定程度上使古代皇帝的特权大众化"。③ 当然，宽泛地讲，这种变更也可看作是实践了康有为所提出的"人人祭天"的理论主张。

内务总长朱启钤亲自负责了包括祭服、祭礼与祭品等在内的祭天大典筹备工作，力求凸显民主共和的时代色彩。他在与美国公使芮恩施谈话时说不仅要改制祭礼与祭服，"祭乐和祝文也将稍有变更。"④ 从袁世凯祭天祝文的内容来看，"惟天降鉴，集命于民，精爽式凭，视听不远。时维冬至，六气滋生，式遵彝典，慎修礼物。敬以玉帛牺齐粢盛庶

---

① ［美］芮恩施：《一个美国外交官使华记：1913—1919 年美国驻华公使回忆录》，李抱宏、盛震溯译，游燮庭校，商务印书馆 1982 年版，第 27 页。
② 袁世凯：《祀天定为通祭令》，见中国史学会、中国社会科学院近代史研究所编：《北洋军阀 1912—1928　第 2 卷》，武汉出版社 1990 年版，第 1396 页。
③ 费正清：《剑桥中华民国史》（上册），中国社会科学出版社 1994 年版，第 277 页。
④ ［美］芮恩施：《一个美国外交官使华记：1913—1919 年美国驻华公使回忆录》，李抱宏、盛震溯译，游燮庭校，商务印书馆 1982 年版，第 27 页。

品，备兹禋燎，祇荐洁诚。尚飨。"① 这其中变更最大的地方莫过于
"集命于民"的提法，毕竟，在民主共和的时代潮流下，袁世凯不能明
目张胆地逆流而上，遮遮掩掩地将"国民"挂在嘴上成为祭天合法性
的最好幌子。不仅如此，袁世凯为批驳当时反对他实施祭天大典的言
论，还在冬至日发布《告令冬至祀天典礼》，声明："改革以来，群言
聚讼，辄谓尊天为帝制所从出，郊祀非民国所宜存。告朔饩羊，并去其
礼。是泥天下为公之旨，而忘上帝临汝之诚；因疑配祖为王者之私亲，
转昧报本为人群之通义。遂使牲牢弗具，坛壝为虚，甚非所以著鸿仪崇
盛典也。且天视民视，天听民听，民之所欲，天必从之。古之莅民者，
称天而治，正以监观之有赫，示临保之无私，尤与民主精神隐相翕
合。"② 当然，在袁世凯欲盖弥彰的解释中，爱国人士早已窥见他的狼
子野心，以"敬天保民"为借口的祭天大典掩饰不了他复辟帝制的政
治努力，甚至连外国传教士都看出了这种跳梁小丑般的行为难成气候。
在德国传教士卫礼贤看来，"袁世凯还再次想利用这种古老的礼仪，但
结果事与愿违，自从那天之后，风起云涌，阴云连绵，雪花飘飘，狂风
大作，不久他便倒台了。"③ 随着袁氏称帝野心的暴露和复辟帝制的失
败，传统的国家祭天大典终于彻底终结。

袁世凯的祭天之举在某种意义上更让有识之士看清了当时社会复古
文化的泛滥与猖獗，也激起了各界人士的共同声讨。如当时有人撰文：
"综之今日而规复祭天之礼，本在可解不可解之间，兹亦毋庸深论。所
虑者，迨至冬至之辰，全国官员端冕垂裳，鸣钟伐鼓，一时鼎沸，齐作

---

① ［美］芮恩施：《一个美国外交官使华记：1913—1919 年美国驻华公使回忆录》，李抱宏、
盛震溯译，游燮庭校，商务印书馆 1982 年版，第 27—28 页。
② 袁世凯：《告令冬至祀天典礼》，见戴逸、王润元主编：《中国近代史通鉴 1840—1949·民
国初年》(第六卷)，红旗出版社 1997 年版，第 1000 页。
③ ［德］卫礼贤：《中国心灵》，王宇洁、罗敏、朱晋平译，国际文化出版社 1998 年版，第
213 页。

天魔之舞。老天降鉴及此，能无皇然失惊曰：'施耐庵闹天宫之寓言，竟将实现于今日乎？'呜呼，褒矣！"① 文章毫不掩饰自己的感情，痛斥了袁世凯不去努力开创新政治格局，反而着手复辟皇权帝制的行为。就在袁世凯祭天当日，《大公报》刊发时评曰："闲人闲人，因祭天而无处容身，殆亦执政者体天心以示降罚之意欤？彼闲人不免呼天号泣矣。"② 直接揭示了袁世凯"国民祭天"的谎言，原本人人可以参与的活动，却使得更多的国民成了"闲人"，而且还"呼天号泣"。同时，在这种讽刺性的时评背后，我们更能发现，市民社会中已经有民主平等的观念在悄然起作用，这样，祭天大典难以深入人心也就不难理解了。而对这种虚假祭礼批判最激烈的是革命党人，声势浩大的祭天大典让革命党人明确了"无量头颅无量血，可怜购得假共和"的真相，也点燃了护国运动的导火索。孙中山直接说出了袁世凯祭天大典的真实意图，"祭天祀孔，议及冕旒，司马之心，路人皆知。"③ 而陈炯明更是一针见血地说，祭天大典"乃复借口民意，解决国礼，而以其嬖幸爪牙，自定自选，驱天下之人，相率为伪，内欺国民，外诳列国，袁贼弗恤也"。④ 袁世凯的祭天大典并没有给他赢来雄厚的政治资本，反而引发了更多革命者声讨与征伐的反抗热潮，更多民众觉悟。

在晚清以来的国家祭悼政治文化格局中还有一个重要的祭悼对象便是孔子，这也是近代祭悼文化变革需要关注的焦点。毕竟，祭悼孔子是汉唐以来共守的大典。自汉武帝"罢黜百家，独尊儒术"后，孔子逐渐在历代帝王的宣扬下成为中华民族的精神偶像，孔子的言行与思想也

① 无妄：《闲评一》，《大公报》1914 年 12 月 3 日。
② 无妄：《闲评一》，《大公报》1914 年 12 月 17 日。
③ 孙中山：《中华革命军大元帅檄》，见《孙中山全集》第 3 卷，中华书局 1984 年版，第130 页。
④ 陈炯明：《讨袁檄文》，见云南省社会科学院、贵州省社会科学院历史研究所编：《护国文献》（下册），贵州人民出版社 1985 年版，第 811—812 页。

成为传统文化的灵魂寄存。有学者统计，自汉迄清有汉高祖、唐玄宗、宋仁宗、康熙、乾隆等 11 位皇帝，19 次到曲阜孔庙祭悼孔子，并亲自跪拜叩首。① 在很大程度上，孔庙不仅是祭悼孔子的场所，同时也是一种思想文化的象征，是牵涉国家命运的所在。而且，孔庙遍及各州县，甚至连最简陋的乡村私塾都有孔子画像牌位，入学的孩童都要祭拜孔子，尊孔为上。所以吴虞说："儒教不藉君主之力，则其道不行，故于信教之国家，而必争定孔教于宪法；君主不假儒教之力，则其位不固。故洪宪建元之皇帝，而首制祭天祀孔之大典；儒教与君主，盖相得而益彰者也。"② 到 19 世纪末，时局巨变，整个社会人心涣散、世风日下，道德价值体系处于崩溃的边缘，绵延两千余年的祭孔信仰同样也受到了前所未有的挑战。当时"兼济天下"的知识分子受到西方宗教的启发，试图重新发掘孔子祭悼的时代意义，借以改变整个国民的精神状态，实现变革社会的目的。用章太炎的话说，就是要"用宗教发起信心，增进国民的道德"。③ 梁启超就更加具体地直指祭孔信仰的宗教性意义，"泰西之所以有今日之文明者，由于宗教革命，故今欲振兴东方，不可不发明孔子之真教旨"。④ 而康有为更试图立孔教为国教。

康有为是从旧学走出来的新型知识分子，因此，他的性格里面具有新旧两面。一方面他想变革旧有传统世风，另一方面又不得不借助传统思想来实现自己的政治理想。年轻时，康有为求学于南海名儒朱九江（次琦），接受了良好的圣贤教育，打下了孔孟儒学的根基。朱九江力主"济人经世，不为无用之空谈高论"，并且能够"扫去汉宋之门户，

① 刘晔原、郑惠坚：《中国古代的祭祀》，商务印书馆 1996 年版，第 142 页。
② 吴虞：《康有为"君臣之伦不可废"驳议》，见《吴虞集》，四川人民出版社 1985 年版，第 146 页。
③ 章太炎：《东京留学生欢迎会演说辞》，见《民报》第 6 号，1906 年 12 月。
④ 梁启超：《论支那宗教改革》，见《饮冰室合集》（第 3 册），第 54 页。

而归宗于孔子"①，培育了康有为为之奋斗一生的理想，即成为帝师王佐。这也是他托身孔子谋求"改制变法"的前奏曲。22岁那年，康有为入西樵山，居白云洞，有机会与在北京任职的张鼎华（延秋）相晤，使他接触到了一些资本主义思想和当时正在酝酿的改良思潮。可以说，他"师从九江而得闻圣贤大道之绪，自友延秋先生而得博中原文献之传"②，"尽知京朝风气，近时人才及各种新书"。③此后他游香港，到上海，购西书，求西学，思想发生了剧烈的变化。他在古与今、中与西、传统与现代的二维冲突中，在国家危难与现实刺激面前，开始对垂死的传统世风产生了变革之心，萌生了变法之举。用他自己的话说便是："既念民生艰难，天与我聪明才力拯救之，乃哀物悼世，以经营天下为志。"④

有着这样的人生经历以及对孔子儒学的切身认识，康有为在19世纪末掀起了一场国家意义上的尊孔祭孔信仰改革运动。在他看来，"中国尚为多神之俗，未知专奉教主，以发德心"，"于人心无所激励，于俗尚无所风导，徒令妖巫其惑，神怪惊人"。他将各地庙宇称为"淫祀"、"蛮俗"。而"观欧美之民，祈祷必于天神，庙祀只于教主，七日斋洁，膜拜诵其教经，称于神名，起立恭默，雅琴合歌，一唱三叹，警其天良，起其斋肃，此真得神教之意，而又不失尊教之心"。⑤基于此，他从中国的历史与祭悼习俗出发，在给光绪皇帝的奏折中阐述了他的尊孔、祭孔观点："首宜定制令，举国罢弃淫祀，自京师城野省府县乡，皆独立孔子庙，以孔子配天，听人民男女，皆祀谒之，侍菜奉花，必默

---

① 楼宇烈整理：《康南海自编年谱（外二种）》，中华书局1992年版，第8页。
② 楼宇烈整理：《康南海自编年谱（外二种）》，中华书局1992年版，第11页。
③ 楼宇烈整理：《康南海自编年谱（外二种）》，中华书局1992年版，第11页。
④ 楼宇烈整理：《康南海自编年谱（外二种）》，中华书局1992年版，第11页。
⑤ 谢遐龄选编：《变法以致升平——康有为文选》，上海远东出版社1997年版，第372页。

诵圣经。所在乡市皆立孔教会，公举士人通六经四书者为讲生，以七日休息宣讲圣经，男女皆听。讲生兼为奉祀主，掌圣庙之祭祀洒扫。"同时，面对民间祭祀典书杂乱、信仰多样的现状，他又建议光绪帝将祭孔之举扩张到民间，"令民间有庙，皆专祀孔子以配天，并行孔子纪年以崇国教，其祀典书多诬滥，或人神杂糅，妖怪邪奇，或无功德，应令礼官，考据经典，严议裁汰。除各教流行久远，听民奉教自由，及祀典昭垂者外，所有秽祀，乞命所在有司，立行罢废，皆以改充孔庙，或作学校，以省妄废，而正教俗。"①

戊戌变法另一重要人物谭嗣同更看重从西方宗教信仰中发掘中国儒家孔学重焕新生的源动力。他坦率地说："强学会诸君子，深感亡教之忧，欲创建孔子教堂，仿西人传教之法，遍传愚贱。"② 在他看来，中国祭孔信仰功利性太强，孔庙类似于一个"势力场"，难以像西方宗教信仰那般团结人心、美化风俗。西方的信仰能够使"道德所以一，风俗所以同也"，而"中国则不然，各府县孔子庙惟官中学中人始得祭之，至不堪亦必费数十金捐一监生，赖以升降拜跪于其间。农夫野老，徘徊观望于门墙之外，既不识礼、乐之声容，更不解何所为而祭之，而己独不得一与其盛，其心岂不曰孔子庙一势力之场而已矣"！在孔子与耶稣的尊与祭上，他认为，"西人之尊耶稣也，无论何种学问必归功于耶稣，甚至治好一病，赚得数钱，亦必归功曰：'此耶稣之赐也。'赴会归美，故耶稣庞然而日大。中国儒者专以剥削孔子为务……于是孔子之道日削日小，几无措足之地。"③ 正因如此，才最终导致中国人心散

---

① 康有为：《请尊孔圣为国教立教部教会以孔子纪年而废淫祠折》，见中国史学会主编：《中国近代史料丛刊·戊戌变法（二）》，上海人民出版社 1957 年版，第 234—235 页。
② 谭嗣同：《上欧阳中鹄（十）》，蔡尚思、方行编：《谭嗣同全集》（下册），中华书局 1981 年版，第 465 页。
③ 谭嗣同：《上欧阳中鹄（十）》，蔡尚思、方行编：《谭嗣同全集》（下册），中华书局 1981 年版，第 465 页。

乱、难成一体，引发严重的社会危机，国家愈发积贫积弱。因此，维新之举就应借鉴西方宗教信仰，重新利用祭孔祀经这种国家祭悼的重要形式重塑伦理政治，凝聚人心，摆脱国危民困的局面。

值得一提的是，祭孔仪式从广义上来说，并不仅仅指祭悼孔子，它还可指称对那些发扬孔孟之道、熟读圣贤之书并成就较大气候的儒学大家的合祭。也就是说，除子路、子贡、子有、朱熹等"孔门十二哲"外，还有众多的先哲、先儒都可算作国家祭孔仪式中祭悼的对象，仅《清史稿》列名者就有先哲 69 人，先儒 28 人，包括董仲舒、韩愈、司马光、欧阳修、王守仁、顾炎武、黄宗羲、王夫之等。后三人被纳入这一谱系，"从祭文庙"已是 1908 年，当时还曾引起不小的争议。因为，这三人是清初儒学大家不假，但他们也都是"反清复明"的思想家与践行者。那么他们为什么被清政府列为祭悼对象呢？有学者认为，清政府之所以如此做，是想"借抬高先朝忠臣的儒学地位以示尊孔，通过尊孔以强化忠君观念，把人们的立宪要求引入忠君的圈子以'巩固皇权'。"① 还有人从汉满种族之间的权力平衡以及当时的革命运动角度出发，认为从祀他们是"清政府为了缓和统治阶级内部矛盾，争取和拉拢这部分汉族官僚知识分子，以对付蓬勃高涨的资产阶级革命斗争"②。不管怎样，缓解日益紧张的内部矛盾以维持专制统治局面是其根本出发点。

文化传统的集体性沉淀对个人价值观与思想有着深远的影响，并可以直接作用于一个时代乃至一个民族的心理取向。在转型的时代背景下，袁世凯更加注重文化传统与社会心理二者之间的联袂关系。可以说，他倡行的祭孔大典活动堪称近代新旧价值观念与文化立场相互交锋的焦点所在，在不同社会力量消长共存的背后折射的是纷繁复杂的社会

---

① 陈勇勤：《光绪年间关于王夫之从祀文庙的争论》，《中州学刊》1997 年第 1 期。
② 谢俊美：《翁同龢传》，中华书局 1994 年版，第 280—281 页。

矛盾。民主与专制争锋，科学与迷信同舞，文化与权力交织，使得民初的政治舞台异彩纷呈，花样迭出。民国成立不久，袁世凯为寻求帝制专裁合法化，极力推行祭天祀孔的国家祭悼活动。发布《崇孔伦常文》，宣称"中华立国，以孝、悌、忠、信、礼、义、廉、耻为人道之大经，政体虽更，民彝无改"，这八德对维系社会长治久安异常重要，"乃人群秩序之大常，非帝王专制之规"，要求"全国人民，恪循礼法，共济时艰"。① 在袁世凯看来，儒教伦理同样适合中华民国，以儒教伦理为社会规范必将利于他的专制统治，而尊孔祭孔就是其重构秩序的堂皇手段。所以，1913年，袁世凯颁布《饬照古义祀孔令》，令曰："值此诐邪冲塞，法守荡然，以不服从为平等，以无忌惮为自由，民德如斯，国何以立。""本大总统维持人道……以为国家强弱、存亡所系，惟此礼义廉耻之防，欲遏横流，在循正轨。总期宗仰时圣，道不虚行，以正人心，以立民极，于以祈国命于无疆，巩共和于不敝，凡我国民同有责焉。"② 很明显，袁世凯迫切需要展开国家祭孔活动，将儒教伦理作为民国共和体制下继续遵循的规范，以此维系其权力合法化运作。当然，"宋教仁案"发生后，各地倒袁运动此起彼伏，严重威胁了舆论浪尖上的袁世凯专制统治，所以，他更希望通过传统的国家祭孔大典转移矛头，网络人心。不仅如此，袁世凯还无视民国约法中废除跪拜礼的内容以及祭孔相关规定，要求祭孔"仍从大祭其礼节服制祭品，当与祭天一律"。③ 并于1914年9月28日率领文武百官到孔庙，对孔子牌位行三跪九叩大礼。这是民国成立后第一次国家祭孔大典，在他的倡行下，各地文庙举办了隆重的祭孔大典，声势浩大。然而这一闹剧却成了文人作

---

① 韩达编：《1911—1949评孔纪年》，山东教育出版社1985年版，第5页。

② 章伯锋、李宗一主编：《北洋军阀（1912—1928）》第2卷，武汉出版社1990年版，第1377—1378页。

③ 《大总统发布尊崇孔圣令》，见中国第二历史档案馆编：《中国民国档案资料汇编》（第3辑·文化），江苏古籍出版社1991年版，第2页。

家们揭露袁世凯复辟政治目的的最好证据。陈独秀一针见血地指出："盖复辟尚不必尊孔，以世界左袒君主政治之学说非孔子一人。若尊孔而不主张复辟，则妄人也，是不知孔子之道者也。"① 就连当时极为推崇孔教的梁启超也质疑袁世凯所开展的国家祭孔大典，"苟无道焉，以使孔子教义普及于众，俾人人可以率由，则虽强国，人日日膜拜，于孔子究何与者?"② 此外，鲁迅在当时撰写的杂文中，也深刻地指出了祭孔与帝制二者之间的关系，他理性地指出："跟着这事（指袁世凯祭孔——引注者），出现的便是帝制。"③ 可以说，袁世凯轰轰烈烈的国家祭孔大典促发了有识之士的强烈批判，它并没有实现传统中国整合社会力量的实际功效，反而让民众的启蒙意识与民主觉悟得到进一步的启迪。

## 二、革命遗愿与政治资源——祭悼孙中山背后的争斗

孙中山是中国民主革命的先行者，青年时期目睹国破民衰的现实曾上书李鸿章，主张变法以图强，但并没有得到重视。随后便在美国檀香山成立中国第一个革命团体兴中会，以"振兴中华"为目标，以排满为其革命事业铺路。策划广州起义失败后，孙中山开始了流亡海外的生涯，借以召集革命青年宣扬革命理想。1905 年，孙中山在日本领导成立了同盟会，制定了"驱除鞑虏，恢复中华，建立民国，平均地权"的资产阶级革命纲领，并创办会刊《民报》，提出"民族、民权、民生"的三民主义，与当时的改良派展开激烈的论战，并在两广、云南等地发动了一系列的反清武装起义。武昌起义后，孙中山担任中国民国

---

① 陈独秀：《复辟与尊孔》，见《独秀文存》，安徽人民出版社 1987 年版，第 115—116 页。

② 梁启超：《孔子教义实际裨益于今日国民者何在，欲倡明之其道何由》，见《梁启超全集》（第 9 卷），北京出版社 1999 年版，第 2812 页。

③ 鲁迅：《在现代中国的孔夫子》，见《鲁迅全集》第 6 卷，人民文学出版社 2005 年版，第 328 页。

临时大总统，颁布《中华民国临时约法》，有了一个尝试"三权分立"的法律依据，但最终因立宪派的强势与革命党人的妥协而辞去临时大总统一职。宋教仁被刺杀后，孙中山组织革命党人发动"二次革命"，随后又发动"护法战争"，继续为捍卫共和制度而斗争。直到晚年，孙中山还试图改造国民党，希望结束北洋军阀统治，实现国家统一，建立一个现代意义上的民族国家。

　　孙中山为中国民主革命事业奋斗了一生，1925年3月12日因肝癌病逝于北京。临终，面对中华民国"徒有民国之名，毫无民国之实"[①]的分裂割据局面，留下遗嘱："余致力国民革命凡四十年，其目的在求中国之自由平等。积四十年之经验，深知欲达到此目的，必须唤起民众及联合世界上以平等待我之民族，共同奋斗。现在革命尚未成功，凡我同志，务须依照余所著《建国方略》、《建国大纲》、《三民主义》及《第一次全国代表大会宣言》，继续努力，以求贯彻。最近主张开国会及废除不平等条约，尤须于最短期间促其实现。是所至嘱！"[②] 孙中山为国家民族的民主富强如此鞠躬尽瘁，赢得了各界人士的尊敬，被后来人尊称为"国父"，对他的祭悼也可算是近代中国历史上空前绝后的，而其祭悼背后的政治争斗也更加耐人寻味，那些众多的祭文、悼词、挽联等文字记载也更能帮我们发掘出孙中山的魅力所在。

　　其实在孙中山逝世前一年，广州政府各派要员已经有过类似的集体祭悼经历，而孙中山正是当时的倡议者。1924年1月，列宁逝世，在中国政界引起不小轰动。当时孙中山正奉行"联俄、联共、扶助农工"政策，所以，国民党非常重视列宁的祭悼工作。孙中山建议当时正在召开的国民党一代会休会三天，广州政府机关下半旗志哀，并亲自提笔书

———————————

① 孙中山：《在广州中国国民党恳亲大会的演说》，见《孙中山全集》第八卷，中华书局1986年版，第280页。

② 《革命先觉者孙文溘然长逝矣》，见《晨报》1925年3月13日。

写"国有人师"的祭帐；国民党举办列宁追悼大会，孙中山亲自参加大会并宣读悼文，其文曰：

> 茫茫五洲，芸芸众生。孰为先觉，以福齐民。伊古迄今，学者千百。空言无施，谁行其实？唯君特立，万夫之雄。建此新国，跻我大同。并世而生，同洲而国；相望有年，左提右挈。君遭千艰，我丁百厄，所冀与君，同轨异辙。敌其不乐，民乃大欢，邈焉万里，精神往还。天不假年，于君何说，亘古如生，永怀贤哲。①

孙中山这篇祭文短小精悍，言有尽而意无穷。足见孙中山对列宁的推崇及对其逝世的无限伤悼与惋惜。当然，除却这种情感表述，孙中山更在悼文中陈述了自己的革命愿望，希望继承列宁遗愿，为中国民主革命乃至世界的大同而努力下去。而且，对列宁的祭悼方式果不其然成为后来国民党祭悼孙中山时所参考的重要范式之一，启发了孙中山奉天大典工作的诸多细节，如遗体处理，水晶棺材购买，大量纪念性公园、纪念馆、铜像等的建立，延伸了祭悼孙中山的现实价值与历史意义。

回归孙中山的祭悼历史场面。最早对孙中山逝世作出反应的是孙中山的政敌、以段祺瑞为首的北洋政府。为借祭悼之举笼络民心，寻求社会各界人士对北洋政府的支持，在孙中山逝世当日，段祺瑞就下令"停止办公，下半旗志哀，诸阁员亦诣灵床吊唁"。在其颁布的《临时执政段祺瑞恤令》一文中，高度赞扬孙中山"倡导共和，肇我中夏。辛亥之役，成功不居。仍于国计民生，悉心擘画，宏谟毅力，薄海同钦"。这是对孙中山中肯的评价，也突出了他一心为民、心系天下的壮

---

① 孙中山：《追悼列宁祭文》，见《孙中山全集》（第九卷），广东省社会科学院历史研究所、中国社会科学院近代史研究所中华民国史研究室、中山大学历史系孙中山研究室合编，中华书局1986年版，第509页。

举。然而，段祺瑞毕竟有着自己的政治目的和立场，他强调说："本执政凤慕耆勋，亟资匡济，就职伊始，敦劝入都。方期克享遐龄，共筹国是。天胡不憖，遽夺元功。轸念艰虞，弥深怆悼。"① 时段祺瑞、冯玉祥邀请孙中山北上"共商国是"，以解决曹锟、吴佩孚为首的直系军阀倒台后的诸种善后事宜。但南、北临时政府因利益不同导致的对峙局面并不是一下子就能通过邀请解决的。段祺瑞为首的临时政府亲善列强以获被承认，其害国行为不仅遭到孙中山的强烈抵制，更受到了各界民众的强烈反对。因此，在段祺瑞貌似诚挚的祭悼文中，掩藏着他洗脱罪名、笼络人心的政治目的。然而这种努力没有起到丝毫效果，段祺瑞以脚疾不能穿鞋为借口，拒绝参加公祭大会，更激起了民愤民怨。

孙中山逝世后的第二天，力邀孙中山北上"共商国是"的冯玉祥也"通令所属各机关，下半旗三日，并停止宴会、歌舞作乐三天。停止操课及办公各一天"②，而张作霖、唐绍仪等亦撰文致电，吊唁孙中山。唐绍仪在文中高度认同孙中山"为国先觉，手创共和。……指导群伦，发皇民治，接筵主义"的历史功绩，积极呼吁对孙中山应该"允宜国葬，崇祀史传。褒然建立铜像，以隆典礼，而彰功业"。同时，他也极力表示自己的政治立场和态度，"同心戮力，拥护国家，以承先生未竟之功，而尽后死应负之责。庶可奠安国民，以慰在天之灵。"③唐绍仪曾追随孙中山左右，拥护他的革命事业，有过同样的政治主张和携手合作，所以有"手创共和"的政治认同感。然而到1920年后，唐绍仪与孙中山的政治主张已发生分歧，唐认为孙中山的理想太高，理论太广，难以实现，且孙所制定的总统制与他的"政党政治"和"责任

---

① 段祺瑞：《临时执政段祺瑞恤令》，见《申报》（国内专电）1925年3月14日。
② 冯玉祥：《国内专电》，见《大公报》（天津）1925年3月14日。
③ 《补志唐继尧请各省一致追悼孙中山先生之皓电》，见《大公报》（天津）1925年4月8日。

内阁制"理想亦不符。

孙中山逝世时，恰值国共两党合作时期，中国共产党以执行委员会名义迅速给国民党发出唁电致哀，电文略辑如下：

> 国民革命尚未成功，贵党总理孙中山先生遽尔逝世，中国共产党中央执行委员会接此哀耗，不胜悲悼！中国共产党对于贵党总理孙中山先生临终之政治的遗嘱及其毕生反抗帝国主义、反抗军阀之革命事业表示极深之敬意，并希望贵中央执行委员会承继此伟大的革命遗产，领导中国国民革命到底！
>
> 中国共产党相信中山先生的肉体虽然死了，中山主义——即反帝国主义、反军阀的革命主义和他手创的国民党决不会如一般帝国主义者及军阀们的预料……中国共产党更相信今后的国民党必然仍为中山的革命主义所统一，一切革命分子必然因中山之死更加团结一致，这种内部的统一是中山死后防御敌人进攻的必要保证……必须这样的统一才是真正的统一，也必须这样的统一才是防御敌人进攻的真正担保和完成中山志愿的真正前提。①

文中除表深切悼念之情外，更高度肯定了孙中山的革命精神与社会贡献以及国民党领导中国革命的历史地位："其毕生反抗帝国主义、反抗军阀之革命事业"为他赢来了国民前所未有的尊敬。强调"中山主义即反帝国主义、反军阀的革命主义"，这是两党合作的前提，也是孙中山逝世后，两党能够继续合作下去的必要条件，这"比伟大的个人指导革命将更有力"，而"今后的国民党必然仍为中山的革命主义所统一"。这也是"完成孙中山志愿的真正前提"，只有这样"中国共产党

---

① 《中共中央为孙中山之死致唁中国国民党》，见中共中央书记处编：《六大以前——党的历史材料》，人民出版社 1980 年版，第 242 页。

与中国工农阶级热烈的愿与贵党协力奋斗到底"。可以说，孙中山的不幸逝世对国共两党合作产生了巨大的影响，使原本不稳定的两党关系更加危机四伏，而在唁电中，共产党更加关注国民党今后的执政走向，因为这毕竟涉及两党合作的最终命运以及中国反军阀、反帝国主义的革命使命。

同一天，中国共产党还发表了《中国共产党为孙中山之死告中国民众》一文，慨然宣称"中国民族自由运动……是决不会随中山先生之死而停止的"，因为帝国主义"逼得中国的工人农民及爱国的知识阶级等广大民众，为自己生存计不得不出此一途"，而国民党，"尤其是其中革命分子，必然遵守大会宣言，必然遵守中山先生的遗嘱，依照中山先生的主张与战略——打倒军阀必须打倒帝国主义——领导中国的民族自由运动和中山先生生时无异"。此外，中国共产党也在文章中表白了革命的决心与态度，"今后对于国民党及其所领导的民族运动，仍旧协同全国工农群众予以赞助，决不因中山先生之存殁而有所变更。"更具体到革命对象上，中国共产党直接指出，要"反抗帝国主义的工具段祺瑞、张作霖在北方对于这些运动之进攻"，同时还要"保卫南方的革命根据地——广东，肃清陈炯明、林虎、唐继尧等及其所勾结之买办地主的反动势力"。[①] 因为在共产党的革命理念中，这些势力都是阻碍中国民族自由运动的障碍，必须弘扬孙中山革命遗愿，加以铲除。

孙中山的逝世惊动了社会各界，全国各地无不充溢着祭悼之情与缅怀之举，这成了中国近代祭悼文化史上一个超乎想象的存在。据当时报载，孙中山逝世后，"中外各界赴行辕吊唁者极多，至晚八时逾三千人"。[②] 天津《大公报》同样有这样的相关报道，"截至十二日下午八

---

① 《中国共产党为孙中山之死告中国民众》，见《向导》周报第 107 期，1925 年 3 月 21 日。

② 《中山逝世后之各方面》，见《申报》1925 年 3 月 17 日。

时止，各界人士躬往协和医院吊唁孙者，一千五百余人"。① 与此同时，各界民间团体纷纷自发组织祭悼孙中山大会。孙中山的家乡香山各界召开追悼大会时，"赴会致祭者有各级官员，国民党县党部各执行委员及全体党员，及各乡民团商团农会工会、及各学校。各界致送挽联甚多，尤以彭光亚君送之精神不死四字、及农民协会所送之继续奋斗四字，最为醒目。余如刘子谦萧幹志两君致送之'革命尚未成功同志仍须努力'长幅，亦最为触目惊心。"② 不仅如此，香山工务局还将在西山寺原址筹建中山公园，以作祭悼缅怀孙中山先生之用。③ 而广州则筹备中山纪念堂，"凡孙先生平生读过之中外典册书文及先生一生所著之文章，皆归纳其中，如铜像、祭坛、祭堂等巨大庄严之建筑物外，尚有花园假山川林修竹池塘鱼鸟之布置。"④ 社会各地不少唁电中更将孙中山称为"国父"、"导师"等，如江西自治同志会、全国学生总会、安徽同志会等称孙中山为"国父"，⑤ 上海船务栈房工会致唁电称："民失国父，党失导师。劳动同人，尤深悲恸。"⑥ 可以说，民众及其团体祭悼孙中山，最为真切地传递了民众的悲痛之情，因为他们没有政治目的，较少带有功利性，在其祭文、挽联与悼词中普遍表达的是崇敬缅怀之意，而"国父"形象的确立，使得孙中山成为引导各界人士进行中国民族主义革命斗争的一面鲜活旗帜。

在各党派的轮番祭悼中，国民党无疑是最具代表性的独大一方，也力图通过祭悼之举垄断孙中山的政治资源。时北洋政府希望依照自己所制定的"有大功劳于国家"的相关规定，对孙中山采用国葬的办法，

① 《国内专电》，见《大公报》（天津）1925 年 3 月 13 日。
② 《香山各界追悼大会详情》，见《民国日报》（上海）1925 年 4 月 5 日。
③ 《香山筹建中山公园》，见《民国日报》（上海）1925 年 4 月 1 日。
④ 《粤人对孙先生追悼与纪念》，见《民国日报》（上海）1925 年 4 月 12 日。
⑤ 《孙中山逝世之哀悼（二）、（三）：各界之唁电》，见《申报》1925 年 3 月 15—16 日。
⑥ 《孙中山逝世之哀悼（四）：各界之唁电》，见《申报》1925 年 3 月 17 日。

以期得到社会各界对北洋政府合法性的认同。但这种努力首先受到国民党的拒绝，在国民党看来，"执政府对于中山，实无颁荣典之权，如欲举行国葬，则当由未来之正式政府举行，否则当由国民党举行党葬"。[①]最终就孙中山的安葬问题，双方议定在南京陵墓修好之前暂时在北京停梓。不难看出，就孙中山的遗体安葬问题，无论是"国葬"还是"党葬"，其实质均反映了国民党与北洋政府之间权力相互制衡的问题，在近代政治风云变幻的环境里，孙中山也不能像一个普通人一样自主而平静地死亡。直到 1928 年，南京政府北伐军攻占北京成功，暂时取得政治较量的胜利，孙中山的祭葬仪式才开始在北平上演。此时，已经取得国民党大权的蒋介石宣读了由邵力子亲笔捉刀的祭文。原文悼情甚浓，言辞婉转，同时政治目的又十分明显，现略述如下：

　　我总理昔日为集中革命势力而容共，为联合平等待我之民族而联俄。乃自总理逝世，中国共产党竟忘服从三民主义之前言，压迫本党，恣行捣乱，破坏革命，加害民生……是唯有阐明主义，以遏止异说之传播，戮力自强，以致邦交于平等，废除不平等条约之遗嘱，必贯彻于最短期间。此中正所兢兢自勉，以勉同志，敢为我总理告者一也。

　　忆昔第一次全国代表大会开会时，我总理垂诲谆谆，以纪律废弛，人自为战为厉戒，以精神结合，团结一致相诏勉，诚有见乎革命之危机，往往伏于内部之涣散。……此中正所兢兢自勉，以勉同志，敢为我总理告者二也。

　　……彻底扫除数千年传统之恶习，以为更新国运之始基，庶异日遗梓奉安，得借灵爽监临，而普耀主义之辉于全国。此中正所兢

① 《孙中山之身后问题》，见《申报》1925 年 3 月 16 日。

兢自勉，以勉同志，敢为我总理告者三也。

……自唯有遵总理革命之训，懔履霜坚冰之戒，而后过去成绩，始能保持，循环革命，得以防止。此中正所兢兢自勉，以勉同志，敢为我总理告者四也。

……总理有言，革命尚未成功，同志仍须努力。必至三民主义完全实现之日，方为全党同志克尽厥责之时。此中正所兢兢自勉，以勉同志，敢为我总理告者五也。

……吾国之苦兵祸久矣，唯贯以革命之精神，乃可望彻底之解决。此中正所兢兢自勉，誓以全力督促武装同志，务底于成，敢为我总理告者六也。

……自今以往，宜使全国皆知内战为可耻，而注全力于国防。明耻教战，唯以自卫，卧薪尝胆，以求贯彻总理民族独立自由之遗训。此中正所兢兢自勉，以勉同志，敢为我总理告者七也。

……务使全国人民之思想，悉以三民主义为依归，全国政治之设施，悉从本党之指导，厉行总理以党治国之主张，俾中国能得系统之建设。此又中正兢兢自勉，以勉同志，敢为我总理告者八也。

……今当建国伊始，而总理已长辞人世，不复能躬亲指导，千钧之责，寄于后死之同志，唯有戮力同心，勉为祖继。……中正自许身党国，久已矢之死靡他之决心，初不意百战余生，尚能留此微躯，诣总理之灵堂，而致其瞻礼。①

在洋洋洒洒数千言的祭文中，蒋介石不忘孙中山对他的栽培、知遇之恩，言必不畏，艰辛完成孙中山未竟之事，以此确立其继承孙中山衣钵的正当性。随后他以八事高支孙中山，一是为反苏反共作辩解；二是

---

① 蒋介石：《克复北平祭告总理文》，见曾景志编注：《蒋介石家书日记文墨选录》，团结出版社 2010 年版，第 300—303 页。

消除分歧、严明党纪；三是主张建都南京，反对迁都北京；四是警告实
力派，反对地盘思想；五是革命应需继续努力；六是主张裁兵；七是防
止内战；八是实施以党治国政策。可以说，这八点既包含蒋介石为其政
治、军事合法化解释的努力，同时又体现了他以后的执政、治军策略。
虽然这篇祭文将蒋介石一党独大的野心摆在了明面上，但政党统治取代
皇权专制统治在一定程度上也显示中国政治文化向前走了一步。

这次碧云寺祭悼孙中山，是蒋介石克复北平后以国民党名义所作出
的第一次公开性祭悼，其祭文中所隐藏的权力威严并没有得到实力派军
阀的认可，军阀混战依旧战火连天。然而，这次祭悼却为1929年孙中
山奉安大典揭开了帷幕。在奉安大典上，南京国民政府发布了《国府
公祭总理文》，祭文简录如下：

> ……惟总理兮，先觉先知。民国之国父兮，人类之导师。首倡
> 国民革命兮，万方众人之欢嬉。创行三民五权兮，范千古而不遗。
> 故夫颠覆满洲政府兮，举天下而公之。……吾党忠实主义兮，即大
> 道之未丧。既虎踞兮龙蟠，冀马归而牛放。吉日兮良辰，灵主来兮
> 洋洋。萃万国兮冠裳，执玉璧兮荐馨香。功烈炳然兮久长，与日月
> 兮齐光。千秋祀兮，作轩辕苗裔无疆。①

祭文中高度赞扬孙中山"先觉先知"，并尊称他为"国父"、"导
师"，领导国民革命，推翻满清封建专制统治，实施"三民五权"，倡
行"天下为公"，荡涤军阀割据，反抗帝国主义，这些历史政绩都是孙
中山人格魅力的最大体现，也是他革命事业的组成部分，更是国民党赖
以立足并取得国民支持的根本所在。而结束南北分裂，再造新邦，重构

① 《国府公祭总理文》，《申报》1929年6月1日。

中华民国之自由平等则是国民党需要完成的"革命未竟事宜"。

此外，奉安大典中最具独特风景的是来自国外的公使们，他们在国民党官员的帮助下，遵循中国的祭悼礼仪，参与了整个祭悼过程，在他们宣读的祭文中表达了"国际友邦"的祭悼之情与政治倾向："中山先生葬礼，不但中华全国人民视为极尊崇隆重之大典，即全世界各国，亦皆表示其尊重之意……自此以往，中国永久统一，永久和平，国民幸福，永久增进，且与各友邦共同维持人道之公益。中山先生之功之德，专使等极所钦佩，爰致敬礼于灵榇之前，藉表诚意焉。"①

所以，作为国家祭悼的奉安大典，它不仅是国民党施政方针的重要宣示场合，也是借助孙中山的影响寻求合法性庇护的重要场合，同时，新生的南京国民政府在很大程度上更是通过祭悼之举得到了国际社会的认可。

## 第四节　心态的涌动与秩序的维护——清末民初祭孔文化考略

中国近代的思想与文化表现为一种"后发型"特点，在其追寻现代化的步伐中往往存在着两种悖反的文化企图：一是要与传统断裂以求新异，二是要与自身断裂以求稳定。因此，在这种纠结交融的过程中，传统儒家文化的观念体系与礼仪内涵出现了全方位的变革，而作为儒家文化彰显关键的祭孔礼仪，在大变革的时局下不仅需要自身调节，同时还伴有外来军事与宗教强势浸染的西化式改革，以及祭孔文化体系面临解体而产生的民众信仰和认同危机。

———————————
① 《各国专使公祭总理》，《申报》1929 年 6 月 1 日。

## 一、"常"与"变"——孔教会与祭孔活动

"常"与"变"是近代中国社会的两条主线。就文化观念而言，"常"的维持是为了社会习俗的稳定与政治统治需要，"变"的后果则是解构了制度化的儒家文化。具体以祭孔活动为例，其沉浮变迁直接导致了儒家与权力结盟的解体以及价值体系的崩溃，而面对这种变局所带来的社会危机与认同危机，当时的社会组织孔教会开始了重建儒家认同的努力，以西方宗教的教义与形式来完成儒学现代转型的"变"，以此实现传统儒学的"常"态政治企图。

孔教会是民国时期出现的一个以维护孔子权威，立孔子为教主的宗教团体，在当时变动的时局中产生了相当大的社会影响。它的产生与康有为有着直接的关系，是康有为游历香港接触基督教后产生的一个梦想。1891 年、1896 年康有为先后完成了《新学伪经考》和《孔子改制考》两部论著，在当时思想界引起了强烈震动；1898 年，康有为上书："陈请废八股及开孔教会，以衍圣公为会长，听天下人入会，令天主、耶稣教各立会长与议定教律。"① 这是他早期创教思想酝酿成熟后开始具体实施的第一步，一方面，在废除八股科举制后创建孔教会作为替代品，以期实现儒家教化的政治目的；另一方面，要按照基督教中的教主形象来改造衍圣公，以期通过建立孔教会来处理令朝廷感到棘手的教案问题。可以说，成立孔教会是康有为实现自己政治抱负的一个文化砝码，而且在康有为游历海外期间，他曾组建以"保种保教"为目的的学会组织，在南洋发起过较大规模的祭孔活动以树孔子权威。② 所以，数年后他在回忆祭孔活动时说："乃年来孔子之祀，尊孔大会，创发于

① 康有为：《请商定教案法律厘定科举文体并呈孔子改制考折》，见黄明同、吴熙钊主编：《康有为早期遗稿述评》，中山大学出版社 1988 年版，第 287 页。
② 康有为：《域多利义记》，见汤志钧编：《康有为政论集》，中华书局 1981 年版，第 401 页。

海外，波靡于美亚，风发响应，雾沓鳞萃，岁月有加，增华滋盛。"①
可见，康有为的尊孔、祭孔活动发端于海外，而且在辛亥之前没有对国
内产生太大的影响，响应者甚少。

辛亥革命推翻了传承两千余年的帝制，但革命所引发的混乱局势也
是巨大的。康有为的学生陈焕章认为，"革命后之政治，其腐败乃从古
所未有。废孔教之所致也。""孔教既废则人之道德心尽亡，故其竞争
于政治也，并不见义务，而只见权力。"正是基于这种认识，他提出了
以孔教重建国民道德挽救国民信仰危机的主张，"就中国今日之政治，
宜何道从之？曰道德人类之不可须臾离也。若政治以权力为标帜，则其
需道德尤甚。救政治之病，曰道德而已。"② 而此时康有为在给朋友的
信中也主张开展祭孔活动以创孔教会，以此解决社会的动荡。在他看
来，"今以人必饮食男女，则已为儒而非释。人必尊祖敬宗，则已为孔
而非耶。以此语人，计必易人。"③ 对孔子的敬祭已经远远不如对祖宗
的敬祭，这是康有为信中所说的"近者大变，礼俗沦亡，教化扫地"
的最直接表现。正是在这种混乱的局面下，康有为决定建立孔教会，不
仅为发扬儒学、稳定民心，更为实现自己昔日的政治夙愿，以求实现
"升平、太平、大同"的理想。

1912 年 10 月 7 日（孔子诞日），康有为授权学生陈焕章在上海成
立孔教会，并于第二年接受会长一职。他在回复的电文中旧事重提，指
出废祭孔子的严重后果，"去岁夏，际亘古未有之变，俎豆废祀，弦诵
绝声，大惊深忧。"④ 而陈焕章在《孔教会序》中也说："焕章目击时

---

① 康有为：《论中国宜用孔子纪年》，见上海市文物保管委员会编：《康有为遗稿——戊戌变
法前后》，上海人民出版社 1986 年版，第 462—463 页。
② 陈焕章：《论废弃孔教与政局之关系》，《孔教会杂志》第 1 卷第 5 号，1913 年 6 月。
③ 康有为：《致仲远书》，见上海市文物保管委员会编：《康有为与保皇会》，上海人民出版
社 1982 年版，第 369 页。
④ 康有为：《康南海先生来电》，《孔教会杂志》第 1 卷第 10 号，1913 年 11 月。

事，忧从中来，惧大教之将亡而中国之不保也。……创立孔教会，以讲习学问为体，以救济社会为用，仿白鹿之学规、守兰田之乡约，宗祀孔子以配上帝。"① 在他们看来，孔教会的成立是应时而生，将孔子作为教主，需要为其增加"神道"的色彩，故祭悼孔子也如西方宗教敬仰上帝一般，这必然可以挽救人心，维持国运。不仅如此，陈焕章还将祭孔与祭天、祭祖并举，"天"作为一种神秘存在成为孔教徒祭祀的对象，孔教也就可以由"人教"转化成"神教"，所以"祀天"、"祀圣"与"祀祖"就成了孔教的"三本"。② 为了将这种神圣色彩更加神秘化，陈焕章更是主张"祀天以孔子配"，认为，"祭莫大于祀天，祀天而以孔子配，则吾之所以报天报圣者，胥在于是。"③ 1913 年，为凝聚人心，孔教会呈请教育部准备在国子监举行"丁祭祀孔"活动，强调"凡诚心尊孔者，皆可与祭，以表共同信仰之诚，以明莫不尊亲之义"。④ 而为了收到良好的效果，在举行丁祭之前，孔教会事先向社会各界发出了举行丁祭孔子的信息，称只要"人心不死"，丁祭当"不废"，所以希望社会各界"恭诣国学行丁祭礼，凡我国民，共享斯盛"。⑤ 可以说，孔教会之所以这么强调祭孔礼仪的重要性，就是要将孔子塑造成"天之圣人"，将孔子神圣化，从而维持儒学的"常"态传统地位，更要发挥政教统一的现实时代意义。

---

① 陈焕章：《孔教会序》，《孔教会杂志》第 1 卷第 1 号，1913 年 2 月。
② 陈焕章：《孔教会序》，《孔教会杂志》第 1 卷第 1 号，1913 年 2 月。
③ 陈焕章：《祭天以孔子配议》，《孔教会杂志》第 1 卷第 3 号。事实上，在陈焕章这里已经将儒教的"祭天"与基督教的"祭上帝"相混淆，正因为如此，才可以更大程度地将孔子神圣化。见陈焕章：《祭天礼仪》，《孔教会杂志》第 1 卷第 12 号，1914 年 1 月。
④ 《孔教会举行国学丁祭公呈》，《孔教会杂志》第 1 卷第 8 号，1913 年 9 月。事实上，在陈焕章等人将这个公呈递交教育部后，并没有得到教育部的赞同，时教育部"承认个人而不承认团体"祭孔。随后陈焕章以个人名义再次递交教育部，才得到教育部"准其借用国学，致敬孔子"的答复。见《教育部批》，《孔教会杂志》第 1 卷第 8 号，1913 年 9 月。
⑤ 陈之鼎：《孔教会发起举行国学丁祭公启》，《孔教会杂志》第 1 卷第 7 号，1913 年 8 月。

将孔教定为国教，并掀起了一场全国性尊孔祭孔活动的国教运动，这是孔教会在当时收获人心的大事情。来自中央教育会、参众议院及各地方教育会的部分人士纷纷响应这个开展国教运动的提议，甚至各省军政长官都通电支持孔教会的请愿。这其中以张勋、阎锡山等军阀言论最具代表性。张勋在袁世凯做总统后上书直言："今因废帝制，并欲废伦纪，因废伦纪，并欲废昌此学术之孔子，忘本逐末。"① 为定孔教为国教，张勋屡屡上书，成为国教的坚决拥护者。阎锡山亦上书袁世凯陈言定孔教为国教的重要性，"仰体天道，俯察民情，唯有以孔教为国教一条……编入宪典，使喁喁望知之苍生，咸知趋向之所在，风声所树。"不仅如此，他还详细拟定了祭孔典礼方案：一、丘、常雩、祈穀三大祭，请以孔子配天。二、举行春秋之祀。三、孔子祀典请列入大祀。四、跪拜之礼请着就遵行。五、民国正式国会成立，请大总统遣官诣阙里祭告。六、请大总统亲诣京师孔庙上丁致祭，并速诣太学行释菜典礼，以定人心。② 这套对孔子的祭典很大程度上仿效了古代帝王祭孔仪式，同时又增加了很多诸如总统、国会等现代的因素在其中，虽然当时袁世凯率文武百官行"三拜九叩"祭孔大礼成为逆历史潮流而动的闹剧，但从祭孔文化承接的角度，也可看作是中国近代社会一次"安稳民心"的现代祭孔形式尝试。

张勋复辟失败后，康有为受到通缉，不得不辞去会长职务，孔教会改由陈焕章接手。此时孔教会开始了低调发展时期，并将重心移到北京，以《经世报》作为机关刊物。陈焕章除了延续并巩固以往的孔教成果外，更应时事需要增加了很多新变化。他以议员身份积极参加国会的参议院会议；筹建"孔圣堂"，使其成为具有现代宗教意味的孔教总会堂；开办孔教大学，仿效现代教会学校的形式广泛传播孔教；采用登

---

① 张勋：《上大总统请尊崇孔教书》，《孔教会杂志》第1卷第1号，1913年2月。
② 阎锡山：《山西都督呈大总统祀孔典礼文》，《孔教会杂志》第1卷第8号，1913年9月。

广告、发文章、派遣人员到美洲宣传孔教拉赞助等现代方式，以此继续扩大孔教影响力；发起声势浩大的募捐活动，用以募集资金，不断巩固和扩大孔教会的基业；破除传统礼俗，吸引大量女子入孔教，培养其成为最稳定的中坚力量；"五四"过后，孔教入教人员趋向社会下层，注重了群众基础。此时期的孔教会与前期注重与政治结合相比，更加注重一种文化的宣扬，虽声望没有以前响亮，但对维护社会与民心的稳定有着不可替代的作用。后随着北伐革命军的胜利以及新组建的南京国民政府一系列政令、教令的颁布，孔教会深受打击。① 首先，以孔子纪念新样式取代了传统祭孔仪礼。早在民国初创时代，政府就已明确地废除传统的春秋祭孔礼及跪拜礼，但孔教会诸人却一直实行祭孔跪拜礼，北洋政府在袁世凯称帝时更注重这种祭孔礼仪的隆重性。这种情况在鲁迅日记、杂文中有过特别的记录，从 1912 年至 1926 年这 14 年里，鲁迅一直担任当时教育部的官员，并多次参加官方组织的祭孔活动。如鲁迅在《在现代中国的孔夫子》一文中说，"从二十世纪的开始以来，孔夫子的运气是很坏的，但到袁世凯时代，却又被从新记得，不但恢复了祭典，还新做了古怪的祭服，使奉祀的人们穿起来。"不仅如此，北洋军阀的其他将领如孙传芳"复兴了投壶之礼"，而张宗昌"则重刻了《十三经》……拿一个孔子的后裔的谁来做了自己的女婿"②。但到南京国民政府初建，不仅将春秋祭孔旧典一律废除，还以新式的鞠躬礼取代跪拜礼纪念孔子，这对虔诚坚守传统祭孔礼仪的孔教会成员打击甚大。其次，随着官方对守旧势力的打击，民间祭孔活动受到官方的直接压抑，

---

① 国民政府时期的孔教会命运，详细介绍可参阅张颂之：《孔教会始末汇考》，《文史哲》2008 年第 1 期。

② 鲁迅《且介亭杂文二集·在现代中国的孔夫子》，见《鲁迅全集》第六卷，人民文学出版社 2005 年版，第 328 页。

随后国民政府采用孔子诞辰纪念统一民间社会的祭孔形式。① 再次，祭孔场所孔庙作为一种公共财产收归政府所有，在国家意识形态的控制之下，孔教会祭孔活动陷入了前所未有的低谷。最后，政府对教育的控制加强，公办学校渐渐取代传统私塾，因此，祭孔读经的私塾教育活动也慢慢退出了历史舞台。

可以说，通过以上种种求"变"的措施，的确打破了孔教的"常"规仪式，南京国民政府牢牢地掌握了尊孔、祭祀礼仪与活动，这就极大地限制了孔教会的活动空间，当时有复函说，"自本党（指国民党，引注）北伐成功后，该会（指孔教会，引注）已无形解体，总会既经消散，各地更无支分会之组织。"② 这种官方复函虽说得较为自信，但却不能不说明曾经轰动各界的孔教会在当时的社会形态下存在着严重的生存危机。虽然在 20 世纪 30 年代初，国民政府掀起了新一轮的祭孔活动，并于 1934 年 8 月 27 日（国民党定孔子诞辰日）举行了全国性的孔子诞辰纪念，时中央要员汪精卫、戴传贤等人先后发表讲演，为残存各地的孔教会成员带来一丝希望，但这种国家祭孔体系与孔教信仰存在难以跨越的鸿沟。所以，在多重的压力下孔教会已名存实亡，慢慢消逝在中国大陆的历史舞台中。

## 二、"退"与"进"——基督传教士与祭孔礼仪

祭孔活动是中国仪礼中的大典，也是中国人信仰的重要组成部分。西方传教士在中国传播宗教文化，必须面对的是具有稳定结构的儒家文化及其生活习俗，这其中一个不可跨越的隔界便是祭孔活动。因此，如

---

① 《国民党中央执行委员会转请国民政府明令公布祀孔办法函》，见《中华民国史档案资料汇编》第五辑第一编，文化（二），第 530 页。
② 《国民党山东省党部致中央民众训练部复函》，《中华民国史档案资料汇编》第五辑第一编，文化（二），第 569 页。

何看待耶稣与孔子这两个标杆式人物，就成了中西文化交锋的关键所在，而传教士对中国祭孔礼仪的复杂态度可算是观察这场"无声战争"的晴雨表。西方传教士们往往审时度势，采用不同的进退策略进行传教：从最初"不破不立"的宽容态度到中期的"礼仪之争"再到后期强势的"破旧立新"。这种不同取向的背后是西方思想界对中国文化的清晰认识，但更暴露出他们"文化传播"幌子下，打击一切"异端"宗教、令一切非基督教徒皈依上帝的文化侵蚀目的。

明清之际，中国尚处于国力强盛时期，以利玛窦为代表的耶稣会[1]传教士对祭孔习俗采取宽容态度，允许中国的教徒继续祭孔祀祖活动。利玛窦向当时的西方教会传达了这样的信息：中国人"不向孔子祷告，也不请求他降福或希望他帮助。他们崇敬他的那种方式，正如前述的他们尊敬祖先一样"[2]，本质上就不存在违背天主教义的可能。这样，"合儒、补儒、益儒和超儒"[3] 就成为当时的传教策略。对西方宗教文化的介绍与对儒家文化的解读，使得传教士成为沟通基督教与儒学二者之间的桥梁。

但是，对祭孔等儒家礼仪的容忍显然不是西方传教士一以贯之的策

---

[1] 耶稣会于 1535 年 8 月由西班牙贵族罗耀拉（Iguaeio de Loyola）创办，崇尚理性与知识。因此，在早期中国传教走的是上层传教和知识传教的路线，由耶稣会会士来完成，代表人物有利玛窦、熊三拔、汤若望、南怀仁、郎世宁等。该教会讲究传教的深层本土化，在尊重中国祭祖、祭孔等儒家礼仪活动基础上传播西方教义，将佛、道两家的庙宇活动看作是迷信、异端，而儒家的"祀孔祭祖"活动看作是非宗教性的家族宗法活动，即所谓的"礼儒易佛"或"补儒易佛"策略。但这种宽容的传教做法不仅引发了耶稣会内部人员的争论，如耶稣会士龙华民就极力反对这种做法，难以容忍中国教徒祀孔祭祖，因此也被称为"引发中国礼仪问题之争第一人"；同时，宽容传教做法也受到有着神学传教传统的其他教会如多明会、方济各会、奥斯定会等会派反对，形成了西方内部之间的不同意见。参阅《中西礼仪之争：历史·文献和意义》第一章"中西文化交流史上的大事变"，上海古籍出版社 1998 年版，第 15—29 页。

[2] ［葡］利玛窦、［比］金尼阁：《利玛窦中国札记》，何高济等译，中华书局 1983 年版，第 103 页。

[3] 侯外庐：《中国思想通史》，人民出版社 1998 年版，第 1080 页。

略。1610 年利玛窦去世后，其继承者龙华民便引发了一场世界性的热门话题——"礼仪之争"。百余年里，争论事态逐渐扩大，并引发了罗马教皇和中国皇帝的最终定夺。1704 年，教皇发布禁止中国教徒参加祭孔传统仪式的命令。这种极端做法触怒了康熙皇帝，导致清政府禁教并驱逐传教士的严重后果，由此中断了由利玛窦等人开辟的西教东传的文化交往之路。这种结果促使了清政府采取更为严重的闭关锁国政策，而这也带来了西方宗教界与思想界的集体反思。1700 年，法国学者圣西门在他的《论文集》中说："中国有关信仰孔夫子和祖先的礼仪之争开始大肆渲染起来。耶稣会允许新入教者这样做，而外国教会又禁止他们这样做。这一争论对整个历史产生了可怕的后果。"① 在这百多年后，诸多思想家如孟德斯鸠、伏尔泰、康德、赫尔德、谢林、黑格尔等人，都积极关注这场争论，如德国民族文学传统的开创者赫尔德就说："耶稣教士们当初以艰苦卓绝的努力开创的宏伟事业，后来却断送于一场微不足道的风波。此番争吵，涉及的不过只是礼仪的问题。……祭祀该民族最伟大的先师孔子（我们称之为'孔夫子'）和祖宗原本是中国人相因成习的风俗，然而人们却要求他们将祭祀的方式部分废止，部分改变。"② 可以说，这次"礼仪之争"不仅是西方内部对华传教不同策略方法的一次大检讨，同时也为他们深入了解中国文化提供了重要契机。

带着对基督教泛化的"救世"责任以及对中国儒学文化了解颇深的自信，1840 年以后，传教士在坚船利炮与不平等条约的庇护下再次卷土重来，这一次在清皇室日益衰微的时局下面对中国的祭孔活动，大多数传教士提出了更为明晰强硬的"扬耶稣抑孔子"传教策略。在耶稣与孔子这场跨越地域与时间的对话中，"基督教在华宣教事业与儒学

---

① 见戴密微：《法国汉学研究史》，载《中国史研究动态》1980 年第 1 期。
② 赫尔德：《中华帝国的基督化》，见［德］夏瑞春编：《德国思想家论中国》，陈爱政等译，江苏人民出版社 1995 年版，第 98 页。

之间以激烈的冲突为主。……很难将孔子与耶稣混为一谈，要么孔子，要么耶稣，二者必居其一。"① 并且，西方侵略者在与清政府签订的不平等条约中明确提出"设教传义及受法律保护"的主张。1844 年，中美《望厦条约》第十七款明确规定：美人可在贸易港口租地"设立医馆、礼拜堂及殡葬之处"。② 同年 9 月 13 日的中法《黄浦条约》第二十二款提出：允许法国人在通商口岸"建造礼拜堂、医人院、周急院、学房、坟地"，如果中国人将法国人的教堂等毁坏，"地方官照例严拘重惩"。③ 随后的《天津条约》、《北京条约》等更是明确地规定了传教士在中国的自由性与教民接受教义的"排他性"。这些条约的目的就是确立基督教传教的合法化，取得耶稣与孔子的对等甚至取而代之的地位。到 1877 年基督教在华传教士第一次大会上，赞成祭孔的传教士很少；1890 年第二次传教士会议，祭孔礼仪再次顶在争论的浪尖上。这其中，德国传教士花之安曾明确表示："祀典虽繁，惟祀上帝为得其正，故祀上帝外，诸祀皆可废也。""人能循理以祀上帝，便可与上帝相通，何必多建庙堂，设立偶像，四时致祭乎？"④ 安保罗撰文《救世教成全儒教说》，阐释耶稣取代孔子的观点，"儒教孔子，人也；耶稣，上帝之子也。救世教之真光迥异于儒学之上。……当今之时，孔子若再生于中国，必愿为耶稣之徒也。"⑤ 范祎《论儒教与基督教之分》一文，更是否定了"合儒补儒"的传教策略，公开表明耶儒二学犹如清浊之水不能相容，要用耶稣的净水来漂洗孔学的尘污，"耶稣自耶稣，孔子自孔子，儒教自儒教，救世教自救世教，出此入彼，如风牛马之不相及也。不明此教之何以劣，彼教之何以优，谁能弃二千数百年之旧染，而

① 黄新宪：《基督教教育与中国社会变迁》，福建教育出版社 1996 年版，第 73 页。
② 王铁崖编：《中外旧约章汇编》第 1 册，生活·读书·新知三联书店 1982 年版，第 54 页。
③ 王铁崖编：《中外旧约章汇编》第 1 册，生活·读书·新知三联书店 1982 年版，第 62 页。
④ ［德］花之安：《自西徂东·礼集》，上海书店出版社 2002 年版，第 97—98 页。
⑤ ［德］安保罗：《救世教成全儒教说》，《万国公报》第 93 册，1896 年 10 月。

恃一盆之水，以洗净之乎。"① 可以说，此时期的传教策略仍可看作是明末清初"礼仪之争"的延续，只不过是锋芒显露在传教士这边，其激烈的"挺耶抗孔"策略占据了绝对的话语权。

但有一个现象仍需注意，即在大多数反对祭孔的声音背后也有宽容的声音存在。如 1898 年清政府制定的《京师大学堂条规》中规定："崇敬先师，于学堂正厅安奉至圣先师孔子牌位。春秋丁祭，管学大臣、汉总教习、总办、提调、分教习、仕学院诸员率各堂学生致祭，行三跪九叩礼。"② 这个条规引来了林乐知、花之安等传教士的强烈不满，但同时也得到丁韪良、李佳白、卫礼贤等传教士的理解。翌年，在京师大学堂开学典礼上，保全京师大学堂的头号功臣孙家鼐为照顾外国传教士的耶稣信仰习惯，主动同意他们不必参加祭孔典礼。但丁韪良和其他外国传教士却一起自愿地向孔子灵位脱帽鞠躬致礼。1903 年，丁韪良仍认为祭孔"形式上带有东方共有的夸张，但决不包含任何（基督教）禁止的成分"③。可以说，传教士对中国祭孔礼仪的分歧态度，恰恰说明了他们在中国传教的两难选择：其一，如果继续利玛窦采取的"补儒合儒"式传教方式，则在很大程度上削弱了基督教在华的主动权，过分依附或迁就儒学及其礼仪，最终可能变成一种带有"中国文化特色"的基督教信仰；其二，如果与儒学礼仪正面冲突，带来的结果将是自上层士大夫到下层乡绅的"全民"性的文化反抗，这绝对不是传教士希望看到的局面。因此，这种尴尬的传教策略选择可以看作是中西文化艰难交融的直接体现。但是在晚清以来的大变局中，文化的传播却往往在一定程度上成为政治统治与军事侵略的"附带品"，而且取缔祭

---

① 范祎：《论儒教与基督教之分》，《万国公报》第 182 册，1904 年 3 月。
② 陈学恂主编：《中国近代教育史教学参考资料》上册，人民教育出版社 1986 年版，第 449 页。
③ 顾卫民：《基督教与近代中国社会》，上海人民出版社 1996 年版，第 268 页。

孔礼仪并确定基督教在中国的主要地位始终是西方传教士的最终要求，其目的正是要通过反对祭孔、改变礼仪习俗来淡化直至消除中国民众对儒学的尊崇之心，从而实现基督教在中国传播的畅通无阻，完成基督教在世界范围内传教的"纯洁性"。

这场文化交锋一直延续到1939年，当时的西方教廷发出这样的命令：第一，由于中国国民政府申明无意发表宗教性的命令，因此尊孔仪式不含宗教意义；第二，不应禁止天主教学校悬挂孔子肖像；第三，如果信教师生被迫参加公共礼仪，可以用消极态度参加；第四，可以在亡者和亡者的肖像前行鞠躬和其他民间性敬礼。[①] 这可以算是晚清以来西方传教士对中国祭孔礼仪的最终态度，在传教策略的取舍纠结中选择一种交融的折中方式进行传教。

### 三、"取"与"舍"——地方乡绅与祭孔活动

乡绅[②]是活跃在底层社会的一个特殊阶层，位居"四民"之首。他们不仅具有王朝政府给予的各种特权，同时还可凭借自身的文化优势建立起对广大乡民的有效控制。费孝通在《中国绅士》中深入阐释了乡绅所特有的社会权威。在他看来，"社会权威是建立在个人一致和共同理解的基础之上的社会规则，……群众的社会生活受到社会权威的调节。"[③] "实际上，皇帝任命的任何县官只有获得当地士绅的合作才能进行治理。"[④] 可见，在国家政权对基层社会控制相对薄弱的情况下，乡

① ［美］苏尔、诺尔编：《中国礼仪之争：西文文献一百篇（1645—1941）》，沈保义、顾卫民、朱静译，上海古籍出版社2001年版，第176页。
② 严格来说，"乡绅"没有一个准确的概念，本书所谓"乡绅"特指在"乡"中之绅，是对民间有功名、有名望的人的统称，他们身上有着共同特征，就是具有传统的民本思想，能够影响并决定地区民众的精神文化内容，祭孔活动便是其中一种。
③ 费孝通：《中国绅士》，惠海鸣译，中国社会科学出版社2006年版，第39—40页。
④ ［美］费正清：《美国与中国》，北京世界知识出版社1997年版，第37—38页。

绅便充当了王权政治与乡民伦理之间联系的重要角色，为维系乡土社会的稳定和发展起到了不可替代的作用。因此，涉及祭孔文化，底层乡绅有着更强势的"取"与"舍"特权，他们不仅能够按照政权需要把持乡土民间祭祀，更能依照地方需要实现祭孔活动的变更，有着明显的自治能力。

孔子本身就是政治与伦理的象征，而民间祭孔活动便成为民众伦理规训与文化需求的展现。清初统治者以"夷狄"身份入主中原，一个最突兀的问题是如何融入到儒家正统文化中，以实现政治统治的合法性与稳定性。所以立政先要正名，清初三帝不仅亲自参加国家祭孔大典，还将民间祭孔放权给汉族乡绅，皇帝亲自"择端雅儒臣，日译进大学衍义及尚书典谟数条，更宜遵旧典，遣祀阙里，示天下所宗"①。毕竟，乡绅阶层是通过学校或科举制度而产生的特殊阶层，能够对民众的祭孔活动起到引导的作用，并有效地控制乡野风俗教化、伦理、祭祀、宗族等一切社会职能与权力；同时，乡绅为了提高声誉，扩大势力和影响，他们也主动承担乡野中的公共事业，尤其是孔庙祀堂的建立维护工作。所以，由官方举行的祭孔活动"只有乡绅身份者才能参加文庙的官方典礼"。② 可以说，康乾盛世的稳定局面，离不开地方乡绅的"默默付出"，他们以"取"的姿态，坚持中央政府的祭孔律令，平和着乡里民众的圣贤信仰与价值观念，以祭孔活动加强传统儒家社会的凝聚力。正因为地方乡绅的这种努力，此时期才会迫使西方传教士妥协，以"补儒合儒"的方式进行传教。

但到乾隆后期，随着国势的变动，国家的实权统治与乡绅的实势掌

---

① 《大清历朝实录》卷九，《世祖章皇帝实录》，中华书局1986年版。转引自张分田、刘方玲：《祭孔与清初帝王道统形象之链接》，《深圳大学学报》（人文科学版）2009年第6期。
② 岑大利：《中国历代乡绅史话》，沈阳出版社2007年版，第32页。

握有着明显的变化：国家对基层社会的控制力逐渐削弱，而乡绅在底层社会的作用却不断加强。鸦片战争后，清末地方自治思潮逐渐涌动，林则徐、魏源、徐继畲以及后期郑观应、王韬等人，在西化思想的影响下，极为重视地方乡绅自治，这带来了乡绅权限的相对扩大，促使乡绅能够按照乡俗需要自主有效地组织祭孔活动。这种情况在动荡的清末民初时期更为明显，毕竟，清末新政立宪这个制度变革对乡绅产生了质变的影响。如光绪三十四年（1908），清政府发布上谕："地方自治为立宪之根本，城镇乡又为自治之初基"，"各省督抚，督饬所属地方官，选择正绅，迅即筹办"。① 这实际上说明了立宪之下清政府对地方自治的支持。当然，在地方自治的范围内，"皇权"与"绅权"对祭孔活动控制与反控制的较量，并不仅仅是皇权向乡绅妥协这么简单，其背后蕴含着更为丰富复杂的内容。"三千年未有之大变局"的浩荡时局，并没有引发大范围的暴乱与斗争②，其中一个主要原因就是乡绅的保守性，即乡绅对中央权力的反控制，目的并不是拒绝被统治，而是为了稳定乡土社会以实现自身的伦理统治。所以，带着对这种乡绅自治的自信，康、梁等维新人士更是对乡绅掌控下的祭孔活动充满乐观，他们积极发动地方乡绅，以"保教"为宗旨筹建了各种社团，而这恰恰成了当时孔教会运动能够兴起的社会土壤。

乡绅的这种"取"与"舍"策略在民国时期表现得更为明显。尽管科举制度的废除以及现代教育体制的推广对中国传统私塾造成了一定冲击，但在相当长时期内私塾教育仍是广大乡村的主要教育形式。所以，当时的现代教育方针提出读经有悖于现代民主思想传播，必须予以

---

① 中国第一历史档案馆编：《清末筹备立宪档案史料》下册，中华书局1979年版，第750页。

② 清朝最大的动荡应该是洪秀全领导的太平天国运动，但这场动乱残酷地压制知识分子，破坏孔子像，烧毁孔孟之书，摧毁孔庙，产生了很强的破坏传统体制的社会效应，所以它并没有得到地方乡绅的支持，反而有很多乡绅组织民众（如"团练"）抵制太平天国北伐。

废除的内容时，不可避免地受到了社会各界传统势力的反抗，尤其是来自民间底层的乡绅群体的反抗。因为乡绅与私塾教育有着非常密切的关系①，而且私塾也是民间教育界祭拜孔子最虔诚的所在，入私塾的童子必先祭拜孔子。对于这一点，从私塾教育走出来的作家学者们的记录中可见一斑。鲁迅的散文就曾记录了他在私塾学习生活的场景，"没有孔子牌位，我们便对着那扁和鹿行礼。第一算是拜孔子，第二算是拜先生。"② 周作人亦说："乡间的规矩，小孩到了六岁要去上学……提一腰鼓式的灯笼，上书'状元及第'等字样，挂生葱一根，意取'聪明'之兆，拜'孔夫子'而上课。"③ 胡适也曾回忆说："学堂里到薄暮才放学，届时每个学生都向朱印蚀刻的孔夫子大像和先生鞠躬回家。"④ 钱穆也曾有此经历，他小时候入私塾上学，总是由"先父挈余往，先瞻拜至圣先师像……"⑤ 可以说，仅凭一张纸令来中断承传两千多年的传统教育习俗，是断断不行的。而在这种征服与抗拒的互动过程中，乡绅依旧能够凭借自身的主动权控制民间的祭孔活动，当时各地乡绅纷纷组建孔教组织，祭孔宣教，如"上海有孔教会、北京有孔设、济南有孔道会、太原有宗圣会、扬州有尊孔释道会、青岛有尊孔文社等等"。⑥到 1928 年，时任南京政府大学院院长的蔡元培颁布《废除春秋祀孔典

---

① 对于这一说法可参见蒋纯焦《一个基层的消失——晚清以降塾师研究》（华东师范大学2006 届博士论文，第 54 页）的分析。在蒋纯焦的论证史料中，江苏无锡、金匮两县绅士的自传集表明，他们之中大约三分之二是从事私塾职业。张仲礼在《中国绅士的收入》（上海社会科学学院出版社 2002 年版，第 97—98 页）中也详细分析了 19 世纪江苏江阴侯氏 27 位绅士的职业和收入来源，发现教学乃是绅士的主要职业和收入来源。

② 鲁迅：《从百草园到三味书屋》，《鲁迅全集》第 2 卷，人民文学出版社 1981 年版，第289 页。

③ 周作人：《我学国文的经验》，见钟叔河编订：《周作人散文全集4》，广西师范大学出版社2009 年版，第 767—768 页。

④ 胡适《我的信仰》，见欧阳哲生编：《胡适文集1》，北京大学出版社 1998 年版，第 7 页。

⑤ 钱穆：《八十忆双亲　师友杂记》，生活·读书·新知三联书店 2005 年版，第 19 页。

⑥ 李新、李宗一主编：《中华民国史》第二编（1912—1916），中华书局 1987 年版，第534 页。

礼》令，认为祭孔活动是为了笼络士绅，与现代思想自由原则相悖谬，应一律废止。这是民国历史上第一次以官方立场公开宣布废除"丁日祭孔"，招来社会各界，尤其是乡绅的强烈反应，行政院只好将每年夏历 8 月 27 日作为孔子诞辰纪念日，以此缓解来自民间乡绅的不满。但实际上响应者甚少，举行活动的更少，乡绅自动地"舍"去现代教育规范中废除"祭孔读经"的指令，而"取"传统祭孔文化，继续在乡野私塾中传承着儒家祭孔礼仪。

　　乡绅的"取"与"舍"还表现为一种激烈的"破坏"性。乡绅组织的祭孔活动往往看重的是民众对孔子的情感缅怀以及对"学而优则仕"的认可，他们不允许存在亵渎孔子的行为。但清末民初是一个新旧杂糅的时期，在新思潮的感召下诸多地方政府实施反祭孔、破文庙、废孔学等政治行为，这必然引起人们的不满，甚至上升为暴力冲突。如四川省教育分司程昌祺"妄将渝城巴县文庙拆毁，住地人民大动公愤，除电都督外，并请教育部教育司重惩程昌祺，以释众怒"①。山西省大宁县有破坏孔子圣像的官员，受到全体乡绅民众的指责，最终重新竖立祭悼孔子的牌位与圣像，人心才得以安稳。② 由以上两例可见，在民国初建时期，政府的"尝试性"政策往往让步于民间乡绅的"请愿"抗争。

　　乡土中国人信仰最直接的目的就是生活起居的安泰。这正如李提摩太回忆在中国的传教时所说，民众"若想求得雨，最好抛弃死的偶像，追求活的上帝，向上帝祷告，按照他的戒律和要求生活"。这种传教宣传的内容促使"当地老人组成的民众代表们便来到旅馆（李提摩太起

---

① 《四川有毁孔庙者》，《孔教会杂志》第 1 卷第 1 号，1913 年 2 月。
② 韩华：《民初孔教会与国教运动研究》，北京图书馆出版社 2007 年版，第 9 页。

居地，引注），跪下来哀求我告诉他们如何侍奉上帝，如何向活的神明祷告"①。这种情况是西方传教士深入农村进行传教的一种普泛化手段。而否定中国人信仰的意义与价值，污蔑乡土民众的祭孔伦理风俗，公然对民间"信仰资源"进行掠夺等则在极大程度上点燃了恪守古训的传统乡绅的怒火，因此也就引发了诸多由当地乡绅领导的"反洋教"案件。如当时广为流传的歌谣《防驱鬼教歌》中说："现有天主鬼教，暗来散放鬼书。煽惑好人变鬼，药迷妇女奸污。生割子肠奶尖，死则剜取眼珠。……其教不敬天地，祖宗牌位全无。扫灭圣贤先佛，只拜耶稣一猪。邪鬼冒称上帝，罪该万剐千诛。特此四方布告，齐心协力驱除。……共保四方清泰，庶免人变鬼乎！"②

可以说，在这场中西信仰文化的较量中，乡绅是一个极为复杂的矛盾体存在：他们既有反对西方基督信仰、维护中国儒家孔教的民族特性，又作为封建卫道者形象出现，有着特定的阶级性，同时还是乡土中国中的特殊阶层，有着较明显的自治性。这三种矛盾特性在开展祭孔活动、树立儒学权威以反洋教上，却达到了不容质疑的统一，成为乡绅"祭孔反洋教"的坚定信念与不竭动力。

总之，祭孔活动不仅是政教统一的体现，更是融入到了中国百姓的日常生活当中。近代中国"在传统与现代之间"的时空交融过程中，对祭孔活动也就产生了"穷则变"的符码暗示。传统士大夫断然不甘心与传统"割袍断义"，其对祭孔活动的努力与种种尝试便是一种求新求变的表现；同时，西方传教士面对腐朽但却庞大的封建帝国，也往往会采取灵活的进退策略宣扬基督文化，以此实现破除儒家信仰最关键的

---

① ［英］李提摩太：《亲历晚清四十五年——李提摩太在华回忆录》，李宪堂、侯林莉译，天津人民出版社 2005 年版，第 79 页。
② 《防驱鬼教歌》，转引自《百年记忆：民谣里的中国》，田涛著，陕西人民出版社、人民出版社 2011 年版，第 155 页。

因素——让民众放弃对孔子的敬祭心理；再者，传统乡绅在这种交锋中更显出了两千多年中国儒家文化的生生不息，他们面对祭孔活动的取舍，不仅仅掌控了权力之间的交叠，更保证了中西文化对抗中的交融。

# 第三章　情殇——人鬼异界情缘的再续

　　大约这个情字，是没有一处可少的，也没有一时可离的。上自碧落之下，下自黄泉之上，无非一个大傀儡场，这牵动傀儡的总线索，便是一个情字。

——吴研人：《劫余灰》①

　　我们哀悼死者，并不一定是在体察他灭亡之苦痛与悲哀，实在多是引动追怀，痛切地发生今昔存殁之感。无论怎样地相信神灭，或是厌世，这种感伤恐终不易摆脱。

——周作人《唁辞》②

　　吾今与汝无言矣，吾居九泉之下遥闻汝哭声，当哭相和也。吾平日不信有鬼，今则又望其真有；今人又言心电感应有道，吾亦望其言是实。则吾之死，吾灵尚依依伴汝也，汝不必以无侣悲！

——林觉民：《与妻书》③

---

①　吴研人：《劫余灰》，见《中国近代小说大系》，江西人民出版社1988年版，第93页。
②　周作人：《唁辞》，见钟叔河编订：《周作人散文全集4》，广西师范大学出版社2009年版，第180页。
③　林觉民：《与妻书》，见马平安等编著：《遗言》，春风文艺出版社1993年版，第295页。

## 第一节　"忆语"文体创作与祭悼情感救赎

### 一、"忆语"文体创作概述

文学作品中对死者的祭悼往往有着无意识的套路，最基本的就是将相思情感寄托到生活情景中，以此实现自己悼亡怀念的本真意思。如果说文学书写中哀悼死者的基本立意在于此，那更不用说祭悼自己最亲近的妻妾情人了。而近代以来最突出的"忆语"文体创作最鲜明地呈现了这样的特点，即常常回忆亡者在生的时候的情景，尤其是对祭悼者所做的细微生活琐事。"于细微之处见真情"正是这种文体创作所要关注的根本，而悼亡者的追忆正是他诚挚情感的体现，更是他"此在"痛苦的根源所在。曾经的相知相爱、相敬如宾，如今都已随风而去，剩下的只有物是人非，那种"斯人已去"的孤独感和"触目伤怀"的悲怆心情只能在时间的流逝中慢慢消磨。所以，"忆语"体情感祭悼似乎成了未亡人追忆抚伤的最好方式。

"忆语"文体创作肇始于清初并一度盛行于民国时期。它是在近代文化转型语境中出现的一种新型祭悼文学类型，有着较为鲜明的个性特征。采用这种文体进行创作，要注重真实情感的流露、强调叙事手法的运用、展现凄美缠绵的爱情、营造清新明快的格调。所以，如果对这一时段出现的"忆语"文体作品进行归纳的话，便会发现一个明显的情感流动，即作家在夫妻二人琐碎的日常生活片段叙事中，直接渲染了祭悼情怀，并在美轮美奂的爱情故事中宣泄着未亡人的悼念真情。它突破了传统祭悼文学如《项脊轩志》、《寒花葬志》等凭借外物影响而生发悲情的情感表达手法，力求在清晰的情感脉络与动人的情节叙述中实现叙事者自我真情体验的心灵之路。这类文体创作主要有冒襄的《影梅

庵忆语》、沈复的《浮生六记》、陈小云的《香畹楼忆语》、蒋坦的
《秋灯琐忆》等作品。

"忆语"文体强调作家的真性情创作，在缠绵的眷恋中释放自己对
妻妾情人的深沉的悼念情感，但它的出现又绝非偶然。如果从源起上来
说，这种创作倾向离不开明末"纯情"小品文的启发。晚明进步文人
普遍追求"性情"创作，如李贽曾舍弃六经之说，主张从人之本性出
发，强调"童心"说；汤显祖站在理学对立面来歌颂赞美"情"，以此
完成对礼教的抗争；袁宏道更是舍弃礼教的规范与秩序，将人的价值判
断尺度集中在人之本性与个性当中；冯梦龙甚至主动编撰《情史》，通
过孔子娶妾、林通讨婚、僧侣鸠摩罗什破戒纳妓等例子阐释儒、释、道
三家思想中人之情欲的合理存在。可以说，晚明的文学作品中往往贯穿
"情"与"理"的纠结，并最终用"情"战胜"理"的类型化创作模
式。① 从汤显祖的《牡丹亭》，到署名兰陵笑笑生的《金瓶梅》，从张
岱的《自为墓志铭》到袁宏道的《叙陈正甫会心集》等作品，先不论
晚明小品文内容中所展现出的生活风尚的是非曲直，仅就作品中日常生
活的刻画、审美情感的传递、直抒胸臆的手法以及鲜明生动的人物形象
等特点就对以后的文学发展产生了巨大的影响。清初至民国时期盛行的
"忆语"体文学创作便得益于此，追求真性情成为当时文人创作的自觉
选择。五四时期周作人更是极力推荐这种性情式文学创作模式。他认为
晚明"是一种思想文章的解放时代"②，此时文人创作的小品文"混合
的文章别有新气象，更是可喜"。③ 他甚至更认为晚明文学运动与五四

① 对于晚明追求"性情"创作的详细介绍可参见袁进：《中国小说的近代变革》，广西师范
大学出版社 2009 年版，第 118—119 页。
② 周作人：《读晚明小品选注》，见钟叔河编订：《周作人散文全集 7》，广西师范大学出版社
2009 年版，第 651 页。
③ 周作人：《再谈俳文》，见钟叔河编订：《周作人散文全集 7》，广西师范大学出版社 2009
年版，第 783 页。

文学运动"有很些相似的地方"，"胡适之，冰心，和徐志摩的作品，很像公安派的，清新透明而味道不甚深厚。"① 此外，林语堂也曾大力鼓吹晚明小品的"闲适"与"性灵"，他提倡的"幽默闲适"式真性情创作方式也可以看出晚明小品文在现代作家文学观念和创作中遗留下来的痕迹。虽然进入五四时期，这种"忆语"文体创作因社会与时代主题的急剧变迁而渐趋远离文人的创作视野，但其产生的影响却不能忽视，甚至在"自叙传"小说创作中也可找到这种创作模式的影子。

　　"忆语"体文学创作是悲痛之后的遗怀之作，因此，可以算是典型的祭悼文学类型。毕竟，生存与时间的感悟让人们意识到了个体生命的重要性，生活空间中的细微琐事又为未亡人留下了刻骨铭心的记忆，而这些恰恰是"忆语"体文学创作进行情感宣泄与理性思考的关键所在。所以，"忆语"体创作带有较为明显的个人化的写作特征，有着传统文学"哀而不伤、乐而不淫"的审美选择。这样，以超越现实的审美方式来审视生死祭悼的问题更具有它自身的独特性，文学叙事也往往会立足"现在"，较为真实地刻画作者的伤感心情与孤独身影，同时，亡者的"过去"与"将来"又会成为文本中着笔最多的地方，展现了"此情可待成追忆"的心灵轨迹与眷恋之情。可以说，"忆语"体文学创作虽拘于个人生活的狭小空间，但却因此摆脱了"时代"命题的强制要求，反而具有了相对独立的自由性。其真情实感的流露较少带有规训的痕迹，为我们研究作家的内心世界提供了最可靠的史学资料与文学范本。在中国文学现代转型的进程中，传统士大夫身份慢慢演变成了现代知识分子，这一过程所体现出来的复杂心态最能反映出文学变化的细微之处。而作为最具真实情感的"忆语"体祭悼文学创作更具参照性，能够将个体的生活写照、生命感悟、生存意义以及死亡体验与转型社会

---

① 　周作人：《中国新文学的源流》，华东师范大学出版社 1995 年版，第 28 页。

的习俗和文化的变迁紧密结合起来，为深入挖掘祭悼文化中"常"与"变"二者之间的关系搭建了言说不尽的平台。

然而，感时伤怀的风格特征与文学实践从来都是中国文化的重要组成部分，所以"忆语"体祭悼文学创作又或多或少凝聚着现代社会风云变幻的时代信息，这种情况尤其体现在封建社会衰落时期的政治大环境中。晚清以来的政治格局变动深深触动了下层文人寒士，仕途无望、报国无门的尴尬地位让他们自怜自哀。对社会的愤懑情感亟须一个宣泄途径，而身边最亲密的人突然死去更增加了文人这种"无为在世"的无望与孤独。近代以来，文人在悼念亡亲的同时更加凸显了对没落王朝时局的关注：日常生活的幸福在乱世中飘忽不定，人性的劣根在转型社会中受到了更多的拷问，传统道德伦理信仰与秩序的崩溃让笃信儒家信条的落魄文人无所适从，社会风俗的衰败景象与日趋恶化深深刺激了文人脆弱的心，诸多革新自强举措的失败更加剧了他们失落的心情。所以，在悼念爱人、亲人、朋友甚至时代名流的"忆语"体文学创作中，文人特有的敏感心灵在"家与国"、"个体与群体"之间相互纠结，悼情之中隐寓着王朝的衰败与对时代变局的期待。在祭悼文学经历了由传统诗文类型向叙事文学的近代转变后，作品的叙事性与故事性得到了主观性的强化，伤感的爱情故事有着较为清晰的文体构思与语言逻辑，并能透过动荡纷乱的时代环境努力刻画生活在社会"夹缝"当中的人所具有的迷茫情态与迷乱心灵。

基于此，"忆语"体文学创作首要关注的便是作者自身的孤独感与苦闷感，并往往借助梦境的形式实现灵魂的寄托。"睹物思人"、"心为物役"是祭悼文学表现出来的主要特点，既然生者不能与亡者在现实生活中共生，那只有在梦境中与其相会。因此，梦的意象是祭悼文学关涉的重要内容，作者往往借梦传情，借梦抒悲，以此来告慰相思之苦，将自己无尽的失落与苦楚通过虚妄的梦境传达出来。这即如弗洛伊德说："梦并不是空穴来风，它不是毫无意义的，不是荒谬的，也不是一部分意识的昏睡，而只有少部分是乍睡乍醒的产物。它完全是有意义的精神现象。实际上，是一种愿望的达成。它可以算作是一种清醒状态精神活动的延续。"① 所以说，梦的发生有一个心理的内驱动力，即一种愿望的渴求实现，是白日多有所思的潜意识呈现。近代以来出现的大量梦境追忆的"忆语"体叙事文学创作正具备了这样的表征，也形成了其特有的文体风格。其次，第一人称叙事往往贯穿文学叙事当中，成为一种自传式文体尝试。这种尝试离不开传统传记文的浸染，但又摆脱了传统传记文依托历史、自叙生平的写作特点。在人的自我意识觉醒过程中，生活情趣与创作个性俨然成为作家们的集体追求。而且，对亡者生平事迹的追忆同样具有为他人做传记的色彩，并因此成功塑造了一大批诸如董小宛、陈芸、王紫湘、允庄等鲜明生动的人物形象，丰富了文学创作中的人物画廊。再次，"忆语"文学创作更多地是男性作家对亡妻、亡妾等女性的追思回忆。在诉求身体/精神的重要历史时刻，女性以"传统与现代"双重包裹的特殊方式浮出了历史地表，慢慢地从前现代状态的文化符码解构出来，以一种"特殊"身份被近代文化重新审视。这种认可绝不是侠义"英雌"形象的塑造，而是传统女性贤良淑德品行的反省。毕竟，以祭悼文学的形式来缅怀被公婆姑嫂等人代表的封建伦理所压榨乃至陷害而死的亡妻、亡妾，这本身就是一种时代价值观念的进步，让失语的女性发出了控诉声音。最后，"忆语"文体介乎小说与散文之间，其叙事性与抒情性都非常明显。作者在创作时能够对生活场景与生活情趣进行细致入微的刻画，极力凸显出夫妻二人的人生经历与生活感悟。而且叙事手法多样，人物对话、倒叙、插叙等均有呈现。同时，作品中又糅进了作者的真实情感，讲究文字优美和意境烘

① ［奥］弗洛伊德：《梦的解析》，丹宁译，国际文化出版公司1996年版，第35页。

托，在至情至性中极易与读者产生共鸣。所以，清末盛行的"忆语"体文学创作博采传记、小说、散文等诸种文体的长处，在日常生活的细致刻画中将作者悲痛的祭悼心理完美展现出来，这足以使它成为近代文学中较为重要的体裁之一。

可以说，只要生命不息，人的祭悼情感就不会消亡，"忆语"体祭悼文学的情感呈现就值得我们用心灵去阅读，在感受那种真诚与思念的同时，也让我们得到一种净化与慰藉。然而，清末民初作家创作的"忆语"体祭悼文学虽然饱蘸激情，但大都缺乏一种对人生的总体性思考，拘于夫妻生活的刻画是其长处，也同时淡化了对人生命运的关注与感悟。虽然作者也关注社会现实，却往往只是发挥文学的"暴露讽刺"作用，以"揭露丑闻"的方式对现实进行"抨击式"描述，缺失了必要的价值判断与文化深究。

## 二、《影梅庵忆语》、《浮生六记》与《伤逝》：悼情的救赎

如前所述，清代"忆语"文体创作有着较为清晰的文脉流变。最初的滥觞之作可以说是冒辟疆的《影梅庵忆语》，作者在浓烈的悼念情思中追忆了他与亡妾秦淮名姝董小宛二人之间的爱情故事。堪称祭悼亡妻典范之作的要算是沈复的《浮生六记》，不仅夫妻之间的缠绵真情融入到了日常生活的点滴之中，还将封建家庭中的伦理与弊端刻画得淋漓尽致。而将这种创作推向高潮的要算是鲁迅的《伤逝》，是真正用个体生命反思社会诸多压力的代表之作。

《影梅庵忆语》创作于清初，是冒辟疆纪念亡妾董小宛之作。冒辟疆是"明末四公子"之一，因心怀时局危机，有着渴望报国的豪情，气节文采在当时极富盛名，受到江南人士的敬仰。而董小宛是"秦淮八绝"之一，不仅有着姣好容颜，而且才艺双全，她的处所常常是名流文人流连忘返的地方。冒辟疆是典型怀才不遇的读书人，因所著文章

不喜循规蹈矩，讲究立足现实、针砭时弊，所以难受考官赏识，以至于六次南京乡试，六次落榜。在他落榜后，心情抑郁无比，便慕名到苏州半塘拜访过董小宛，后多次寻访，让两人由相识到相知。但在爱情追逐的道路上，却是董小宛主动的，体现了封建时代女性少有的追求自由、相信爱情的本真个性。董小宛入住冒家之后，恭敬谦让，深受全家人的喜欢；同时更能适应冒辟疆这种文人雅士的生活习惯，琴棋书画、饮食聚会等，无所不会，无所不精，将烦琐的日常生活调理得温馨浪漫、极具情致。但最终因身体天生虚亏，加之不分昼夜连续照顾患病中的冒辟疆，董小宛不幸病逝，年仅 28 岁。冒辟疆痛苦愤懑中写下《影梅庵忆语》，极述相思之苦，极表悲哀之情，悼亡之痛极为浓郁。

中国传统文化本身讲究礼教为先，这导致文学创作上少于真性情的刻画，所以，无论散文还是小说，其所刻画的无论是侠肝的忠臣，还是义胆的侠客，抑或是风流的骚客，甚至是旖旎的景色，往往都会将"文以载道"作为创作的旨归，立意讲究"兴、观、群、怨"。即便是少有的"忆妻思悼"的文字记录，也大多会"发乎情而止乎理"，难以展现出其真实的情感。然而品读《影梅庵忆语》，不难发现作品中涌动着纯真的情感。冒辟疆大胆讴歌女性，赞美爱情，用深情的文字回忆了二人世界的美好与浪漫，句句都是用血泪和柔情挥洒而成，饱含着刻骨铭心的爱恋。可以说，这种真性情的流露实现了中国传统文人抒写爱情的新境界。

董小宛将琐碎的九年日常生活调理得温馨浪漫、情趣不断，这却成了冒辟疆寄寓深情的关键所在。饭后品茗的温馨场景，夏季纳凉的推窗赏月，烦躁难耐的抚琴听音，午后倦怠的焚香对饮，高朋宵宴的对诗豪饮，闲暇之时的花样美味，这些逝去的日常都成了抚慰作者心灵的美好记忆。真情的流露成就了冒辟疆在文学创作上的标新地位，让读者能够在琐碎的生活中发掘充实真挚的情感，在娓娓的叙事中品味士人的儒雅休闲文化，在渺小的生命历程中窥视无尽的写意人生。除此之外，该文的意义还在于，身为文学家的冒辟疆在情感祭悼中又刻画了大量的社会真实内容，反映了明末清初的动荡局势与流离生活。国家战乱不断，李自成攻陷北京，清兵南下入关，江南战火不断，清兵掠杀抢淫，生灵涂炭，百姓遭殃，这在作品中又成了一个很好的现实背景，更加凸显了"患难见真情"的至理名言。而且，这种抒情与写实达到一种真实性融洽。

《影梅庵忆语》之后，"忆语"文体佳作迭出，其中最具影响力的莫过于沈复的《浮生六记》。该作品具有鲜明的自传性特征，但成书后却罕有人问津，直到光绪年间才被发现残缺的手稿本，并由在上海主持《申报》的王韬以活字版刊行于 1877 年，才得以被世人认可。遗憾的是"六记"中仅存"四记"，但这并没有影响作品的艺术独立性。毕竟，全书虽然以第一人称叙事，却并没有以故事情节作为展开的基本框架，每一"记"的独立性非常明显，甚至没有时间线索可以梳理，完全是以情感的跳跃构思成篇，从而形成了"记乐、记趣、记愁、记快"为主题的四卷本作品，完整地呈现出沈复一生起伏跌宕的命运。所以，针对作品中的实质性情感与直白性叙事，俞平伯曾断言："说它是信笔写来，固然不像；说它是精心结撰的，又何以见得？这总是一半儿做着，一半儿写着的；有雕琢一样的完美，却不见一点斧凿痕。"①

《浮生六记》既是爱情故事的浪漫书写，同时又是婚姻悲剧的理性追问。一方面，沈复与陈芸是情投意合的佳偶，二人有着近似的浪漫气质，喜欢在家庭中营造艺术氛围并在其中享受快乐的生活，可谓是其乐融融、其情洽洽。所以，从表面来看，沈复似乎无意撰文祭悼自己的至爱，而是为了用文学笔墨浓妆自己与妻子的幸福生活以及浪游各地的见

---

① 俞平伯：《重印〈浮生六记〉序》，见《晚清双记 浮生六记 老残游记》，重庆出版社 2008 年版，第 120 页。

闻。正如他自己所说，"居苏州沧浪亭畔，天之厚我可谓至矣。……苟不记之笔墨，未免有辜彼苍之厚。"① 另一方面，沈复与陈芸的婚姻又是那么地凄凉与无助。姑嫂冲突，为公公娶妾得罪了婆婆，因钱财借贷导致叔嫂不和，率真的陈芸与软弱的沈复难以在封建大家庭当中立足，他们只能被驱逐出来。而可爱、聪颖、贤达、浪漫、脱俗、豪放、简朴等诸多优良品德集于一身的陈芸却在无尽的家庭琐事与心理折磨下香消玉殒。生离死别的情景无不如刀般剜割着沈复这颗敏感的文人之心，以至于沈复又难免不为亡妻著文祭悼。也正是带着这种祭悼情感，沈复才会采用第一人称视角，在真实情感叙事中不添加任何讳饰，对封建制大家庭中的种种弊端进行了无情的批判与揭露，尤其在封建家长制的权威与无情葬送了年轻人的自由爱情这一方面更是着笔甚多。所以，温存的回忆又是悼情的另类书写。

"悼情"之举要求作者在叙事上必然详略结合，富有感染力，即如王韬在《浮生六记跋》中所说："笔墨间缠绵哀感一往情深，于伉俪尤敦笃。"② 而且，沈复为宣泄自己的这份悲愤与悼情下足了功夫。内容上既有时代变化的着笔之处，又有诸如弹曲品茗、女红书画等纤细琐事；情感上既有烂漫景色、温馨碎语的娓娓道来，又有弓箭交错、狼烟战火的宏大笔触。由于采用"忆语"的形式，所以在创作上叙事手法非常灵活，能够将日常琐事、祭悼情感、自然景物描写、悲痛情景营造等各种因素完美地融为一体，形成了一种温情而悲戚的艺术美感。可以说，流露真实情感脱离不了祭悼手段，这种真实的书写成为文人进行自我情感宣泄的首选方式，也同样促进了自传性视角叙事所要求的个性追求与自由主张的表达，揭开了近代叙事文学的新面貌。

从祭悼情感入手，发掘传统文人文本叙事的前现代特征，这在某种

---

① 沈复：《浮生六记》（卷一闺房记乐），江西人民出版社 1980 年版，第 1 页。
② 王韬：《浮生六记跋》，见沈复著：《浮生六记》，江西人民出版社 1980 年版，第 6 页。

意义上有着较为明显的文学史意义与价值。从另一方面来说，祭悼的对象同样将会成为近代文学人物画廊的重要部分。《浮生六记》中的陈芸一直以来都是专家学者津津乐道的女性形象，林语堂就曾做过最具代表性的论述。他说，"芸，我想，是中国文学中最可爱的女人。""在芸身上，我们似乎看见这样贤达的美德特别齐全，一生中不可多得。"① 诚然，陈芸的品性中有着鲜明的传统文化烙印，但更具有不同寻常的另一面，这才是让沈复魂牵梦萦的关键，也是情感祭悼中的依附所在。她是勤俭持家、善解人意的家庭主妇，但同时也是吟诗作对的才女；她恪守封建伦理秩序下的"妇道"，但同时不压抑自己天真活泼的本性；她嫁到生活殷实的沈家，但却不喜浮华，不贪富贵；她游走于公婆姑嫂之间的复杂人际中，但更喜幽静环境中读书品茗；她羁绊在传统女性的规训中，但却有堪比男子的洒脱与豪迈；她有着坎坷的人生命运，但始终能够以乐观的态度对待。可以说，在沈复"天然去雕饰"的刻画中，一个鲜明的、具有无限生命活力的女性形象呼之欲出。

在追寻现代的历程中，文化名人从旧文人作品中发掘新思想，是很有意思的一件事情。从"五四"文化格局来看中，旧传统往往成为众矢之的受到批判与鄙弃，而其中的家庭伦理观念便会以一种"吃人的礼教"身份被热血青年们挖掘出来，"家庭革命"的口号也想当然地成为当时最为重要的一种革命尝试，因为这种口号的背后又隐藏着个性主义下的恋爱自由与婚姻自主的努力，而且报纸、杂志、译文书籍等现代媒体都在起着推波助澜的作用。但一个较为特别的现象是，新潮青年手中除了捧着西方译文书外，清初以来出现的众多"忆语"体文学作品也为他们所热衷，从《影梅庵忆语》、《香畹楼忆语》、《秋灯琐语》到《浮生六记》，这些作品在当时刊行量极大，其故事内容成为青年学生

---

① 林语堂：《〈浮生六记〉英译自序》，见《晚清双记 浮生六记 老残游记》，重庆出版社2008年版，第121页。

们热议的话题。甚至不少活跃文坛的学者文人也纷纷撰文评述，如陈寅恪、俞平伯、潘光旦、林语堂等人就曾高度赞扬《浮生六记》的文学价值、史料价值与文学史地位。

将"忆语"文体创作推向高潮的作品恐怕要数鲁迅的《伤逝》。在涓生为子君所写的爱情手记中，无不外溢着明显的"祭语"色彩；而鲁迅通过这部作品不仅揭示了知识分子美满家庭理想主义的幻灭，更在深层次展现了作为精神独立的现代女性企图脱离传统束缚但又回归贤妻良母角色扮演的文化失落，以及传统伦理在现代社会中的"颓败"与"留恋"。所以，《伤逝》在"忆语"文体创作中更显示出了文学意义上的现代气息。

子君是勇敢的，她能够逃离寂寞和空虚的大家庭，与涓生创建了满怀希望的小家庭；然而子君又是悲哀的，在与涓生同居一年的小空间里，"只有寂静和空虚依旧，子君却绝不再来了，而且永远，永远地！"① 那么，是什么造成两个深深相爱的年轻人沉浮摇摆，生死相离呢？鲁迅借涓生手记，虽然记录了二人世界的乐趣与甜美，但并没有升华爱情的美好，反而用岁月的无情洗涤了"无根"的爱情。当激情渐渐消退，涓生与子君之间不同的价值取向也越来越清晰地呈现出来。琐碎、寂寞、误解、贫穷、辛苦，这些都没让子君绝望，然而涓生一句"我已不爱你了"却彻底摧毁了追寻爱情至上的子君。涓生是五四知识分子家庭理想观念的化身，他理想中的女性要才气为先，谈天、散步与读书这才是结婚后的生活内容。然而，当他得到子君全部的爱却发现子君"管了家务便连谈天的功夫也没有，何况读书和散步"② 时，他的精神失落不言而喻，只好在理想中的自由与现实中的罪恶相互交织下，强行禁止了子君爱的释放，而这也间接扼杀了子君的生存动力。

---

① 鲁迅：《伤逝》，见《鲁迅全集》第 2 卷，人民文学出版社 2005 年版，第 113 页。
② 鲁迅：《伤逝》，见《鲁迅全集》第 2 卷，人民文学出版社 2005 年版，第 118 页。

　　"我是我自己的，他们谁也没有干涉我的权利"①，这是子君向世俗戒律发出的呐喊，也是她"私奔"涓生的合法化宣言。在"五四"自由风气的时代主题下，这种呼声成为女性实现自我意识觉醒的"非常态"的常态化表现，客观上造就了一大批"出走"的现代女性形象。她们一旦从禁锢中解放出来，往往会带着乌托邦理想营造一种全新的生活方式，以期达到男女二人从精神沟通到现实交融的美好状态。然而，一旦"恋爱自由"成为时代话语，却又在新的文化格局中没有取得预想中的效果，必然导致解放的女性在混沌的前行道路上要么原路返回承认失败，要么赴死以求成仁，以此继续五四个性主义下的自由向往与爱情憧憬。以至于鲁迅在文章最后说："我仍然只有唱歌一般的哭声，为子君送葬，葬在遗忘中。我要遗忘，我为自己，并且要不再想到这用了遗忘给子君送葬。"② 鲁迅在没有反讽的"质疑式"叙事中揭示了"娜拉出走"以后的现象，同时又在低沉悲哀的祭悼情感中建构了一个男性知识分子视域下具有现代意味的、欢欣而疑惑的自由观、爱情观、婚姻观以及家庭观。

　　从小说创作的时间与鲁迅生活历程的交集看，《伤逝》中所蕴藏的哀悼之情又具有别样的意义。这段时间恰恰是周氏兄弟二人失和的时期。所以，一个较为明显的线索是《伤逝》中的男女情感更是祭悼鲁迅与周作人兄弟二人的亲情。对于这点，周作人在《知堂回想录》中曾提到，"《伤逝》不是普通的恋爱小说，乃是假借了男女之情的死亡来哀悼兄弟恩情的断绝的，我这样说，或者世人都要以为我为妄吧，但是我有我的感觉，深信这不大会错的。"③ 此外，在鲁迅作小说《伤逝》之前，周作人就曾翻译过一首名为《伤逝》的罗马诗歌，在周作人看

---

① 鲁迅：《伤逝》，见《鲁迅全集》第2卷，人民文学出版社2005年版，第115页。
② 鲁迅：《伤逝》，见《鲁迅全集》第2卷，人民文学出版社2005年版，第133页。
③ 周作人：《知堂回想录》（下），河北教育出版社2005年版，第483页。

来，这首诗本身就是祭悼兄弟之作。诗中说："兄弟呵，我来到你的墓前，献给你一些祭品，作最后的供献……兄弟，你收了这些东西吧，都沁透了我的眼泪，从此永隔冥明，兄弟，只嘱咐你一声'珍重'!"① 可以说，诗中的情感，鲜明地呈现出了当时兄弟失和中周作人的感情状况。同样，鲁迅与二弟周作人的深情也难以从他脑海中抹杀，因此在小说《伤逝》中，鲁迅通过对涓生与子君爱恨离别乃至赴死以求解脱的细节描写与心理刻画，始终营造着一种"忏悔"的基调，并在这种氛围中实现了超越男女爱情的主题写作，间接表达了鲁迅对兄弟失和事情发生的悔恨与无奈。

可以说，"忆语"文体创作在清初至"五四"这一时间段的文坛上留下了绚丽多彩的身影，尤其在传统诗文向叙事小说转化的文学变革过程中，"忆语"文体创作舍弃了道德教化与价值判断的扮演者身份，其本身所呈现出的审美性文体特征，浓郁的情感祭悼，细致的生活记录，严肃的人生思考，宏大的社会历史背景，个性化的生命体验以及独特的创作倾向都融进了现代小说的叙事文脉中，这在很大程度上改变了传统叙事文学的基本面貌，用文学手段表现人生意义，推进了近代文学的现代转型。

## 第二节　黄泉相见——曲终人不散的爱情乌托邦

### 一、爱情乌托邦——祭悼文学创作的主旋律

爱情是神圣而伟大的，俗语有云："百年修得同船渡，千年修得共枕眠"、"不求同年同月同日生，但求同年同月同日死"，现实中的爱情

___
① 周作人：《伤逝》，见钟叔河编订：《周作人散文全集4》，广西师范大学出版社2009年版，第312—313页。

宣言和承诺一直都是由来已久的爱情乌托邦折射。因为相爱的人坚信，爱能够感天动地，能够让他们生时共结连理，死后亦能成双成对。上述的"忆语"文体创作便是爱情祭悼的代表，但那毕竟将祭悼的对象限制在亡妻、亡妾身上，祭悼的空间又局限在家庭当中。在近代文坛，我们还可在盛极一时的写情小说中发掘更具文学价值的祭悼情感脉络，并以此把握当时文人作家的心理动态。毕竟，随着科举制的废除与都市文化的兴起，传统知识分子的生存方式与行为准则受到前所未有的冲击，这在很大程度上促发了文学界出现大量的写情小说。这当中最为作者偏好的是对凄美爱情，尤其是生死恋情的刻骨书写，这也促成了他们对逝去的爱情的真心讴歌。

传统的才子佳人式写情小说往往会表现出一种模式化的创作类型特征。小说中相爱的男女青年往往出身于富贵或官宦之家，因为某种机缘相识、相知并最终相爱。而这种自由的爱恋又必然会受到父母干预或意外事件干扰，使得爱情之旅苦难重重，但最终的结局却是皆大欢喜，实现了有情人终成眷属的美好愿望。所以，文学史叙事中往往将诸多写情小说呈现的雷同情节概括为"初见倾心"、"离散悲欢"与"欢喜团圆"三部曲。很显然，这种创作模式深深影响了清末民初的写情小说，所不同的是，此时期的作家们纷纷转变了创作的基调，将小说的美满结局变成了爱情悲剧。可谓是苦尽并未甘来，离散却成死别，相爱的双方总会有一人含恨而死，只留下一人在情感祭悼中叙写曾经的爱情。所以，爱情、死别与祭悼是构成此时写情小说的三个重要因素。爱情作为主线穿插在小说始终，死别作为结局奠定了小说的悲剧基调，而祭悼作为手段搭建了小说的叙事结构。

符霖创作于1906年的《禽海石》是当时影响最深远的爱情佳作之一。从谋篇布局来说，小说呈现出了明显的爱情祭悼的故事框架。主人公秦如华与他深深眷恋的爱人顾纫芬青梅竹马、两小无猜，然而却因庚子战乱被迫分离，并先后逃到上海。谁承想，二人相见时，纫芬已相思成疾，含泪死在了秦如华的怀里。小说结尾处秦如华为祭悼红颜，表白了小说创作的缘由："看官，看官，要晓得纫芬是十一月初一日死的，我这部小说，就是纫芬死后做的。我这部小说，始终只是写一个'情'字。"① 可以说，对爱情的患得患失推动了作品情节的跌宕起伏，由温馨转入凄然的整个格调与文风也源于对爱情的刻骨描绘。所以，作者开篇直接论述了"情"的重要性，在他看来，"余以为造物之所以造成此世界者，只是一'情'字。世界上一切形形色色，如彼山川人物、草木鸟兽，何一非情之所集合者？使世界而无情，则天必坠、地必崩，山川人物、草木鸟兽，将莫不化为冰质，与世界末日无以异。故凡生存于此世界者，莫不有情。"② 也正因为爱情在世人生活中的重要，人的祭悼情感才能显得如此真实。虽然秦如华为得到纫芬的爱恋煞费苦心，但他并没有抱得美人归，反而因为"父母之命、媒妁之言"的婚姻习俗阻碍，死都不甘心地接受了爱情悲剧的命运。所以，小说的时代进步意义也就不言而喻，通过对爱人纫芬"情死"的描写与祭悼直接表达了追求爱情自由的强烈愿望。

同年出版的《恨海》也具有一样的特点，表现了作家们类似的审美取向与创作风格。吴研人在创作《恨海》时，同样将庚子之变作为故事发生的时代背景，采用双线叙事的手段，分别展现了伯和与棣华、仲蔼与娟娟两对男女的爱情悲剧。小说舍弃了公子小姐乌托邦式的府第生活描绘，而是将主人公放在战乱人祸、流离失所的现实环境中予以刻画。然而，整个故事的主线依旧是以爱情作为支撑的，在展开故事之

---

① 符霖：《禽海石·第十回》，见吴组缃、端木蕻良、时萌主编：《中国近代文学大系·小说集六》，上海书店出版社1991年版，第925页。

② 符霖：《禽海石·弁言》，见吴组缃、端木蕻良、时萌主编：《中国近代文学大系·小说集六》，上海书店出版社1991年版，第860页。

前，吴研人同样提及"情"在小说创作中的重要性，他说，"要知俗人说的情，单知道儿女私情是情；我说那与生俱来的情，是说先天种在心里，将来长大，没有一处用不着这个'情'字，但看他如何施展罢了。对于君国施展起来便是忠，对于父母施展起来便是孝，对于子女施展起来便是慈，对于朋友施展起来便是义。"① 不难看出，吴研人这里已经将"情"脱离了痴男怨女之间的爱情，而将忠孝慈义等伦理价值囊括在"情"字当中。吴研人在新与旧交杂的时代洪流中，更多地将爱情悲剧糅入亡国之痛的思考中，民族、国家的概念也成为作家新的思考立足点，成为后来写情小说的新模式。

概言之，1902 年梁启超在《新小说》杂志发表《论小说与群治之关系》一文，揭开清末"小说界革命"的序幕后，小说思想内容的新颖性与时代性越来越成为作家创作的使命，写情小说也不例外。所以，儿女私情也从温柔闺阁延伸到风雨社会，传统的大团圆被消香玉殒的悲剧取代后，祭悼话语便不可避免地在写情小说中凸显出来，这也促使一系列模式化的写情小说得以涌现，如《十年梦》、《碧海珠》、《劫余灰》、《新茶花女》等。

如果说前期写情小说创作在清末革新的影响下，注重在爱情祭悼中思考时局的动荡与个体悲惨命运二者之间的关系，以期实现新民新德、批判现实的启蒙目的的话，那么到后期鸳鸯蝴蝶派写情小说创作则更多地注重个体性情的直接书写，在伤感祭悼中回味爱情殉难的真正价值，于自哀自悼中涌动着无法逃避的愁绪感怀。在这类作品中，主人公虽然生活在新社会，接受了新式思想，但骨子里却有着旧式文人的清高与才气，流露出感春伤秋、葬花吊影的举动。男女青年有追逐爱情自由的动力，但却拘于传统礼教的束缚，"发乎情、止乎礼"。这定然造成了小

---

① 吴研人：《恨海·情变》，天津古籍出版社 1987 年版，第 1 页。

说人物的爱情悲剧，也让他们在赴死殉情的道路上更具爱情祭悼的意味，哀情的美感也就成了抓住读者阅读心理的最好钥匙。

1912 年出版的苏曼殊的《断鸿零雁记》就较具代表性。小说成功刻画了一段凄惨的三角恋情。主人公三郎东渡日本寻找生母，却爱上了日本表姐静子。然而仅止于情发于心却不敢再进分毫，因为三郎在中国有未婚妻雪梅，而且雪梅对爱情也是忠贞不渝。这种敢爱而不敢有所行动的矛盾心理困扰着三郎，以至于他遁入空门寻找答案，但终未有结果，雪梅也在父母逼迫改嫁的压力下绝食身亡，为三郎殉情。小说最后，三郎在愧疚中寻找雪梅的墓地没有找到，不得已在她的故宅中凭吊以寄相思。可以说，这部小说具有很明显的祭悼文学色彩，以至于小说始终笼罩着一层悲痛、苍凉乃至令人窒息的压抑感。同年出版的徐忱亚的《玉梨魂》依旧具有这样的风格。男主人公何梦霞教书过程中认识了新寡的白梨影，两人逐渐由相互敬慕变为爱情，但却深知不能越封建礼法的雷池半步。于是，白梨影将小姑筠倩许给梦霞，却让两人更加陷入了感情的旋涡中。白梨影遂认为自己死掉后何梦霞也许就会忘记自己，开始新的生活，所以她拖着病体拒绝治疗，最后从容赴死殉情而亡。当筠倩看到白梨影留下的遗言后才明白事情的缘由，又思量自己不能自主的爱情婚姻，不久也因郁郁寡欢死掉了。何梦霞在经历了重重的爱情磨难与打击后幡然醒悟，遵照白梨影的遗嘱东渡日本求学，在辛亥革命发生后毅然回国，武昌起义时壮烈牺牲，死时还揣着与白梨影吟唱的诗词册子。可以说，何梦霞的死表面上是为革命而献身，但究其实质更是为了殉情。整部小说笼罩着祭悼情绪，对亡者的眷恋与痛惜成为推动小说发展的主线之一。此外，《孽冤镜》、《雪鸿泪史》、《兰娘哀史》、《此恨绵绵无绝期》等小说同样具有这样的写作特点与风格特征，在哀怨祭悼的爱情悲楚与凄凄惨惨的心路历程中营造了伤感的美学氛围。

　　清末民初的写情小说到五四时期受到了前所未有的质疑与批判，新型知识分子群体在新文化的旗帜下反抗传统旧俗礼，关注的对象集中在日常生活中的"小人物"，并表现出一种"人"的自我意识的觉醒，有着鲜明的爱情至上的现代婚姻观。清末民初的写情小说着笔最多的是主人公的"殉情"与"赴死"的悲惨命运，以此在未亡人的悼亡视域中深思爱情的美好与命运的不幸；而五四爱情小说将主人公从传统伦理与家庭束缚中解脱出来，赋予了"出走"与"私奔"的个性选择。但这种"出走"之后的命运仍旧没有摆脱旧有的"赴死"窠臼，觉醒之后的道路仍离不开死亡阴影的缠绕，所以"五四"爱情小说中依旧隐隐地存在着一种为亡者祭悼的创作无意识。如鲁迅的唯一爱情题材小说《伤逝》中，子君的决然出走是向传统宣告了她对爱情与婚姻的自我权利，然而当她重新回归到传统贤妻角色后又不得不面临着最终被涓生抛弃而选择死亡的命运，以至于涓生带着理想主义爱情观在祭悼子君的同时重新思量"五四""出走"女性的爱情旨归。冰心的《遗书》通篇是由宛因生前寄给冰心的 16 封书信构成。在无穷的惆怅中，冰心坦言了生者对亡者祭悼的情感。她借宛因之口说："我只要一个白石的坟墓，四面矮矮的石栏，墓上一个十字架。倘若旁边再有一个仰天沉思的石像——表明死者对于生命永远的惊诧——就更好了。这墓要在山水幽静处，丛树荫中，有溪水徐流。"① 同样，庐隐的《海滨故人》中，露莎不畏世俗人言，大胆地宣告了自己对自由爱情的向往与追求，然而这种理想精神的爱在现实面前注定成为悲剧，露莎虽"不甘踯躅歧路"，但终究"抑郁瘦死"，她在最后写给云青的信也成了"莎之绝笔"，而寄托她们理想的、写着"海滨故人"的那所房子，也最终成为"任人凭吊"的场所。在《归雁》中，庐隐采用日记体形式，更是直接细腻

----

① 冰心：《遗书》，见《冰心选集》，人民文学出版社 2004 年版，第 127 页。

刻画了纫菁悼念亡夫的哀怨情愫。纫菁始终沉湎在无望的眷念中，"我青春的幻梦已随元哥消逝了，此后，此后呵，就是这样凄楚悲凉的过一生吧！"① 郁达夫的《沉沦》中，主人公始终纠结在"灵与肉"的挣扎里，渴望得到"异性的爱情"，未果后选择了跳海自杀，不仅是对衰败国家的殉道，更是对两千多年礼教压抑的反抗，而郁达夫正是在祭悼主人公自杀的文学书写中表达了五四青年人对爱情灵肉统一的认识与渴望。

## 二、鬼蜮世界——爱情的异界延续

罗洛梅说："死亡让人体验到友谊、奉献、忠诚的可贵后，才懂得什么是真挚的爱，死亡不仅丰富了爱，而且构建了爱。"② 所以，为了突出爱情的伟大与永恒，古往今来的文学创作都不惜笔墨来刻画死亡的深度与厚度，尤其是深陷爱情纠结中的男女青年。虽然死亡增加了爱恋的凄惨与无奈，但却无法割舍曾经的温情与牵挂。正因如此，相爱双方有一方死掉后，另一方难免渴望与眷恋的爱人再次聚首，而对鬼蜮世界的想象也就成了文学创作的不老主题。所以，"黄泉相见"从来都是深爱对方的誓言，而死后寻求"合葬"则是捍卫爱情的最佳办法。

"合葬"一说在文字记录中由来已久，《诗经》中就有"死则同穴"的说法，表达了当时人们的爱情乌托邦理想。《史记·孔子世家》中也记载，孔子在母亲去世后，寻找叔梁纥的坟墓于防山，将母亲与父亲合葬在一起。从当时情感与伦理秩序出发，孔子这种举动的合理性不言而喻。所以说，"生则同室，死则同穴"慢慢演变成一种墓葬制度并成为一种习俗文化，一直持续到现代社会。而在文学作品中，这种情况总会被无休止地想象与描写。可以说，面对忠贞爱情的时候，除却山盟

---

① 庐隐：《归雁》，见《海滨故人·归雁》，人民文学出版社 1985 年版，第 222 页。
② ［美］罗洛梅：《爱与意志》，冯至译，国际文化出版公司 1987 年版，第 104 页。

海誓的告白与起落多厄的命运，相爱的两人或在天上、或在地下的异界爱情延续也成为爱情作品的重要组成部分。哪怕是到了近现代，在欧风美雨与近代科学的熏染下，文学作品中依旧不乏这样的描写。

长相思不如长相守，强大的爱情乌托邦铸就了身体存在的现世哲学，而"上穷碧落下黄泉"便成为两性身体在异界相依相伴的文学缩写。周瘦鹃有一篇独特的言情小说《西子湖底》，讲述了一个现代版的赴死以求同穴的苦恋故事。小说主人公是一名西湖舟子，在打捞沉船的时候，不经意间发现了一具貌美如花的女性尸体，惊艳之后他将尸体隐藏在沉船中的船舱内，每日都悄悄潜到水里与女尸约会，以诉相思之苦。但没承想一次大潮之后，沉船与女尸被冲走了，他只好将以前从女尸头上取下来的玫瑰花和香罗帕等遗物当作情感思恋的寄托物加以供奉。如此苦恋30年后，他幡然醒悟，换上新的衣服与鞋子，带着与女尸"同眠合葬"的乌托邦理想自沉湖中，最终实现了与佳人聚首的美梦。可以说，这种小说带有一种阴森的、孤芳自赏式的非现实魔幻色彩，将男性的爱恋心理以及最终选择与女子同葬湖底以求同生长存的一系列行径刻画得淋漓尽致。可以说，主人公放弃了独自存活人间借祭悼之举以告慰在天之灵的机会，选择了与女尸同葬湖底以求相伴黄泉地狱的行为，验证了作者"万种徒伤只为此一个情字"，而这种人生观念与伦理观念恰恰是作者所要彰显的。

"合葬"是生命消逝后人生价值的最后体现。然而从民国的祭悼政策变动来看，它往往又处在一种"非自在"的状态中，成为验证官方政策或法律合法化的牺牲品。当时的实权政府为维护政局稳定，在社会上大施尊孔崇经的逆流之举，又以"祀典"、"条例"等方式将传统伦理中的祭悼范式法律化。这对不少作家的创作产生了影响，选择赴死以求"合葬"在当时的小说创作中不是一件容易的事情。如李定夷此时期全力创作节烈小说，最有名的就是"作者推举去坐他的创作之第一把交椅的"、"受到北洋政府褒奖的节烈小说《廿年苦节记》"。① 小说在殉情、祭悼与合葬的大环境中刻画了一个受封建传统思想钳制的节烈女子。主人公汤书岩新婚一个月后，丈夫染病离世，她本想吞金殉夫并与其合葬，但却被家翁劝说要"代夫尽孝"。带着对亡夫的责任与义务，她守节17年，料理好家庭中的各个成员。17年后她以死殉夫并与之合葬，完成了当初丈夫离世时的誓言。应该说，从情节内容来看，这确实是一篇宣扬封建节烈思想的小说，然而小说中女子节烈的目的却是为了完成丈夫的遗愿，最后以殉夫合葬来实现自我生命价值的认可。女子悼念亡夫的情感在小说中并没有得到最大化的彰显，通篇所言都是妻子如何以殉夫心情在封建伦理中完成"节与孝"的故事。以至于小说中烈女汤书岩发出这样的感慨："世间尽多未亡人，然未有伤心如侬者。生既不愿，死又不可……。余无子嗣，希望安在？不守节即殉节，余能不死乎？"② 这种感慨很清晰地传递给读者这样的信息：对于烈女汤书岩来说，丈夫死后，守节与殉节都是选择，而在自身了无牵挂后，殉节以求与亡夫合葬无疑是烈女的唯一归途，在证明自身节烈价值的同时完成了悼念亡夫的生命历程。

与"合葬"有关的"冥婚"，是另一种与祭悼心理相关联的丧葬习俗。最初含义为两个死者缔结连理并合葬在一起的婚姻形式，之后范围逐渐扩大，但凡涉及与死人结婚的婚姻形式都称为"冥婚"，所以，这类情况的文学记录极为丰富。古典文学中《搜神记》、《太平广记》等作品中就有以冥婚为题材的作品；到《聊斋志异》更是将冥婚模式中的死亡主角转变成复活模式，再续前生的爱情；清代《清稗类钞》以及《阅微草堂笔记》等野史小说集也有着对冥婚爱情故事的文学书写。

---

① 李定夷曾说，"短中取长，鄙著当推《廿年苦节记》为首。"转见杨义：《中国现代小说史》第1卷，人民文学出版社1998年版，第52页。

② 李定夷：《廿年苦节记》，《小说新报》第二卷第一期，1916年。

而到了五四时期，"冥婚"更多以具有相对稳定结构的乡土社会为背景。王鲁彦的《菊英的出嫁》便是在一种凄凉的语调中叙述了乡土民间的"冥婚"故事。菊英在 8 岁的时候得了白喉病，因无钱救治匆匆离开了人世。这让菊英的母亲痛苦万分、悔恨不已。因此，母亲有了一个心愿：省吃俭用，拼命积攒，为生活在另一个世界的女儿找到一个丈夫。因为他们觉得儿女的婚嫁，是做爹娘责任内应尽的事。10 年后，母亲亲自为菊英挑选丈夫，如同正常人结婚的程序一样：婚前男方送彩礼，女方办置嫁妆，到正式婚礼时，男方用轿和棺材去菊英家里迁尸、抬牌位，算是娶亲过门。整个婚礼场面盛大壮观，花去了母亲所有的积蓄。但在母亲看来，这是非常值得骄傲的一件事情，毕竟是一个人孤零零地走的，而到了阴间捏合下了这门婚事，"给菊英一个老公，必可除去菊英的寂寞，菊英的孤单，他会给菊英许多温和的安慰和许多快乐。菊英的身体有了托付，灵魂有了依附，便会快活起来"。① 可以说，母亲的想法很简单，以身体为媒介，活着的时候是人，而死后则被叫作鬼，但不管是人是鬼，身体都在阴阳两界中存在，也都应该享受爱情的盛宴。杨振声的《贞女》也反映了这种冥婚主题。小说中的贞女未出嫁丈夫就死了，然而迫于传统恶习的压力，不得不捧着牌位与有过媒妁之言的亡夫完成生人嫁死尸的冥婚仪式，最后在孤寂苦闷中选择了自杀。此外，现代派小说家施蛰存创作的《春阳》同样是"冥婚"题材的小说。小说主人公婵阿姨为得到 3000 亩地契的继承权，选择了与死去的未婚夫结成"冥婚"关系。所不同的是，施蛰存将这种"冥婚"形式作为小说的背景，而推动小说情节发展的则是婵阿姨在温暖的春阳里所激发的被压抑的欲望。施蛰存也通过婵阿姨与死人牌位结婚的行为，揭示了都市文化下女性心甘情愿成为金钱殉葬品的畸形心理。

---

① 王鲁彦：《菊英的出嫁》，见《鲁彦文集》，线装书局 2009 年版，第 80—81 页。

可以说，不管是"合葬"还是"冥婚"，其背后的精神走向与心理沉淀依旧离不开祭悼文化的大背景，而在文学叙事过程中，祭悼心理仍旧成为一种主线贯穿文本始终。虽然晚清以来的文学风貌异于传统文本，但不能忽视的是其文本内部的心理沉淀脱离不了民众中祖辈形成的集体无意识，而祭悼心理体验便是其中一种。

## 第三节　向死而生——五四知识分子的情感焦虑

### 一、五四涅槃——佛经神话与原罪救赎的杂交

五四作家中有着较为强烈的："涅槃"情结，呈现出了鲜明的时代特性。"涅槃"原为佛教用语，指佛家得道高僧圆寂后，达到以肉体之死换来永生的功德圆满境界这一过程。所以，最初的"涅槃"行为其实是建立在佛教灵魂不死、转世再生的信仰之上。然而，当它传入中国并与儒家出世文化交融共存后，"涅槃"信仰更多地融进了社会革新的文化含义，即作家在文学创作中以一种革新的思维审视所处的现实社会，以期实现旧有社会秩序与文化形态的根本性转变。可以说，"涅槃"这种脱胎换骨的信仰神话与破旧立新的情感诉求与中国传统文化中的祭悼心理有着较多的重合之处，毕竟，祭悼信仰本质上也是渴望灵魂的再生，渴望生命在异界得到延续，而祭悼的文化本质也是为了寻求"逝者"的社会价值与存在意义。

"涅槃"意境与"祭悼"心理能够在五四时期达到相通相融的状态，这基本上缘于一种现代变体的精神呈现，即以"破旧"来求得"新生"是一种现代激进精神追求永恒的普遍方式。它不再像传统那样以一种静态的修养姿态换取精神上的蜕变与更新，而是以动态的方式通过改造社会来实现自我价值的提升与再构。所以"破旧"尝试便成为

167

营造"新生"社会的第一步，这就在无形中鞭策着现代社会的缔造者与践行者不仅以一种面对"死亡"的眼光审视颓败乏力的旧社会图景，更能以激情昂扬的"新生"态度迎接理想中的"应当如此"的再造社会。所以，破旧立新的精神信仰与改革姿态反映了五四先驱者们整体性的情感诉求与理性构建，也促使他们为改造现实社会而不断实现着爱、美、真的理想与自我的新生。

早在晚清时期，世风变革的时代氛围即已让先驱者们感受到了这种蜕变求新的希望曙光。戊戌变法失败后，梁启超曾写过《少年中国说》，在高扬少年蓬勃朝气的人生豪迈中，他痛斥步履蹒跚的旧中国为"老大帝国"，急切地希望古老中国蜕变更新，完成向"少年中国"的涅槃转型。可以说，梁启超这篇文章极具鼓动性，彰显了破旧以求新生的进取精神与时代意义，在寄托他热切期望的同时也鼓舞着民众的精神。到后来五四新文化运动先驱者李大钊这里，他更是振臂高呼"新青年"们一起努力，在理想与希望中"冲决过去历史之网罗"、"脱绝浮世虚伪之机械生活"，实现"我为青春之我，我之家庭为青春之家庭，我之国家为青春之国家，我之民族为青春之民族"的宏大愿景。这种青春精神与气魄的呐喊，"即生死肉骨、回天再造之精神也。此之气魄，即慷慨悲壮、拔山盖世之气魄也。"① 所以，无论是"少年说"还是"青春说"，文化先驱者们都将这种破旧立新的时代命题阐释得淋漓尽致，在文化承继上推进了"涅槃"——自焚以求新生情结的逐步深化。

在"涅槃"的故事中，凤凰涅槃最具代表性。印度神话传说认为，凤凰是人间的幸福使者，为人类背负所有的痛苦与恩怨。其生命大限是500年，每到此时，凤凰都要收集梧桐自焚，为人世间换来所消隐的美

---

① 李大钊：《青春》，《新青年》1916 年第 2 卷第 1 号。

好与祥和。但凤凰自焚后并不代表肉体的最终消亡，反而会以更矫健的身躯浴火重生，鲜美异常，成为真正的"不死鸟"。

正是这个壮烈的神话传说，强烈地触动了五四狂飙时代知识分子的集体感知，形成了有着鲜明时代印迹的"涅槃"意识以及在此基础上衍生的祭悼心理体验。郭沫若的长诗《凤凰涅槃》就是最具代表性的作品。长诗本身就是一首祭悼凤凰的神曲。凤凰自焚求新生是生命轮回过程的再现，也是生命献祭的价值所在；凤凰自焚前动情高歌，群鸟哀痛参加葬礼，悲怆而虔诚的祭悼仪式震撼人心。诗歌中跳动的旋律是郭沫若豪情的释放，也是五四倡导的个体独立精神的完美展现。而强调个体价值，发现个体意义，实现自我的蜕变更新正是五四对现代中国文明发展最重要的意义。《凤凰涅槃》更大的意义还在于它代表了整个五四文人的集体无意识创作，这种共同的呼声中展现了破旧立新的鲜明时代精神。它不仅是毁灭自我以求新生的强烈愿望，是诗人在社会转型时期"新人"、"新德"等精神思辨与生命轮回过程的美学思考，是"生—死—再生"弃旧图新进化图景的展现，更是社会进化与民族更新的期冀，中华民族历尽磨难之后新生的预言。

佛教的"涅槃"与传统文化中的祭悼心理极为相似但又有明显区别。佛教的"涅槃"强调一种欲望的消解、意志的放弃，从而回归一种无执、无我的精神状态，它更突出地表现为一种宗教、审美的境界。所以弗洛姆修正了弗洛伊德关于"死本能"的解释，将"涅槃原则"和"破坏欲"区别开来，认为"两者性质截然不同，根本不能被归结于同一种死本能"。① 这种涅槃情结在五四文人中影响极大，甚至当时名不见经传的女作家方令孺也曾表达过这样的愿望："我只要毁灭我自己，不留一丝固有的元素存在，然后再生，成为一个原始的、刚强有力

---

① 弗洛姆：《弗洛伊德思想的贡献与局限》，湖南人民出版社 1981 年版，第 131 页。

的人……那样才可以创造一个新的世界，新的人生。"① 而传统祭悼心理，更多地变现为一种对他者死本能的关注，从原本的对生命与情感的悲楚和眷恋中升华出对生命重生的渴望与呼唤。所以，在祭悼的生与死的精神历程中，更多地会体现出由"鬼"到"人"的文化努力与文学抗争。因为在现代启蒙的理念中，"鬼"形象所具有的原始色彩与虚无内容被舍弃掉了，启蒙者用"鬼"的丑陋揭示民众身上的缺失和弊端，并利用"打鬼"与"祛魅"等隐喻与象征的文学想象，发掘出国民劣根性。诸多纷繁复杂的"鬼"意象成了鲁迅、周作人等五四作家集体征讨的对象，诸如"孤魂野鬼"、"饿死鬼"、"孤老鬼"、"鸦片鬼"、"幽怨鬼"、"虎伤鬼"、"科场鬼"② 等纷纷登上文学场域，折射出国民性的种种现状。所以，祭鬼悼魂也是为了消除国民的痼疾，实现"新民"与"新德"的目的。

此外，这种毁灭既有的一切来求得完全的新生的理想与晚清以来所发生的诸多社会革命也不无关联。毕竟，新文化的崛起和盛行归根到底还是源于时代的需要，四分五裂的国家、军阀纷争的政局、衰败枯竭的文明及迫在眉睫的亡国威胁，使时代急迫于寻求一种全新的共同信仰，来重新实现政治、道德、文化上的整合与统一。尤其是社会主义革命在俄国的成功展开，不仅拉开了五四新民主主义革命的序幕，实现了思想界的全新觉悟，更触发了中国共产党的成立，帮助中国工人阶级走上政治舞台。所以，更多带有"小资产阶级"色彩的知识分子对于未来可能出现的无产阶级专政的新世界是具有一种"原罪感"的，而五四知

---

① 方令孺：《信》，转见高松年：《一个纯真善良的人》，江南杂志社编著：《文史我鉴》，作家出版社 2009 年版，第 180 页。

② 对于五四"鬼"形象的分析，受到了国内外诸多学者的关注，其中最具代表性的著作当属日本学者丸尾常喜的《"人"与"鬼"的纠结——鲁迅小说论析》（秦弓译，人民文学出版社 1995 年版）。

识分子的"涅槃"情结在这种背景下也就鲜明地呈现了出来，那就是向上以希望的眼光瞩目未来中国之发展，向下以阶级的眼光审视人民大众的生存状态，希望以此脱胎换骨，重新做人，消除自己阶级出身的原罪。

所以，反观此时的小说创作，寻找社会病因，深思民众疾苦也就成了作者肩上最大的责任。这其中，王统照《生与死的一行列》较具代表性。小说刻画了一个劳累一生，带着自己的愤懑、耻辱与无奈，将自己已经被榨干血汗的孱弱躯体带进棺材的老魏的形象。在老魏身上，作者并没有表现出明显的情感色彩与情绪化渲染，而是借助刚二的话说出了现实生活之丑陋："我看惯了棺材里装死人，一具一具抬进，一具一具的抬出，算不了一回事。就是吃这碗饭，也同泥瓦匠天天搬运砖料一样。孝子蒙在白布打成的罩篷下像回事的低头走着，点了胭脂、穿着白衣像去赛会的女的坐在马车里，在我们看来一点不奇。不过……，老魏这等不声不响地死，我倒觉得……自从昨儿晚上心里似乎有点事了！老爹，你说不有点奇怪？……"① 值得深思的是，老魏的死带给大家"心里似乎有点事"到底是什么事呢？王统照在小说中并没有直接点明，却用了大量的笔墨写出了老魏生前艰苦的生活状态，在对贫苦劳动者无声的祭悼中增加了对生与死的哲学思考。而在郁达夫的《薄奠》中写"我"作为知识分子，乘车时认识了一个人力车夫的朋友，这位生活在最底层的朋友最大的希望就是买一辆旧车以摆脱被剥削的境地，然而愿望始终未能实现，一家人的生活难以维持。最后，小说中的"我"得知车夫死掉的消息后异常悲愤，受其妻子的委托买了一辆纸糊的洋车去坟上祭奠，以此告慰自己内心中的脆弱与无助。因创作特色，作品被誉为"一篇悲愤诗式的小说"；但更因创作内容，作品被郁达夫自称为

---

① 王统照：《生与死的一行列》，见《王统照文集》第 1 卷，山东人民出版社 1980 年版，第 227 页。

"多少也带有一点社会主义色彩"。① 郁达夫在小说中表达了明显的知识分子忏悔意识，他的痛苦不仅仅限于一个车夫朋友的凄惨离世，而是整个社会中"小人物"的垂死挣扎、离合不定的飘零命运。这些生活在底层的人们拥有真正的理想与情感，但并未被社会所包容，反而无情地被遭到了抛弃，这怎能不让真正有正义感的知识分子心寒呢？

从社会文化心理上来分析，"涅槃"心态与"祭悼"心理代表着一种求新、求变、求完美的精神诉求，但它所追求的美好和纯粹只能在理念中存在，而无法在现实中实现，所以它具有强烈的超越现实的乌托邦色彩，这种乌托邦心态为其超越现实提供了强大的精神动力。它还助成了一种极端心理状态的出现，由此产生一种为了理想而去自觉地寻求苦难的反常态的精神指向，这种寻求苦难、自求毁灭的背后没有一种浴火重生的信仰支撑是不可想象的。正是这种信仰使他们带有了黑暗终结者的气质，即通过自己的毁灭，使世界从此再没有黑暗，变得通体光明，永远光明。它具有一种整体主义的哲学基础，所以他们不屑于枝节上的推求、零碎的改良，要变就全变，否则等于不变。所以这种整体主义、全方位的变革，是受精神原则主导而非功利原则支配的，这就使他们的理想追寻带有了以自我否定来求得精神升华的特性。

## 二、对陋习的批判——五四乡土小说的祭悼叙事

祭悼仪式与风俗习惯从来都是现代文学关注的重要内容之一，而在相对封闭的乡土世界中，这种情况表现得更为明显与激烈。反观 20 世纪 20 年代的文坛，在鲁迅的创作影响下，出现了一批以直面乡土、反映农民疾苦为主要创作内容的青年作家，形成了被后人称为"乡土文学"的作家群，代表人物有彭家煌、鲁彦、许杰、许钦文、王任叔、

---

① 郁达夫：《达夫自选集·序》，联合图书出版社 1933 年版，第 4 页。

台静农等。可以说，这一时期的乡土文学创作是在"为人生"文学主张的影响下发展起来的，在直面现实的创作理念下直接屏蔽掉了以往乡土叙事中那种奇趣盎然、纯美自然的田园诗意与超然的美学特征，代之以审视的立场，对野蛮的陋俗、愚昧的乡规和残酷的阶级压迫等加以揭露与批判，而其中丑陋的乡土祭悼仪式与民俗习惯则成了诸位青年乡土作家竭力批判的内容之一。

　　首先，祭悼仪式或者场面成为乡土作家们非常热衷的叙事内容，也正因为这些在民众看来符合人伦常理的祭悼行为的存在，才能在很大程度上推进小说故事情节的曲折性与丰富性。台静农的《天二哥》开篇就营造了一种祭悼的氛围：烂腿老五坐在青石块上，手里捏着一打纸钱，慢慢撕开祭奠着天二哥的亡魂。正是这种直接描绘祭悼场面的倒叙性的手法揭开了故事的序幕，推动了小说情节的不断发展。天二哥的死亡引发了身边作为看客的民众的讨论，也慢慢展现了下层人活动的社会环境与各种人物的性格特征。在这种悬念不断的小说布局中，台静农通过众人对天二哥死亡的议论，揭示了乡土民风中的闭塞、迷信及恃强凌弱等劣根性；同时，乡邻对天二哥的不同祭悼心情也丰富了小说的悲剧美学。柔石在《人鬼和他底妻的故事》中，以朴实细腻的笔法，成功描绘了生活在底层的女性的悲惨命运。小说以一个被称为"人鬼"的埋尸匠为中心，逐步推进着故事的情节发展。他骗获了一个年轻寡妇作为自己的妻子，然后又无视自己的妻子，除了掩埋死尸外，不是喝酒就是睡觉。而人鬼的妻子从"养媳"的身份转变为"死尸的朋友"，地狱般的生活依旧没有改变。带给她生活一缕阳光的是邻居天赐的同情与援手，他们的孩子也成了她枯寂人生的"一个理想"。不幸的是，人鬼最终将5岁的孩子亲手打死，也逼迫自己的妻子选择自缢而亡，结束了28岁的年轻生命。这些烦琐逼真的情节无不沾血带泪，无声中衍生了小说的悲剧色彩。到人鬼的妻子送葬祭悼场景，小说的叙事又被推向了一个新的高度：一方面，已经死亡的母亲和孩子似乎非常甜蜜地睡在了松板的油漆的棺材里，死亡终结了他们的苦难；另一方面，人鬼在埋葬了妻子后虽然生活方式照旧，但"他也到他妻子的墓边坐一回，仿佛悲痛他先前对待她的错误似的，但又似乎还是什么也没有。不过些微有个观念，'死了'，'葬了'，'完了'！"① 在这些微的观念中，妻子死了、葬了，然而完了到底属于谁的命运呢？这俨然形成了一个巨大的问号盘踞在读者的头上。此外，许杰的《公路上的神旗》中同样营造了大旱求雨、祭拜神旗的祭悼场面，并在这种背景下实现了痛打乡绅的题材展现。在《七十六的祥福》中，许杰更是细致入微地描绘了祭悼祥福的儿子玉明的出殡场面，在推动小说情节发展的同时，将乡村中的迷信思想完美地重现在小说当中，反映出乡野民间绵延不断的"孝道"伦理。许钦文的《老泪》中描写了一系列的祭悼图景：70 岁的老太太彩云有着坎坷的一生，丈夫去世前让彩玉与其"接种"，她生下了"遗腹子"，然而等娶来了媳妇儿子却死掉了，她亲手埋葬了儿子后，又招来了女婿，但又不幸死了媳妇……可以说，整部小说是在不断的死亡与祭悼中完成了最终的书写，而女性传宗接代的传统角色也被刻画得入木三分。

其次，民间祭悼习俗的关注在五四乡土小说中占有很大的成分，他们站在审视与批判的立场上，不厌其烦地描绘着带有神秘感与可操作性的种种礼仪习俗。小说《红灯》写了一个典型的乡间祭悼习俗的故事。民俗七月十五是鬼节，这一天民众总会将现世的生活方式带入亲人死后的鬼蜮世界当中，以期继续他们生命的历程与生活的享受。小说通过汪家寡母的所作所为，完美地呈现出这种乡土祭悼习俗所需要做的诸种事情：其一，儿子得银死后托梦给母亲，使得母亲不得不四处借钱，为了

---

① 柔石：《人鬼和他底妻的故事》，见《柔石文集》，线装书局 2009 年版，第 225 页。

给儿子烧些纸钱与冥衣，让他在阴间里有钱可花而不至于挨饿受冻；其二，民俗中，为了能让死者早日轮回，会邀请僧侣道士超度亡魂，小说中汪家母亲因没有多余钱财，只好曲线行事——在黑夜里偷偷地踱到道士们所设的亡魂的寒林之下，焚烧冥器与祭品，轻轻呼唤儿子来领取；其三，鬼节需配河灯，可以为鬼魂引路。贫穷的汪母只好亲自破竹子做成一个红色纸包裹的灯，为死在异乡的儿子引导灵魂。努力完成以上各种祭悼程序后，汪家母亲也放下了自己悬置的心，因为"在她昏花的眼中，看见了得银是得了超度，穿了大褂，很美丽的，被红灯引着，慢慢地随着红灯远了！"① 也正是在这种完满的乡野祭悼程序中，台静农理性地拉开了与读者之间的情感交流，客观地呈现了一种视觉上的悲情审美现场。此外，彭家煌的《怂恿》中详细描绘了画符驱鬼、端午节舞龙敬神、人死后和尚念"血盆经"等祭悼风俗；许钦文的《鼻涕阿二》中同样描写了对死人超度的乡土习俗，买"高王经"为死人引魂，念七七四十九遍"解冤结"等。可以说，这些描写使得小说真实生动，有着浓郁的地方色彩。蹇先艾的《水葬》描写了贵州乡土民间一种由来已久的丑陋丧葬仪式，在充满哀愁与冷静的叙事中，一个名叫骆毛，没有任何谋生手段，为了生存而成为小偷的佃农，在野蛮的乡俗文化中被实施了"水葬"的死刑处置。小说不仅刻画了死去儿子的老母亲的悲伤之情，更呈现了围观"水葬"看热闹的人群，面对同一死人，一家之悲与众家之"闹"在小说中交错进行，形成了鲜明的美学效果，其深广的社会意义不言而喻。

再次，五四乡土小说中创造了诸多"鬼"形象，所以又会在祭悼鬼神的过程中揭示闭塞落后的环境下民众精神生活的匮乏与愚昧。彭家煌的《活鬼》中展现了从"闹鬼"、"捉鬼"到"驱鬼"再到"祭鬼"

---

① 台静农：《红灯》，见舒乙编选：《台静农代表作》，华夏出版社 1998 年版，第 24 页。

的种种场面。大媳妇因小丈夫太小而偷情，导致家里时常"闹鬼"，于是引发出"捉鬼"场面；荷生只好请咸亲到自家来"驱鬼"，却没想到咸亲与荷生嫂一起自称撞鬼恐吓荷生，导致荷生在桃符前设香案，焚香叩拜来"祭鬼"，没想到却取得了灵验的结果，家中的"鬼"得到了驱逐，因为咸亲早已不知所踪。通观整部小说，笔法诙谐幽默，然而读起来却异常心酸，在祭悼鬼神的迷信之举中虽然演绎了"无情"的闹剧，但更揭示了乡村妇女的婚姻悲剧。台静农的《新坟》中，四太太的丈夫去世后，自己含辛茹苦地将一对儿女拉扯大，然而一场兵乱导致儿子惨死，女儿受侮辱而死。四太太在绝望中彻底疯掉，驻守在儿女的坟前高呼"鬼"话，"哈哈，新郎看菜，招待不周，诸亲友多喝一杯喜酒，——嘻嘻，恭喜，恭喜！"在这种悲伤的叙事中，作为母亲的四太太虽然有着活着的躯体，但内心早已被死亡气息填满，以"活鬼"的形象成为自己儿女的缅怀者与祭悼者。许钦文的《鬼白》中，直接以"鬼"的身份写出自己的冤屈，在无阻碍的自白中表白了自己的身份立场。可以说，鬼神信仰与乡土民众愚昧、麻木的精神世界息息相关，他们也只有通过这些审美的未知形象来拯救自己无助的多厄命运，以祭悼鬼灵之举实现心灵无奈的补偿，寄希望于未知也成了他们生活在别处的另一种人生写照。

# 第四章　道殇——新旧文化的对峙与交融

　　我不知道人有没有灵魂，而且恐怕以后也永不会知道，但我对于希冀死后生活之心情觉得很能了解。人在死后倘尚有灵魂的存在如生前一般，虽然推想起来也不免有些困难不易解决，但固此不特可以消除灭亡之恐怖，即所谓恩爱的羁绊，也可得到适当的安慰。人有什么不能满足的愿望，辄无意地投影于仪式或神话之上，正如表示在梦中一样。传说上李夫人杨贵妃的故事，民俗上童男女死后被召为天帝侍者的信仰，都是无聊之极思，却也是真的人情之美的表现：我们知道这是迷信，但我确信这样虚幻的迷信里也自有美与善的分子存在。这于死者的家人亲友是怎样好的一种慰藉，倘若他们相信——只要能够相信，百岁之后，或者乃至梦中夜里，仍得与已死的亲爱者相聚，相见！然而，可惜我们不相应地受到了科学的灌洗，既失却先人的可祝福的愚蒙，又没有养成画廊派哲人的超绝的坚忍，其结果是恰如牙根里露出的神经，因了冷风热气随时益增其痛楚。

——周作人：《唁辞》①

---

① 周作人：《唁辞》，见钟叔河编订：《周作人散文全集4》，广西师范大学出版社2009年版，第181页。

祭礼的根据在于深信死人的"灵"还能受享。我们既不信死者能受享，便应该把古代供献死者饮食的祭礼，改为生人对死者表示敬意的祭礼。死者有知无知，另是一个问题。但生人对死者表示敬意，是在情理之中的行为，正不必问死者能不能领会我们的敬意。有人说，"古礼供献酒食。也是表示敬意，也不必问死者能不能饮食"。这却有个区别。古人深信死者之灵真能享用饮食，故先有"降神"，后有"三献"，后有"侑食"，还有"望燎"，还有"举哀"，都是见神见鬼的做作，便带着古宗教的迷信，不单是表示生人的敬意了。

——胡适：《我对于丧礼的改革》①

大家所相信的死后的状态，更助成了对于死的随便。谁都知道，我们中国人是相信有鬼（近时或谓之"灵魂"）的，既有鬼，则死掉之后，虽然已不是人，却还不失为鬼，总还不算是一无所有。

——鲁迅：《死》②

## 第一节　突变与潜变——对传统祭悼礼俗的反思

### 一、复古求变与异邦求新的抉择

鸦片战争后出现的西俗东渐和早期资本主义的发展，不仅推进了思想文化界的深层反思，还引发了民众日常生活观念的悄然变化，这也带动了社会祭悼观念与祭悼礼俗的变化。尤其是戊戌变法与辛亥革命这样的政治变革运动，乃至后来的五四新文化运动，逐步"松绑"了维系中国政治统治的传统文化根基，为人们祭悼习俗的新式尝试提供了强劲

---

① 胡适：《我对于丧礼的改革》，《新青年》第 6 卷第 6 号。
② 鲁迅：《死》，见《鲁迅全集》第 6 卷，人民文学出版社 2005 年版，第 632 页。

动力。

面对纷繁无序的诸多文化现象，最为现实的是采用何种态度加以对待。在时人看来，"新思想是一个态度，这一个态度是向那进化一方面走，抱这个态度的人视吾国向来的生活是不满足的。"① 因此，将新思想作为武器用以改革社会习俗弊端便成了文化先驱者的一种集体努力，而新旧思想的冲突也果不其然成了一个逃避不了的时代话题。这即如时人所说的，"见夫国中现象，变幻离奇，盖无在不由新旧之说，淘演而成。吾又见夫全国之人心，无所归宿，又无不缘新旧之说，荧惑而致。"② 这种新旧思想的交锋对决一直贯穿在整个近现代的文化变革过程中，也成了当时文化人坚持自我价值立场的基点。尤其是在传统祭悼习俗上，时人更少不了以近代科学之精神考量祭悼习俗中的迷信成分，从而成为一种新旧观念的对照。毕竟，"因为新旧两个法子，好象水火冰炭，断然不能相容；……一方面设立科学的教育，一方面又提倡非科学的祀天、信鬼、修仙、扶乩的邪说。"③ 换句话说，时代的进化或让文化精英们认同西方祭悼文明，或让他们对传统祭悼习俗有新的认知，或让他们对社会人生与生命体验有新时代下的独特思考，这些萌发新意的触动都成为祭悼风俗变革的大背景。尤其是在抨击旧传统的态度上，文化先驱者们从来都不含混，激烈的言辞直指旧文化的根基所在。如陈独秀在阐释旧道德时指出："忠、孝、贞节三样，却是中国固有的旧道德，中国的礼教（祭祀教孝，男女防闲，是礼教的大精神）、纲常、风俗、政治、法律，都是从这三样道德演绎出来的；中国人的虚伪（丧礼最甚）、利己、缺乏公众心、平等观，就是这三样旧道德助长成功

---

① 蒋梦麟：《新旧与调和》，见陈崧编：《五四前后东西文化问题论战文选》，中国社会科学出版社 1985 年版，第 187 页。
② 汪淑潜：《新旧问题》，见《青年杂志》第 1 卷第 1 期。
③ 陈独秀：《今日中国之政治问题》，《新青年》第 5 卷第 1 号。

的。"① 这种论述颇具代表性，对祭悼习俗的审视与批判也更集中在礼教风俗与丧礼信仰内容上。不仅如此，近世祭悼文化的变革是伴随着思想论战进行的，虽然这些论战在结果上很难分出胜负，但却在各个方面影响着人们的祭悼观念与日常生活。

近代以来，最早进行系统性祭悼习俗改革的是在太平天国时期。时太平天国自创拜上帝教，受基督教影响，颁布了各种文书，明确提出了丧葬礼仪方面的改革。如"升天是头等好事，宜欢不宜哭"；"丧事不可做南无（即佛事——引者注），大殓、成服、还三俱用牲醴茶饭祭告皇上帝"；"父母死，禁不得招魂设醮"；"所有升天之人，俱不准照凡情歪例，私用棺木，以锦包埋便是"。② 经过这些礼俗改革，在太平军占领区域内，"一切佛教的丧礼和一般中国人的祭祀旧俗都被严加禁止。他们建立了基督教的殡葬仪式，由主持仪式的教士在柩旁祈祷"。③ 虽然这种改革在当时极具社会意义，但它只立根于壮大太平军的力量而非文化上的革新，不符合民俗传统与民众心理，遭到了大多数群众的抵制。所以很难实现开民智的社会效应，也就难以变革民众内心深处的传统祭悼观。

到清末民初时期，随着西方异域文化中平等、民权等思潮的深入传播，各界开明人士对中国传统祭悼习俗进行了必要的改革。如梁启超等维新派人士提倡采用西方鞠躬礼取代跪拜礼，虽遭受顽固派抵制而未实施，却在一定程度上推动了文明的进程；南京国民政府成立后立即通过立法手段宣布取消跪拜礼，同时，在城市文明中更是出现了戴黑纱、送花圈、开追悼会等新式祭悼仪式。而北洋政府时期祭悼习俗最有意义的改革措施是开追悼会，规定"军事及公务人员因公殒命者，除定期设

---

① 陈独秀：《调和论与旧道德》，《新青年》第 7 卷第 1 号。
② 耿光连主编：《社会习俗变迁与近代中国》，济南出版社 2009 年版，第 174 页。
③ 吟唎：《太平天国革命亲历记》上册，中华书局 1961 年版，第 49 页。

奠，受人吊唁外，还可在家或借公共处所，或借巨大园林开追悼会，无论男女均可前往"。① 同时，北洋政府公布的《国葬法》中，强调中华民国的国民只要"有殊勋于国家"，身故后经国会同意，可举行国葬典礼，有关机关团体和各界人士分别以下半旗或配黑纱的方式表示哀悼。开国元勋黄兴和护国功臣蔡锷就先后按照此法由国家予以安葬。同时，国葬墓地可建筑公墓、专墓或由遗族自择营地安葬。这些规定是对封建帝王享有"国丧"特权的否定，体现了民主共和精神。其中吸收了西方丧礼中臂缠黑纱和下半旗的致哀方式，为丧服制度的改革作出了示范，在一定程度上推动了西俗东渐的进程。② 这种强烈变革传统习俗的背后是对旧式传统文明的否定以及对新式西方文明的追求。此外，现代意义上的"公祭"形式也极为盛行，社会公众人物去世往往会采用这样的祭悼方式。周作人在散文《古文与写信》中为了说明"古文是做文章，写信是表意思"的问题，举了这样一个例子："要发表自己意思非用国语不可；不发表意思，只须一篇有声调合义法的劳什子便可了事的时候，古文或者倒颇适宜，如寿序祭文之类，——如本年六月三十日北京上海公祭'烈士'时许多四个字一句的祭文（我只见到五篇）即是好例。"③ 这一例子虽是为了说明"古文"与"写信"的区别所在，但从另一方面也恰好可以说明当时社会"公祭"烈士的方式变动。可以说，这一时期新式丧礼所要求的程序简单、经济实惠，体现了平等与科学的精神，与旧式丧礼的烦琐、铺张和迷信形成了鲜明对比。

　　然而，与"坚船利炮"顺利进入中国的情形相比较，西方文化传

---

① 苏全有、陈建国主编：《中国社会史专题研究》，内蒙古人民出版社 2006 年版，第 408 页。
② 严昌洪：《民国时期丧葬礼俗的改革与演变》，《近代史研究》1998 年第 5 期。
③ 周作人：《古文与写信》，见钟叔河编订：《周作人散文全集 4》，广西师范大学出版社 2009 年版，第 242 页。需要指出的是，周作人说的"公祭"事件是 1925 年北京、上海两地组织各工会、社会团体"公祭"顾正红烈士的追悼大会，工人、学生和各界代表共 1 万多人参加，会场挂满献送的挽联、挽幛、祭文等。

入中国却受到了万般阻挠。作为尧舜文武周公之仪、孔子之道的传承者与捍卫者，传统士大夫们的理念中横亘着一条中西文化交流几乎难以逾越的鸿沟，一个敏感的社会现象就会引发他们对传统信仰的坚守以及由此而带来的对异域文化的嘲讽与批判。

当时对于新旧文化的态度，并不是一味地简单以新批判旧，更存在新旧二者之间的相互糅合。在不少带有保守思想的人看来，新旧并存的现象需要以折中的、调和的态度加以对待，"新旧杂糅也，此之谓调和。调和者，社会进化至精之义也。社会无日不在进化之中，即社会上之利益希望，情感嗜好，无日不在调和之中。"① 而且，这种进化论式的文化调和在当时带有满是希望的激情，指明新旧思想的传递性："现时代之新思想，可为戊戌时代新旧思想之折衷。而吾人今日之所论者，则又为现时代新旧思想之折衷。"② 带着这种认识来审视当时混乱的传统祭悼习俗，那些涉及民众情感传递与生命追思的祭悼习俗已渐渐丧失了原本固定的仪式内容，在新思想的调和下形成了新旧交织的祭悼方式。然而，这种调和尝试并不是漫无目的的努力，它往往将传统的祭悼习俗作为根基，并在此基础上强调一种新变化与新态度，使其逐渐改善，实现调和与并存的文化变革目的。也就是说，"凡欲前进，必先自立根基。旧者根基也。不有旧，决不有新，不善于保旧，决不能迎新；不迎新之弊，止于不进化，不善保旧之弊，则几于自杀。"所以，对于传统祭悼习俗与文化因子积淀，民众更应注重"新机不可滞，旧德亦不可忘，挹彼注此，逐渐改善，新旧相衔，斯成调和"。③

此外，西方近世文明中，特别重视对国家做过特殊贡献的各行业"英雄"们，在他们逝去后，由国家出面选择墓地集体安葬，以彰显他

---

① 章行严：《新时代之青年》，《东方杂志》第 16 卷第 11 号，1919 年 11 月。
② 伧父：《新旧思想之折衷》，《东方杂志》第 16 卷第 9 号，1919 年 9 月。
③ 章行严：《新时代之青年》，《东方杂志》第 16 卷第 11 号，1919 年 11 月。

们的丰功伟绩，供后来人祭悼。对于这一现象，《新青年》杂志中就有过介绍："国家建设坟墓。专供埋葬名人之用。实创始于罗马。其名称为旁特恩。法人师其意。于巴黎建筑旁特恩一所。于一千七百六十四年起工。至同九十年工竣。其埋葬之骸骨。为文学家窝尔特亚、犹科、左拉三人。哲学家卢梭。化学家拍尔托罗。数学家拉格兰极。画家布干威耳。军人马卢梭。建筑家斯夫罗。政治家加耳诺父子诸人。墓道在旁特恩之地底。各人生前事迹。皆于墓前刊立碑志。所以遗芳泽于永世。资模范于国人。其裨益精神教育者。至深远也。英吉利亦有此制。唯不特设墓地。而葬之于委斯托明。及生托卜耳两寺。其有功民国。或足备楷模之人。未能卜葬于此者。则立像或勒碑以纪之。日本之高野山。亦饶有此等风味。特各国定例。悬格皆严。固不得以无足重轻之人。或私家功狗。滥侧其间也。"① 这一介绍鲜明地呈现出了现代国家概念下"英雄"祭悼的时代意义，尤其是对西方社会名人祭悼的公开介绍，让传统封建政权下的君臣祭悼更加平民化，促进了此类祭悼方式在追求现代的道路上发挥特定价值。

## 二、知识交锋与文化重建——新文化运动对祭悼习俗的批判与改革

进入"五四"后，精英知识分子在文化、思想、教育等方面启民智、开民心、树民德，将自由、民主与科学的现代观念输灌给国人。在反传统文化的时代主题下，中国的祭悼习俗也在批判与改革中被重构。在精英知识分子看来，"现在丧葬之礼，既虚縻国民之金钱，绞费国民之心血，使精神有所分，不能以事远大之事业，其结果不特使社会无进步，而国亦受其敝，风俗之坏，既达极点。"② 在新文化运动中，诸先

① 《英雄墓》，《新青年》第 1 卷第 4 号。
② 吴贯因：《改良家庭制度论》，《大中华杂志》第 1 卷第 5 期（巳）。

驱者们以科学为武器，猛烈地抨击了信仰习俗中的鬼神崇拜。如徐长统在《新青年》杂志上发表了《论迷信鬼神》一文，指出破除迷信的方法有二："一曰壮其胆力也"，"二曰多求知识也"。为寻求这两种方法的有力支撑，作者更是举例说："人皆以风为神物所呼吸，雷为天神之击鼓，而曾学天文者，必知其妄矣。人皆宜磷光为幽灵所燃火，地震为鳌鱼之转身，而曾学地文者，必知其诬矣。"① 这些断语直接揭示了民众习以为常的诸种迷信现象的虚妄，并以科学知识加以论述，启迪民众。

《新青年》一直是反对旧思想、旧礼俗的前锋，也因此遭受到了来自各方守旧势力的非议与指责。为此，陈独秀曾撰文，驳斥那些视《新青年》为邪说、怪物的言论，在他看来，"他们所非难本志的，无非是破坏孔教，破坏礼法，破坏国粹，破坏贞节，破坏旧伦理（忠、孝、节），破坏旧艺术（中国戏），破坏旧宗教（鬼神），破坏旧文学"。② 从他罗列的内容来看，鬼神祭悼信仰与孔子祭祀礼法都成了被关注的对象，而这也确实是新旧文化交锋的场域。针对中国民众的祭悼信仰对象，吴稚晖也总结说，"中国有三大势力，一是孔夫子，一是关老爷，另一个是麻先生。"③ 周作人的反传统祭悼思想更为激烈，他认为祖先崇拜是"落后时代的蛮风……既于道理上不合，又于事实上有害，应该废去才是"。因为在他看来，"现在科学昌明，早知道世上无鬼，这骗人的祭献礼拜当然可以不做了。"④

新文化运动提倡科学，反对尊孔复古思想和偶像崇拜，反对迷信鬼神，主张以理性和科学判断一切的文化努力至少在理论上很大程度瓦解

---

① 徐长统：《论迷信鬼神》，《新青年》第 3 卷第 4 号。

② 陈独秀：《本志罪案之答辩书》，《新青年》第 6 卷第 1 号。

③ 陈独秀：《新文化运动是什么?》，《新青年》第 7 卷第 5 号。

④ 周作人：《祖先崇拜》，见钟叔河编订：《周作人散文全集 2》，广西师范大学出版社 2009 年版，第 129 页。

了传统祭礼的习惯与观念，促使更多民众以全新的眼光反思曾经最熟悉的祭俗礼仪。很多先觉者们更纷纷身体力行，这其中最突出的是胡适的祭母仪式。童年时期的胡适总是很虔诚地跟着大人们参加祭神拜神的活动，直到十一二岁，读了《资治通鉴》中的一个故事，即范缜的反佛言论："形者神之质，神者形之用也。神之于形，犹利之于刀。未闻刀没而利存，岂容形亡而神在哉？"帮助初获知识的胡适开了窍，"司马光引了这三十五个字的《神灭论》，居然把我脑子里的无数鬼神都赶跑了。从此以后，我不知不觉的成了一个无鬼无神的人。"从此胡适"不能虔诚拜神拜佛了"，然而，在母亲面前，却"不敢公然说出不信鬼神的议论"。所以，"她让我上分祠里去拜祖宗，或去烧香还愿，我总不敢不去，满心里不愿意，我终不敢让她知道。"① 这种思想经历深深地镌印在胡适的脑海深处，也让他在母亲的祭礼上破旧立新，开时代先锋。1918 年 11 月 24 日，在外讲演"丧礼改革"的胡适收到母亲去世的电报后，他亲身做出了改良旧礼的行动：第一，重新撰写讣文，革除了讣帖中的"三种陋俗"，将虚假的成分删去；第二，对家族亲眷等有交谊的人家发去通告，"倘蒙赐吊，只领香一炷或挽联之类。此外如锡箔，素纸，冥器，盘缎等物，概不敢领，请勿见赐。"这种效果十分明显，"竟没有一家送那些东西来的"；第三，亲自撰文《先母行述》，以表达对母亲的思念。文章因乡间排版需要，采用古文写作，但情感真挚，即"抱定一个说老实话的宗旨，故不免得罪了许多人"；第四，受吊时剔除"作伪的丑态"，不雇人代哭，不为吊客做出举哀的假样子；第五，废掉大部分"做热闹，装面子，摆架子"的祭礼，改烦琐的传统祭礼为简单的两种形式，一是本族公祭仪节，一是亲戚公祭；第六，"服丧的期限缩短，在这短丧期内，无论穿何种织料的衣服，——无论

① 胡适：《从拜神到无神》，见欧阳友权编：《胡适文集》第 1 卷，北京大学出版社 1998 年版，第 61—62 页。

布的，绸缎的，呢的，纱的——只要蒙上黑纱，依国民的新礼制，便算是丧服了。① 不难看出，胡适改革的祭礼形式由繁趋简，将古礼中种种虚伪仪式删除掉，将迷信的、野蛮的风俗加以隔绝，使祭悼习俗更加文明化、科学化。

　　女权运动也是五四新文化运动的重要内容，诸多文化先驱创办妇女刊物，撰写了大量文章倡导妇女解放，以理性与激情批判了作为旧社会精神支柱的以"节烈纲常"、"三从四德"等为基本内容的封建礼俗。然而，更能抓住民众眼球的是当时发生在社会上那些触目惊心的迫害女性的典型事例，那些为实现自我权利而无辜死掉的妇女的祭悼仪式与介绍他们事迹的文章更能激起广泛的社会义愤。这其中，赵五贞女士抗婚自杀事件与李超女士异地求学忧郁而亡事件引起了极大的关注。赵五贞是长沙富家闺秀，向往婚姻自由的她却被父亲许配给古董店老板做续弦，绝望中她自杀在迎亲的婚轿中。对于这件事，新文化知识分子采取了"借新娘尸体说话"的舆论手段，在集体"舆论祭悼"赵五贞的诸多文章中，呼唤婚姻自由与妇女解放成为时代主题。李超是广西人，摆脱家庭束缚后北上求学，但却因经济问题抑郁成疾而死。当时众多文化人在北京高等女子师范学校为她召开追悼会，蔡元培、陈独秀等人应邀在追悼会上诵读悼词，表明与封建礼教抗争的决心。胡适还为她立传，强调"我觉得替这一个女子做传比替什么督军做墓志铭重要的多"。李超"可以算做中国女权史上的一个重要牺牲者"。② 强烈的社会批判与深刻的礼俗控诉不断促发着五四妇女解放事业轰轰烈烈地发展。到了为革命事业而牺牲的刘和珍这里，巾帼不逊须眉的英勇气概以及对黑暗社会的无情揭露已经成了五四文人对女性关注的重要内容。鲁迅在参加完祭悼会后，愤然写下有着悼文意义的文章《记念刘和珍君》，在"非人

---

① 以上参阅胡适：《我对于丧礼的改革》，见《新青年》第 6 卷第 6 号。
② 胡适：《李超传》，《新潮》第 2 卷第 2 号，1919 年 12 月 1 日。

间的浓黑的悲凉"中，将其"作为后死者的菲薄的祭品，奉献于逝者的灵前"。① 与此同时，周作人也撰文指出："我们对于死者的感想第一件自然是哀悼。……我的哀感普通是从这三点出来，熟识与否还在其外，即一是死者之惨苦与恐怖，二是未完成的生活之破坏，三是遗族之哀痛与损失。这回的死者在这三点上都可以说是极量的，所以我们哀悼之意也特别重于平常的吊唁。"② 可以说，五四先驱者们以女性枉死的典型事例为切入口，激起公众的义愤从而意识到争取女权的意义，促使妇女解放运动的发展深沉有力、不可遏止。

但是，思想文化的革新是一个漫长的过程，虽然五四新文化运动给社会各阶层人士带来了思想上的变革，祭悼习俗也发生了明显的变化，但对那些游离于当时主流文化潮流的民众来说，传统文化根结、传统祭悼思想仍然扎根在内心深处，新式祭悼习俗更难以成为一种主流文化态势在乡土民间得以推广。在新旧祭悼习俗并存的文化空间内，传统祭礼更是民众日常生活中的首选。毕竟，先觉的五四知识分子虽然能够以利剑般的思想划破沉闷的社会禁锢，但他们却很难真正与民间传统势力相抗衡，他们发现，无论怎样用新文化进行启蒙，却"还是脱不了旧风俗的无形的势力"。③ 对于这一形势，周作人在1926年写的散文《回丧与买水》中这样写道："海面的波浪是在走动，海地的水却千年如故。把这底下的情形调查一番，看中国民间信仰思想到底是怎样，我想这倒不是一件徒然的事。文化的程度以文明社会里的野蛮人之多少为比例，

① 鲁迅：《记念刘和珍君》，《鲁迅全集》第3卷，人民文学出版社2005年版，第290页。
② 周作人：《关于三月二十八日的死者》，见钟叔河编订：《周作人散文全集4》，广西师范大学出版社2009年版，第596页。
③ 胡适：《我对于丧礼的改革》，见欧阳哲生编：《胡适文集》第2卷，北京大学出版社1998年版，第543页。

在中国是怎样一个比例呢?"① 但是，破旧俗的行为毕竟在越来越多地发生着，乡土民间对新礼俗渐渐由反对变为观望，正是在这种犹豫不决的心理挣扎下，祭悼旧俗慢慢被打破，新的祭礼开始被开明民众所接受，并不断向民间大众渗透，最终带来的是祭悼礼俗的根本性变革。

## 第二节　现代性视域下的无神论思想

### 一、从有神到无神——一场知识谱系上的话语争夺战

近代的文化变革中一直存在着无神论与有神论的争斗。虽然二者的争斗并没有直接涉及具体的祭悼思想，然而他们所关注的民众信仰内容却是诸种祭悼形式得以生存与延续基本所在。在无神论者这里，他们力图从政治、教育、伦理道德、科学、哲学、美学、文学等领域清除形形色色的有神论思想，为此他们在继承古代无神论思想以及吸收西方近代无神论思想的基础上，以近世科学为武器，从事实到理论，对包括鬼神祭悼在内的有神论思想进行了全面、尖锐的批判。其中比较活跃的人物有资产阶级改良派严复，革命派陈天华、朱执信等，无政府主义者李石曾、吴稚晖，实用主义者胡适，国家主义者余家菊、李璜，以及陈大齐、刘叔雅、钱玄同、丁文江、刘以钟、陈独秀、李大钊等社会各界人士。

严复是最早以自然科学反对民众祭悼层面的"天命"论，试图还原它自然界本来面目的人。在他看来，"天"的解释不外乎有三种，一是"以神理言之上帝"，二是"以形下言之苍昊"，三是"无所为作而

① 周作人：《回丧与买水》，见钟叔河编订：《周作人散文全集4》，广西师范大学出版社2009年版，第415页。

有因果之形气"。① 第一种明显是有神论主张，第二种是古代朴素唯物论主张，第三种则是严复所说的天演论主张，即"天"就是物质性的自然界，具有因果规律，可以为人们所认识，毫无神秘性。这个"天"常常处在演化之中，故曰"天演"，是生物进化论在社会领域的反映。因此，他用达尔文进化论批判和否定了神灵之说、上帝之说和"天道好生"等涉及民众祭悼的言论。此外，严复对中国民众的信仰有这样的认识，"吾国之民，上者乐天任教，下者谄鬼祷祈，此其性质，实与宗教最合。"这种崇信天命与祭悼鬼神的人可以看作是"亡国之民"。②所以严复主张学习西方资产阶级积极进取的精神，摆脱天命论与鬼神信仰的束缚。

现实社会中，信"天"之人供天香，进天灯，敬天神，祭天老爷，以求升官发财或者祛病避灾。对于这种情况，刊载在 1903 年《国民日报》上的文章《革天》站在无神论的立场上，旗帜鲜明地作出了批判与揭露。文章进而论述以"人道"取代"天道"的科学性，发出"崇尚不可知之天道，而沮败当前即是之人道。天何言哉？"的质疑，强调为中国进步、同胞幸福，必须"冲决无量之网罗"。而要破除天命论，必须倡导人为。甚至文中还断言"天革，而他革乃可言矣"。这种态度正是革命者对待民众妄为的信仰所持有的绝然态度，虽带有极端的排他性，但在时局变幻下却具有典型的进步意义。1903 年发表在《浙江潮》上的文章《续无鬼论》同样具有上述价值体现。该文作者陈慨受革命思潮影响，在文中利用近代自然科学知识，否定鬼神祭悼信仰，驳斥世俗迷信、宗教神学，具有较明显的战斗色彩。首先，作者提出人的生死

① 严复：《成章第十六》，见斯宾塞：《群学肄言》，严复译，商务印书馆 1981 年版，第 298 页脚注。
② 严复：《罗马生聚法典》，孟德斯鸠：《孟德斯鸠法意》第 23 卷第 21 章，严复译，商务印书馆 1981 年版，第 567 页。

与城隍无关。认为城隍乃"盈尺之木，堆泥具耳目口鼻手足形"，不能主宰人的生死祸福，人们祭拜在城隍面前以求福报完全是迷信行为。其次，作者指出人死后无灵魂。他以近代自然科学为根据，阐释生理学上的脑、神经与人类灵能（精神）的关系，说明"神经熄、灵魂寂"的事实，彻底否认了鬼魂神灵的存在。再次，对坟墓场地出现的"鬼火"、"鬼声"等现象，作者也从磷质与声腺发声等自然科学知识出发，驳斥了鬼神显灵的迷信说法。作者在文章最后指出，反对鬼神祭悼必须要崇尚科学，遵守实学，不然科学落后，实学不兴，则鬼神迷信必然流行。

否定灵魂不死说，主张神灭论是辛亥革命期间朱执信确定自己无神信仰的出发点。他站在资产阶级民主革命的立场上，立足于现实社会，以人道主义、进化论为思想武器，对社会上广泛流行的鬼神信仰加以驳斥，这在当时具有一定的代表性。在他看来，万物都有其"个性"，都是要灭的，人的精神依托物质（肉体），"那些拿有形有色，能报恩怨，来解释不灭精神的社会，当然不能成立了。"① 人类所祭拜的偶像都是人造的，不是先天就有的，而且"人类为进化的生物"②，所以也就不存在神创说与上帝创人说。宇宙中根本不存在与现实世界相对应的异界地域，因此，佛教中所宣扬的和尚念经以实现"死人超度"③ 的事情都是虚假的，解决不了现实中的任何问题。只有否定民众的鬼神信仰才能造福人民，才会倡言革命变革社会。所以，他引导人们关注现实生活，积极投身反对北洋军阀统治的民主革命。在民众信仰变革上，他一再重

---

① 朱执信：《复查光佛函》，见广东省哲学社会科学研究所历史研究室编：《朱执信集》，中华书局 1979 年版，第 524 页。

② 朱执信：《神圣不可侵与偶像打破》，见广东省哲学社会科学研究所历史研究室编：《朱执信集》，中华书局 1979 年版，第 384 页。

③ 朱执信：《新文化的危机》，见广东省哲学社会科学研究所历史研究室编：《朱执信集》，中华书局 1979 年版，第 880 页。

申，尊悼偶像、祭拜天地等都是一种权力秩序的体现，所以，"不要把神学的遗产，应用到现在社会去"①，应当注重科学，讲究实际，用科学精神考察、研究自然现象和社会生活。

到五四时期蔡元培这里，他更以科学态度解释了宗教的本质。在他看来，宗教无非是对心灵制裁的一种"信仰"，在狭义上说是一种神秘主义思想，在广义上说是形而上学的人生观与世界观，是一种"信仰心"。从这一点出发，他强烈否定了康有为"定孔教为国教"的政治努力，因为民众所祭拜的孔教并不具有神秘主义色彩，也没有形成形而上学的人生观与世界观。② 面对广有群众基础的灵魂祭悼，蔡元培指出灵魂说乃空虚之谈，不足为信。一方面，人的精神不能脱离肉体而存在，不能"贵其精神而贱其肉体"③；另一方面，肉体的存在皆因细胞的作用，细胞一旦停止则人体也就死亡了，即所谓"全体细胞，无时不行其推陈出新之作用。非是，则病且死"。④ 此外，蔡元培将敬天地、祭鬼神等思想及其活动看成是迷信行为，并在著作、演说中加以驳斥。他认为"敬天畏命之观念"是自古以来所形成的"假定之观念"，由此，在这种心理基础上产生的"祭天"行为便成了一种"故习"。⑤ 蔡元培还充分重视美育在改造民众信仰上的功用。他认为，人的高尚道德必须通过美育的培养来实现。他强调说："纯粹之美育，所以陶养吾人之感

① 朱执信：《恢复秩序与创造秩序》，见广东省哲学社会科学研究所历史研究室编：《朱执信集》，中华书局 1979 年版，第 872 页。
② 蔡元培：《再致〈新青年〉记者函》，见高叔平编：《蔡元培全集》第 3 卷，中华书局 1984 年版，第 55 页。
③ 蔡元培：《在绍兴各界大会演说词》，见高叔平编：《蔡元培全集》第 2 卷，中华书局 1984 年版，第 480 页。
④ 蔡元培：《对于送旧迎新二图之感想》，见高叔平编：《蔡元培全集》第 2 卷，中华书局 1984 年版，第 480 页。
⑤ 蔡元培：《中国伦理学史》，见高叔平编：《蔡元培全集》第 2 卷，中华书局 1984 年版，第 9—10 页。

情，使有高尚纯洁之习惯，而使人我之见、利己损人之思念，以渐消沮着也。"① 世人一旦具有美感，就超脱了现实世界的"离合生死祸福利害之现象"，消减了"爱恶惊惧喜怒悲乐之情"，从而可以达到"与造物为友"、"接触于实体世界之观念"的目的。② 可以说，他从科学、教育、政治、道德、美育等诸多方面极力反对民众信仰层面的有神论思想，成为五四时期力扛无神论信仰大旗的重要人物之一。

早期无政府主义者依据近代自然科学，特别是达尔文生物进化论，对社会上流行的种种祭悼习俗展开批驳，并指出其实质与危害。首先，是对祖宗神灵祭悼加以批驳。在他们看来，因为"子孙感其恩德，族人畏其神灵，于是祭祀之，祷祝之，奉纸币纸帛，事死若生"。然而，科学认为"物力不灭，无有神灵"，祭悼祖宗以求"神灵"保佑纯属一种迷信行为。但他们并没有彻底否认民众的祭悼行为，只是将祖宗祭悼确定为一种"宗教上之迷信"③，这种解释具有相当的见解。其次，他们将迷信与科学加以对比，指出其不同的社会作用，称"科学者，进化之利器也；迷信者，思想之桎梏也"④，反映了早期无政府主义者无神论的理论深度。不仅如此，他们还指出迷信与政治的关系，揭示出神道祭悼与政治统治的实质所在。再次，早期无政府主义者将鬼神看作是宗教的要素，并指出无政府主义与宗教有着本质区别："宗教之素者，鬼神也；其味，迷信也；其性，虚伪也。以重科学、凭公理之社会主义

---

① 蔡元培：《以美育代宗教说》，见高叔平编：《蔡元培全集》第3卷，中华书局1984年版，第33页。
② 蔡元培：《对于新教育之意见》，见高叔平编：《蔡元培全集》第2卷，中华书局1984年版，第134页。
③ 真：《祖宗革命》，见胡伟希编选：《民声 辛亥时论选》，辽宁人民出版社1994年版，第141页。
④ 绝圣：《排孔征言》，见胡伟希编选：《民声 辛亥时论选》，辽宁人民出版社1994年版，第192页。

较，何啻霄壤之隔。"① 此处"社会主义"指的是"无政府主义"，而"不信鬼神"则是早期无政府主义者的鲜明特点。

同样，早期共产党人也旗帜鲜明地对鬼无神信仰加以无情批判。他们首先揭示出有神论与封建君主专制制度二者之间唇齿相依的亲密关系，这不仅源自对两千多年来封建神权的清晰认识，更来自当时袁世凯利用"祭天"之举助其复辟的启发。陈独秀指出，君主专制制度的长存不消，原因就在于君主在神权的庇护之下才能"统一国土"，"号令全国"；而封建专制统治正是披上了天地鬼灵等神秘光坏，才让人们在内心深处望而生畏，甘心被统治。因此，要想打倒君权，寻求政治上的解放就必须破坏偶像，破坏神权，使人们从宗教有神论的束缚中彻底解放出来。② 正是有这样的认识，陈独秀创刊《新青年》，大力宣扬科学与民主，用于反对封建宗教迷信与专制政体，适应新时代的革命呼声以及新青年的知识重构。其次，他们以科学实证手段从多方面来否认民众祭悼层面中的鬼神信仰。早在 1915 年，恽代英就发表文章《新无神论》，用科学实证的方式阐释自然界中出现的雷电、飓风等不以人力为转移的诸种现象，排除民众观念中的神灵鬼怪之说。陈独秀则直接指出："一切阴阳，五行，吉凶，祸福，灾祥，生克，画符，念咒，奇门，遁甲……求雨，招魂，捉鬼，拿妖，将神，扶乩，静坐，设坛，授法，风水……"③ 均为迷信邪说。然而他在否定这些迷信内容的同时，将传统文化中的中医、武术等内容也否定掉了，则显露出当时新文化先锋的急躁心情。再次，以马克思主义无神理论来解释宗教有神信仰的虚妄也是早期共产党人所极力而为的。如李大钊早年是一位激进的民主主

① 民：《无政府说》，见牙含章、王友三：《中国无神论史》，中国社会科学出版社 1992 年版，第 935 页。

② 陈独秀：《偶像破坏论》，《新青年》第 5 卷第 2 号。

③ 陈独秀：《克林德碑》，《新青年》第 5 卷第 5 号。

义者，积贫积弱的旧中国格局让他对封建神权与君权结合的政治统治有着深刻的认识。因此，他提倡共和反对专制的政治努力离不开对宗教有神论信仰的反抗。他一针见血地指出，人们所祭拜的英雄、神灵与君主专制之间存在着必然的联系，即"英雄者，神人也，神而降为人者也，能见人之所不见，知人之所不知，此其所以异于常人也"。① 所以，要想推翻封建统治，就要彻底否定有理性与意志的人格神——"天"、"神"、"上帝"等，也要否定唯心主义哲学所杜撰的各种绝对精神——宇宙本体、太极、真如、实在等，尤其是被神化了的祭拜对象孔子、释迦与耶稣。② 在他看来，只有这样，才能从根本上清除人们头脑中的鬼神信仰，完成民主主义宏伟事业。到十月革命后，李大钊逐渐转变为马克思主义者，其无神论思想也相应地呈现出阶段性特征。他逐渐摆脱从民众心理探究宗教本质，而立足于从社会生活关系发掘宗教的根源。他在 1919 年发表的《物质变动与道德变动》一文中说："思想、主义、哲学、宗教、道德、法制等等不能限制经济变化物质变化，而物质和经济可以决定思想、主义、哲学、宗教、道德、法制等等。"③ 这一观点来自马克思在《〈政治经济学批判〉序言》中所阐述的历史唯物主义基本原理。这一观点在当时整个中国思想界都是崭新的，表明他已经把宗教观念看作社会存在的反映。不仅如此，他还将锋芒转向对"神权史观"的批判，揭发有神论者以迷信来说明历史的诸种无稽之谈。在他看来，"人类对于自然界，或人间现象不能理解的地方，便归之于神"，所以，"古昔的历史观，大抵宗于神道，归于天命，而带有宗教的气味。当时的哲人，却以为人类的命运实为神所命定。国社的治乱兴衰，

---

① 李大钊：《民彝与政治》，见《李大钊选集》，人民出版社 1959 年版，第 48 页。
② 李大钊：《自然的伦理观与孔子》，见《李大钊选集》，人民出版社 1959 年版，第 79 页。
③ 李大钊：《物质变动与道德变动》，见《李大钊选集》，人民出版社 1959 年版，第 261 页。

人生的吉祥祸福，一遵神定的法则而行，天命以外，无所谓历史的法则。"① 李大钊在吸收马克思主义理论后，用唯物主义历史观对此加以批判。这也是首次从社会存在的角度揭示社会意识的唯物史观的运用，对宗教产生、发展的经济基础与宗教消亡的条件进行了必要的分析，同时更从阶级角度认为宗教是进行阶级压迫的工具与毒害人们的鸦片，深化了对宗教有神论的批判。

## 二、科学与玄学——五四人生观信仰大讨论

科学与玄学的论战是一场发生在五四时期轰轰烈烈的学术论争，但科玄论战到底争论的是什么却一直是后来学者研究的重要话题。在李泽厚先生看来，这是"一场信仰科学主义的决定论还是信仰自由意志的形而上学的争论"，是"一场关于'人生观'的争论"。② 虽然这场论争并没有直接讨论民众祭悼信仰问题，但其背后所呈现的科学观与人生观问题却是一切信仰的基础所在。

这场论战有着深厚的思想基础。近代以来风云变幻，以儒家思想为根基的传统文化所提供的稳定性功能逐渐削弱，西方各种思潮流派以救世名义不断被引入中国，引发了不同立场的知识分子对各种观念的讨论，也验证了中国思想界对现代文明所具有的复杂成分的热情与渴望。在这种激情背后，他们都自信地在各自领域内举起了科学旗帜，科学逐渐成为一种提供新观念的救世哲学。如1707年由吴稚晖和李石曾在巴黎创办的《新世纪》周刊中就强调了科学与革命的相互关系，将其二者看作是社会进化的推动力："科学公理之发明，革命风潮之澎涨，实十九、二十世纪人类之特色也。此二者相乘相因，以行社会进化之公

---

① 李大钊：《史观》，见《李大钊选集》，人民出版社1959年版，第287页。
② 李泽厚：《中国思想史论》（下），安徽文艺出版社1999年版，第876页。

理。"① 胡适更概括了科学在当时社会上流传的特点，他说："这三十年来，有一个名词在国内几乎做到了无上尊严的地位；无论懂与不懂的人，无论守旧和维新的人，都不敢公然对他表示轻视或戏侮的态度。那个名词就是'科学'。……我们至少可以说，自从中国讲变法维新以来，没有一个自命为新人物的人敢公然诽谤'科学'的。"② 胡适这段话清晰地说明，科学作为一种意识形态实体在当时受到了广泛传播，并参与到了现代文明的构建当中。

然而，这一过程是曲折的。一战的悲剧强烈地冲击了西方的精神文化世界，以科学为救世良方也受到了前所未有的挑战，而回归人类情感、意志等内心世界的社会思潮恰在此时不断涌现，尼采的超人说、柏格森的生命哲学、叔本华的唯意志论等在社会上广泛传播，这种西方思想界的新变化也促发了国内学人的积极反应。因此，五四大力提倡的民主与科学并不是一帆风顺，反而存在众多批评甚至否定的声音，社会上出现了不少复古迷信团体，也涌现了很多反科学的迷信活动。对这种现象，胡适曾总结说："这遍地的乩坛道院，这遍地的神仙鬼照相……只有求神问卜的人生观……正苦科学的提倡不够，正苦科学的教育不发达，正苦科学的势力还不能扫除那弥漫全国的乌烟瘴气。"③ 而新文化运动的发起者陈独秀在当时也撰文阐释科学的要义以及新文化运动面临的巨大危机："我们中国人向来不认识自然科学以外的学问，也没有科学的权威；向来不认识西洋除自然科学外没有别种应该输入我们东洋的文化；我们要改去从前的错误，不但应该提倡自然科学，并且研究、说明一切学问（国故也包含在内）都应该严守科学方法，才免得乌烟瘴气的妄想、胡说。现在新文化运动中，有两种不祥的声音：一是科学无

① 《新世纪之革命》，《新世纪》第 1 期，1907 年 6 月出版。
② 胡适：《〈科学与人生观〉序》，山东人民出版社 1997 年版，第 10 页。
③ 胡适：《〈科学与人生观〉序》，山东人民出版社 1997 年版，第 13 页。

用了，我们应该注意哲学，一是'西洋人倾向东方文化了'。……'科学无用了'、'西洋人倾向东方文化了'这两个妄想倘然合在一处，是新文化运动一个很大的危机。"① 正是在这种背景下，梁启超声称的"科学破产论"以及对传统文化价值的部分回归又引起了不少人的关注。而张君劢的《人生观》恰于此时发表，引发了科学与玄学的论战。随着论战的展开，逐渐形成了以张君劢、梁启超为代表的玄学派，以丁文江、胡适、吴稚晖为代表的科学派。论战后期，马克思主义者陈独秀、瞿秋白等也参与其中，以唯物史观反对玄学派的观点。这次论战较为混乱，按胡适的说法皆源于张君劢《人生观》一文中"不可捉摸"的论点，使得"驳论与反驳都容易跳出本题"，那些"为科学作战的人"并没有具体说明"科学的人生观"是什么，反而在科学与玄学对立的基础上陷入了科学"可能与不可能"解决人生观问题的"笼统讨论"中。然而这次论战却极具时代意义，毕竟它是"向旧思想、旧信仰作战，其实只是很诚恳地请求旧思想和旧信仰势力之下的朋友们起来向'成见'和'不思想'作战"。②

张君劢在清华大学作"人生观"讲演时，鲜明地斥责了视科学为全能的思想倾向，要求学生重新反思精神的价值。这种质疑科学万能的声音在梁启超与梁漱溟那里早已出现过。第一次世界大战结束后，梁启超以观察组成员身份游历欧洲，在其《欧游心影录》中的《科学万能之梦》一文中对"科学万能"说提出了质疑。他说，"因科学发达，生出工业革命，外部生活变迁急剧，内部生活随而动摇……老实说一句，哲学家简直是投降到科学家的旗下了。依着科学家的新心理学，所谓人类心灵这件东西，就不过物质运动现象之一种，精神和物质的对峙，就根本不成立；所谓宇宙大原则，是要用科学的方法试验得来，不是用哲

① 陈独秀：《新文化运动是什么》，《新青年》第 7 卷第 5 号。
② 胡适：《〈科学与人生观〉序》，山东人民出版社 1997 年版，第 14—23 页。

学的方法冥想得来的。这些唯物派的哲学家,托庇科学宇下建立一种纯物质的纯机械的人生观,把一切内部生活外部生活,都归到物质运动的'必然法则'之下。"① 这一言论抛出后立刻吸引了大量读者,他对唯科学论信仰的分析为众多精神信仰者提供了可以依靠的力量,欧洲战后的颓败景象在很大程度上也催发了国内学者对传统文化价值的重新审视。此外,这一时期更具影响力的要算梁漱溟,他在 1922 年出版了《东西文化及其哲学》一书,立场坚定地认为西方、中国、印度所形成的三种人生态度决定了世界上三种文明的生成与走向。西方强调争斗、激进向前;而中国文明主张情感与意志的调和折中;印度文明则代表一种摆脱欲望与情感的信仰努力。正是在这种分析的基础上,他对东方文明的伟大做出了预言性的揭示,认为世界未来文化就是中国文化的复兴。

　　人生哲学是一种源于宗教、伦理、美学的价值体系。按照张君劢的理解,它具有主观、直觉、综合、自由意志、单一性等五大特征,这恰恰与科学所提倡的客观性、逻辑性、分析性等要求截然相反。因此,科学能不能提供一种新的人生观便成了一种悬置的讨论问题。从当时参与讨论的文章来看,论战者们都没有明确指出科学人生观的本质所在,他们更多地围绕着科学是否能够解决人的情感、价值、美感体验等问题展开争论。张君劢撰文强调传统文明重内心修养,这种人生观信仰是欧洲重物质的科学信仰难以达到的,所以他说:"科学无论如何发达,而人生观问题之解决,绝非科学所能为力,惟赖诸人类之自身而已。……自孔孟以至宋元明之理学家,侧重内心生活之修养,其结果为精神文明。三百年来之欧洲,侧重以人力支配自然兮,故其结果为物质文明。"② 张君劢这一论断以狭隘的眼光定义科学为物质文明,从另一方面也说明

---

① 梁启超:《科学万能梦》,见《欧游心影录》,《梁启超全集》第 10 卷,北京出版社 1997年版,第 2973 页。

② 张君劢:《人生观》,见《科学与人生观》,山东人民出版社 1997 年版,第 38 页。

了他否认科学对现代社会的意义，以及现代科学给西方思想界、文化界带来的变化，其处于被攻击的状态在所难免。

首先对其发难的是丁文江，他称张君劢等传统论者为"玄学鬼"，认为"玄学真是个无赖鬼——在欧洲鬼混了 2000 多年，到近来渐渐没有地方混饭吃，忽然装起假幌子，挂起新招牌，大摇大摆的跑到中国来招摇撞骗，你要不相信，请你看看张君劢的'人生观'"。① 在丁文江看来，科学与人生观是分不开的，传统的精神、美学、道德、宗教等，是与实证的思维方法相对立的空幻怪诞思维的最好例子，科学因为其方法的诚实而流行。同时他认为，一战的悲剧不应由科学来负责任，战争罪应负责的人是政治家与教育家，而这两种人多数仍然是不科学的。此外，丁文江还论述了科学对树立人生观的积极作用，他认为"真正科学的精神"是最好的"处世立身"的教育，是高尚的人生观。即所谓"学科学的人有求真理的能力，而且有爱真理的诚心。无论遇见什么事，都能平心静气去分析研究，从复杂中求简单，从紊乱中求秩序；拿论理来训练他的意想，而意想力愈增；用经验来指示他的直觉，而直觉力愈活"。② 这一说法意在强调科学在指导人生观上的潜移默化的影响力，将科学所独具的理性因素凌驾在感性的体悟之上也恰恰是为了突出科学的作用。

随着论战的展开，对论战负有责任的梁启超以局外仲裁人的身份为这次论战制定了必须遵守的"国际公法"。他本人写的文章中也呈现出中立立场，强调"人生问题，大部分是可以——而且必要用科学方法来解决的。却有一小部分——或者还是最重要的部分是超科学的"。他进而说："人生关涉理智方面的事项，绝对要用科学方法来解决。关于

---

① 丁文江：《玄学与科学》，见《科学与人生观》，山东人民出版社 1997 年版，第 41 页。
② 丁文江：《玄学与科学》，见《科学与人生观》，山东人民出版社 1997 年版，第 53—54 页。

情感方面的事项，绝对的超科学。"① 虽然他的文章中有不少内容是对张君劢所谓的人生观问题的质疑，然而通篇批判更多的还是科学万能，尤其强调，在涉及"爱"与"美"的情感体验上，科学无论再怎么强大，也难以取代玄学所发挥的独特功用，如果强行支配，那么人生的意义与价值也将丧失殆尽。唐钺在《一个痴人的梦》中批驳了梁启超文章中科学难以作用于情感的观点，认为爱与美绝不是简单的"线、光、韵、调"等因素，"爱和美经了分析理解以后，也要使人越觉得他们的可贵"。② 他甚至臆断，只有在科学支配了爱与美的基础上，世界才会更加有秩序，人生才会更有价值。陈独秀站在马克思主义唯物论基础上，从经济基础决定上层建筑这一角度阐释了张君劢文中所列举的起于直觉的、主观的、综合的、自由意志的九项人生观，强调这九项人生观"都为种种不同客观的因果所支配，而社会科学可一一加以分析的论理的说明"。③ 此外，林宰平、菊农、张东荪等人站在与张君劢同样的立场上加入论战，反对在人生观问题上过分强调科学的功效，形成了对张君劢人生观认识的有力支援。然而，与科学派相较，玄学派因受新时代知识结构的影响必然处在一个劣势的地位，更多的论者，如王星拱、任鸿隽、吴稚晖等人纷纷加入论战，壮大了科学派的队伍。这其中颇具影响力的是吴稚晖，他倡导一种新信仰的宇宙观及人生观，即不同于"虔诚城隍拜土地"的宗教式旧信仰的新信仰，否认"上帝说"、"灵魂说"的宇宙观，以及以科学知识为基础的具体的人生观信仰。

可以说，在近代驳杂的文化空间里，作为西方舶来物的科学自引介以来便承受着不同程度的质疑声音，如何妥善地处理科学在近世话语空

---

① 梁启超：《人生观与科学》，见《科学与人生观》，山东人民出版社 1997 年版，第 139—142 页。

② 唐钺：《一个痴人的梦》，见《科学与人生观》，山东人民出版社 1997 年版，第 270 页。

③ 陈独秀：《〈科学人生观〉序》，山东人民出版社 1997 年版，第 4—5 页。

间中的地位，便成了传统知识分子与先进知识分子之间诘难与斗争的话题之一。虽然这场论战不能以谁对谁错加以直接判定，然而科学的宝贵之处不仅在于对真理求实尚新的追求，它更能以合理的方法、清晰的思路来解释许多生活事实，并能把各种现象以简洁的方式描绘清楚。换言之，科学的出现不仅解释了自然界中的神秘现象与秩序规律，其归纳试验的科学方法与求真务实的科学态度也同样适应于人类社会的发展演进，更能以在场的身份指导民众日常生活的合理运作与展开，这也是一种理性的人文信仰在繁杂生活图景中的具体表现。

## 第三节　信仰沦落与精神物语的纠结

### 一、"灵魂救国"——《灵学丛志》与《新青年》的对战

科学主义的盛行与理性主义的张扬是现代性的重要表征之一。五四时期倡导民主与科学的结果，使得科学主义至上。然而，从某种程度上来说，这往往又会造成科学与科学主义超越它的理性限度。尤其在民众的信仰层面上，当其成为唯一的衡量尺度与检验手段后，科学也就变成了一种判断是非的宗教。另一方面，灵魂不灭、鼓吹有神论等涉及祭悼信仰的内容在五四知识界占据很重要的地位，甚至当时的报刊都成为宣传它的重要媒介。当鬼神祭悼信仰被有组织地加以宣传利用，成为一种近似"科学"的态度与验证方法时，各种"坛"、"会"、"志"等鼓吹的"灵学"主张便纷纷出现，并践行"考验鬼神之真理，阐究造化之玄妙"的"科学"努力。①

面对神灵鬼怪等祭悼对象，他们有着清晰的"科学"认识。有人

———————

① 俞复：《答吴稚晖书》，《灵学丛志》第1卷第1期。

说："人死为鬼，鬼有形有质，虽非人目之所能见，而禽兽则能见之。"[1] 有人说，鬼的元素有三种："生人之余气"、"物质的变体"、"心理的余响"。[2] 有人说，"其实人与鬼，乃阴阳二气之所在，禀阴气者谓之鬼。"[3] 有人说："灵魂之消长，其根据虽不离肉体"，但"以道德的精神为唯一之元素"。[4] 在现在看来这些论断都是荒诞无稽之说，但在五四思想界却是一股不可忽视的势力。一部分知识者关注普通民众的传统祭悼信仰，不管是面对糟粕还是精华，他们决绝地眷恋着，背后始终烙印着为传统文化而努力的痕迹。这其中最具代表性的便是灵学思潮的出现。该思潮的代表人物能够以虔诚的心态迷信灵魂祭悼，并用科学话语来解释灵魂的存在及其作用，试图将这种祭悼信仰纳入到当时的科学主义旗帜下。同时，在内外交困的时局下，他们又标榜"灵魂救国"等政治口号，成为五四新文化运动除了孔教思潮而不得不面对的另一种精神信仰的存在。他们在文学与文化界的主要阵地是《灵学丛志》与《灵学要志》。

1917 年，中华书局俞复、陆费逵等桐城派文人在上海创立了灵学会，并于次年创刊《灵学丛志》。该会大肆渲染灵魂迷信内容，对祭悼鬼神之说极力赋予科学解释，并于短时间内，在各省、市、县建立了几十个分会，大有席卷全国的声势，这也足见当时国人精神信仰中的祭悼迷信成分有多大。而且，当时很多名流大家也都对灵学会所宣讲的内容予以充分认可，公开支持该会的活动。如时任大总统的黎元洪阅读《灵学丛志》后，为其题词曰"暗室灵灯"。学者严复也致函俞复，认

---

① 丁福保：《我理想中之鬼说》，《灵学丛志》第 1 卷第 1 期。
② 《灵学要志》第 1 卷第 3 期。
③ 《灵学要志》第 1 卷第 9 期。
④ 《灵学要志》第 1 卷第 11 期。

为他以"先觉之姿",发起灵学会组织,是"令人景仰无已"的事情。① 那么这种神灵祭悼思想受到追捧的原因又是什么呢? 除了国人内心中的传统因子沉淀外,最明显的因素就是这种迷信信仰被"科学"思想进行了人为包装,使其产生了现代性的明显特征:第一,进化论原理成为阐释灵魂祭悼的最合理手段。如伍廷芳屡屡举办各种形式的讲座,吸引了大量人来听。他套用当时流行的进化论理论指出"天地之初,人之魂是上帝分下来,先成为草木,由草木之魂而为小生物,复小生物而成禽兽,由禽兽之魂而成野人",野人即"今日非洲未开化之人民,其性只知色争斗,与禽兽无异,死后其魂,再入更进化之人身"。② 这种说法显然是遵循了达尔文生物进化论的理论,将灵魂信仰赋予了科学阐释,并号召信徒们能以虔诚的心态祭悼灵魂。第二,针对旧道德沦丧、新道德尚未建立,灵学会妄图以神灵信仰大行拯救人心沦落之举。《灵学丛志》创刊时就指出,"道德沦丧,学问衰颓,至今日而极矣",认为,"殊不知灵魂之高下,视其人格之高下。""生无所修,而欲死有所伸,是缘木求鱼也。"所以要求"世人君子,其亦有志于斯"③ 者,以灵魂祭悼作为文化基点,投身于社会道德秩序的重构当中。因为"盖灵学丛志考验鬼神之真理,阐究造化之玄妙,而灵学要志则以救世道人心为要义"④,可以说,灵学思潮所凸显的现代使命非常明显。第三,面对国家的生死存亡,灵魂祭悼者提出"鬼神救国"的说法,弘扬的是"鬼神之说不张,国家之命遂促"⑤ 的时代命题。只有相信鬼神祭悼,才会成为"维乎世道人心者,无微不至,无如德礼"。⑥

---

① 严复:《严几道先生书》,《灵学丛志》第 1 卷第 2 期。

② 《伍博士演讲通神学》,《申报》1920 年 11 月 12 日。

③ 陆费逵:《灵学丛志缘起》,《灵学丛志》第 1 卷第 1 期。

④ 《灵学要志缘起》,《灵学要志》第 1 卷第 1 期。

⑤ 俞复:《答吴稚晖书》,《灵学丛志》第 1 卷第 1 期。

⑥ 《灵学要志刘序》,《灵学要志》第 2 卷第 4 期。

上述灵学会的主张虽然在国难面前有着笼络人心的作用，但与现代化步伐相比较，却具有明显的时代落后特征。因此，以民主科学为宗旨的五四旗手们以《新青年》为阵地，以无神论、唯物论等理论为依托，严肃批判了以灵学会为主导的这股灵魂祭悼的时代逆流。如1918年5月至次年4月的《新青年》，就发表了陈独秀、鲁迅、陈大齐、刘文典、钱玄同、刘半农等人多篇驳斥灵魂祭悼与鬼神崇拜说的文章。如陈独秀的《有鬼论质疑》中说："不能以科学解释之鬼神问题，未感轻断其有无"。所以他假设有鬼存在，提出八点"敢问"，用进化与实证的科学主义直接驳斥了鬼神祭拜信仰的虚无。① 在随后的《偶像破坏论》中，他尖锐指出民众所祭拜的偶像的虚假性，认为"此等虚伪的偶像倘不破坏，宇宙间实在的真理和吾人心坎儿里彻底的信仰永远不能合一"。② 陈大齐在《辟"灵学"》一文中，以心理学中的朴素唯物论观点和关于意识与无意识的理论，对灵学中的灵魂祭悼与信仰的迷信成分予以深刻的揭露和批判，指出灵学会思想中的愚民之举。他说，"要而言之，若扶者故作乩书，用以惑人，是有意作伪，是奸民也，无意作伪，是愚民也。"所以他奉劝灵学会诸君要"稍加反省"，"不再鼓吹邪说，以蛊惑青年，不再摧残科学，以种亡国之根。"③ 刘半农也在同一刊号中发表《辟〈灵学丛志〉》一文，义愤填膺地指出，俞、陆二人所发表的宣扬灵魂观念的文章"使知识浅薄之青年见之，其遗毒如何？如更使外人调查中国事情者见之，其对于中国教育，及中国人之人格所下之评判又如何"？④ 他的这种痛斥在当时文化界中引起了强烈反响，以至于1934年在他不幸去世后，钱玄同在给他的挽联中还提及这篇文

---

① 陈独秀：《有鬼论质疑》，《新青年》第4卷第5号。
② 陈独秀：《偶像破坏论》，《新青年》第5卷第2号。
③ 陈大齐：《辟"灵学"》，《新青年》第4卷第5号。
④ 刘半农：《辟〈灵学丛志〉》，《新青年》第4卷第5号。

章带来的影响，挽联中所说的"痛诋乩坛"①，即是指此，随后，鲁迅也在《新青年》上以笔名唐俟发表文章，用极具反讽意味的例子，充分论证了灵学会灵魂祭悼的伪科学性。他指出，"其中最巧妙的是捣乱。先把科学东扯西拉，搀进鬼话，弄得是非不明，连科学也带了妖气。"他还痛斥了当时灵学会所带来的社会负面影响，认为"现在儒道诸公，却径把历史上一味捣鬼不治人事的恶果，都移到科学身上，也不问什么叫道德，怎样是科学，只是信口开河，造谣生事；使国人格外惑乱，社会上罩满了妖气"。② 此外，面对社会上这股鬼神信仰的歪风邪气，胡适在他母亲的丧事中也写了一篇题为《不朽——我的宗教》的文章。他从灵魂不朽与"三不朽说"两个方面，以科学的精神与实证的态度，阐释了"不朽"的意义与价值，并在娓娓的叙事中时刻闪耀着祭悼情怀与不朽精神二者之间的契合。他认为，灵魂是一种神秘玄妙的事物，"自然不能用科学试验来证明他，也不能用科学试验来驳倒他"，所以，"只好用实验主义的方法，看这种学说的实际效果如何，以为评判的标准"。基于此，胡适认为"灵魂灭不灭的问题，于人生行为实在没有什么重大影响"。而对于立德、立功、立言的三不朽说，胡适认为无论是孔教会的祭拜孔子，以求"在天之灵"，或是袁世凯"朝山进香"，开展祭孔大典，这些行为背后其实是孔丘的"人格与教训"。所以，"这三种不朽可不是比灵魂的不灭更靠得住。"③ 这可以说是胡适

---

① 1934年刘半农在内蒙古一带考察方言时，不幸感染"回归热病"溘然辞世。好友钱玄同含泪写下挽联，因挽联比较长，为论述需要，只选取上联："当编辑《新青年》时，全仗带情感的笔锋，推翻那陈腐文章，昏乱思想，曾仿江阴'四句头山歌'，创造活泼清新的《扬鞭》、《瓦釜》。回溯在文学旗下，勋绩弘多；更于世道有劲，是痛诋乩坛，严斥'脸谱'。"参见刘磊、方玉萍：《祭往——挽联中的近代名人》，中国长安出版社2006年版，第233—234页。

② 鲁迅：《随感录三十三》，《新青年》第5卷第4号。署名唐俟。

③ 胡适：《不朽——我的宗教》，《新青年》第6卷第2号。

对灵魂信仰进行的一种揭秘工作，以精神不朽的科学性取代灵魂祭悼信仰的虚无性。

### 二、管中窥豹——挽联中的文化"祭"语

挽联是集体或个人哀悼逝者，治丧和祭祀时专用的对联。挽联不仅寄托了生者对死者的哀伤与悲悼之情，同时还用精练的文字勾勒出逝者的生平业绩与人格魅力，以及他的死亡对后人所产生的影响与价值等。这种文体虽然出现很早，但真正盛行却是在新旧文化交替的近代。当贵族特权逐渐消亡，民众自我意识逐渐凸显的时候，葬礼上送挽联也从权贵而及平民，尤其是在文化名人的葬礼上送挽联，成了祭悼礼仪的时尚之举。而且，在变动的时局下，挽联本身除了传达伤感哀情外，更能解读出文字背后的政治取向与文化立场。

挽联呈现逝者生平业绩极具概括力，鲜明地表现出了逝者个性、撰者个性以及创作个性。1929 年 1 月 19 日，正值壮年的梁启超因过度劳累溘然长逝。消息传出后，社会各界痛惜不已，北京、上海两地同时举办追悼会，各方要人几乎都出席并送挽联致哀。章太炎挽联曰："进退上下，式跃在渊，以师长责言，匡复深心姑屈己；恢诡谲怪，道通为一，逮枭雄僭制，共和再造赖斯人。"上联直言梁启超跌宕起伏的政治命运恰如临渊而跃般艰难，其与"师长"康有为之间的恩怨也颇为"委屈"，这里章太炎显然是站在梁启超一边的。下联中"枭雄"指袁世凯，袁世凯复辟称帝后，梁启超积极策划护国运动，故章太炎将"共和再造"之功归于梁启超，这虽然有拔高之嫌，但梁启超维护共和的努力不容忽视。蔡元培在撰写的挽联中同样有这样的认识，指出梁启超在维护共和与宣传西方文化方面的重要作用，"保障共和，应与松坡同不朽；宣传欧化，不因南海让当仁。"上联中"松坡"是蔡锷的字，赞扬了梁启超在护国运动中的贡献；下联中"南海"指康有为，说明

了梁启超在引进西学、宣传进步思想方面的贡献。此外，梁启超为新民救国而掀起的文界革命同样受到了文化学者的推崇，胡适在日记中曾这样评价他说："任公才高而不得有系统的训练，好学而不得良师益友，入世太早，成名太速，自任太多，故他的影响甚大而自身的成就甚微。近几日我追想他一生著作最可传世不朽者何在，颇难指一篇一书。后来我的结论是他的《新民说》可以算是他一生的最大贡献。"所以，梁启超逝世当天，胡适从上海抵达北京，虽未见到最后一面，但撰写的挽联中却说梁启超"文字收工神州革命；生平自许中国新民"。足见胡适对梁启超倡导"新民说"与"文界革命"等文化努力的推崇。而杨杏佛呈送挽联曰："文开白话先河，自有勋劳垂学史；政似青苗一派，终怜凭借误英雄。"这里面赞誉了梁启超以新文体开白话文创作先河的历史功绩，虽有拔高之嫌，但可窥见其所产生的时代意义。下联将梁启超的改革之举与王安石实施的"青苗法"作比，凸显了梁启超作为政治改革家的身份。而时任《申报》副刊《自由谈》与《小说月报》主编的王蕴章在挽联中高度赞誉了梁启超在思想革命与文化革命上所做的努力："思想随时代而变，一瞑更何之，平生自任仔肩，政绩仅追刘正字；文章得风气之先，百身嗟莫赎，少日酬知宣室，声名突过贾长沙。"上联赞誉梁启超思想变化的时代性，下联将梁启超与贾谊作比，凸显他的文章才气。

　　挽联以悲情美见长，这是挽联最主要的审美特征。面对生命的消逝，撰者需要忍受精神的历练与情感的折磨，无限的悲伤在撰文时化作缕缕思念，成为任人追忆的审美感情。挽联不仅痛诉个体哀情，还可以传达自我浩然志气，秋瑾的挽母长联便是这种类型的代表。上联为："树欲宁而风不静，子欲养而亲不待，奉母百年岂足？哀哉数朝卧病，何意撒手竟长逝？只享春秋六二。"下联为："爱我国矣志未酬，育我身矣恩未报，愧儿七尺微躯！幸也他日流芳，应是慈容无再见，难寻瑶岛三千。"很明显，上联流露出秋瑾对母亲的悼念之情，报恩不得的痛苦溢于言表；下联则是自我意愿的表达，愿以"七尺微躯"实现报国志愿。报恩与报国完全统一在此联中。同样，面对"三一八"惨案死去的学生刘和珍与杨德群，周作人在悲愤中撰联："死了倒也罢了，若不想到二位有老母倚闾，亲朋盼信；活着又怎么着，无非多经几番的枪声震耳，弹雨淋头。"亦在对烈士的追悼中糅入孝与忠的哀叹。此外，挽联还可以表达时代的愤怒与集体的呼声，在五四运动高呼"外争国权，内惩国贼"的游行队伍中，学生打出一副挽联曰："卖国求荣，早知曹瞒遗种碑无字；倾心媚外，不期章谆余孽死有头。"下署"学界泪挽遗臭万古卖国贼曹汝霖章宗祥陆宗舆"。挽联中将卖国贼与历史上的"奸雄"曹操和奸臣章惇进行跨时代对比，曹汝霖与曹操同姓，成了"遗种"的身份认定；而章宗祥也成为北宋时期有"谋权辱国"之称的章惇的"余孽"。可以说，此副挽联讽刺意味极为明显，彰显了群众高涨的怒火。

不仅古代文化的沉淀对近代挽联的撰写有重要价值，西方文化的传播也同样促进了近代挽联在内容上的翻新。黄遵宪逝世后一则挽联为："星轺英荡，经历三万里风波，中学蕴根源，若徒夸娇娇使才，犹为皮相；日本史书，包括五大洲形势，苦心卫华夏，莫轻听悠悠物论，冤此尸臣。"下联提到的"日本史书"是指黄遵宪所撰写的《日本国志》，全书包括国统志、邻交志、天文志、地理志、兵志、刑法志、学术志、礼俗志、工艺志等十二志，详细论述了日本变革的经过及其得失利弊，并对中国政治、经济、文化、军事、教育等各方面提出了改革的主张。甲午战后，这部书在当时社会各界广为流传，为变法求新的维新人士提供了可供参照的范本。小说家曾朴去世后，曾任开明书店编辑、北新书局总编辑的赵景深以法国作家福楼拜与其作比，挽联曰："福楼拜，曹雪芹，肉灵一致鲁男子；傅彩云，李纯客，文采斐然孽海花。"之所以将中西文豪作比，是因为曾朴生前精通法文，翻译了大量法国文学作品，雨果的《巴黎圣母院》等都是由他最早介绍到中国来的。袁世凯死后，革命党人送挽联讥笑他为："刺遽初而遽初死，醉智庵而智庵死，最后杀爕丞，而爕丞又死，死者长已亦，阴府三曹谁折狱？使朝鲜则朝鲜亡，臣满清则满清亡，及身帝洪宪，则洪宪亦亡，亡之命也夫，轻舟两岸不啼猿！"很明显，下联讽刺袁世凯的事情便是当时日本出兵朝鲜，他出使朝鲜未能挽回颓败局势的政事。此外，将逝者媲美异国英雄的亦不时出现。如护国英雄蔡锷病逝后，时人所撰挽联中就有这样一则："值群飞海水之秋，创虎斗龙争奇局，史例有先声，同米邦林肯、佛国罗兰，万世留名，惠灵顿推翻怪杰；当百战功成而后，作十洲三岛间游，促人何太急，与黄君克强、宋公渔父，一时并逝，贾太傅竟夭天年。"这里面就将蔡锷的历史功绩与西方伟人林肯、罗曼·罗兰、惠灵顿等人加以对比，凸显出蔡锷的时代意义。

### 三、捐躯殒命——殉道者文化信仰的坚守

近代文化变局中，大刀阔斧的破旧立新深深伤害了守旧文人原本破碎的心，于是他们捐躯殒命，在个体生命毁灭与个体精神解脱的抉择中，自动选择了赴死以求殉道的生命之路。这其中最具代表性的是梁巨川与王国维两位文化名人，前者消陨于呼声高涨的新文化运动洪流中，后者赴死在轰轰烈烈的大革命当中，二人以死殉道，不仅是他们精神危机的呈现，也是对文化信仰的坚守。

1918年11月10日，梁巨川带着忧伤、焦虑以及一身的疲惫自沉北京积水潭。他在自杀前所写的遗书中说："吾因身值清朝之末，故云殉清。其实非以清朝为本位，而以幼年所学为本位。吾国数千年，先圣之诗礼纲常，吾家先祖先父先母之遗传与教训，幼年所闻，以对于世道有责任为主义。此主义深印于吾脑中，即以此主义为本位，故不容不殉。"①

① 梁巨川：《敬告世人书》，转引自《独秀文存》，安徽人民出版社1987年版，第247页。

不难看出，梁巨川的死，殉清是一种借口，殉儒家之道才是自杀的最终原因。殉清不是反对共和制度，而是对世风日下、儒道沦陷的不忍再睹。虽然清政府灭亡后，政局制度有趋新之举，然而道德伦理却衰败不堪。此外，时局大变动引发了全国各地的军阀连年征战，传统士大夫心中的大一统局面成了遥不可及的梦想。更有甚者，对这些文化保守者来说，即使当时处在时代浪尖上的新文化启蒙运动，在实质意义上也并没给知识界带来更多的希望。所以，脆弱的文人之心难以承受时代巨变所带来的种种冲击，更无法达到内心中那期期相望的理想彼岸，而将生命献祭于消逝的儒道便成为陷入彷徨苦闷中的梁巨川最终的选择。

对儒道虔诚的信仰与践行是在遗书中说："今人为新说所震，丧失自己权威。自光、宣之末，新说谓敬君恋主为奴性，一般吃奉禄者靡然从之，忘其自己生平主意。苟平心以思，人各有尊信待循之学说。彼新说持自治无须君治之理，推翻专制，屏斥奴性，自是一说。我旧说以忠孝节义范束全国之人心，一切法度纪纲，经数千年圣哲所创垂，岂竟毫无可贵？"① 可以说，他只是想用自己的死证明自己殉清寻道的文人志气，想以旧道德之义唤醒沦落的人心，为堕落的社会注上一支绵薄的助推剂。对于这一点，陈独秀当时撰文祭悼说："……梁先生自杀，总算是为救济社会而牺牲自己的生命，在旧历史上真是有数人物。新时代的人物，虽不必学他的自杀方法，也必须有他这样真诚纯洁的精神，才能够救济社会上种种黑暗堕落。"② 可见，陈独秀虽不认可梁巨川坚守的思想，然而却高度赞扬他"真诚纯洁的精神"。

梁巨川自沉殒命9年后，国学大师王国维亦追随其脚步于1927年投湖自尽，结束了华丽而痛苦的一生。事后，人们在他的湿衣口袋中发

---

① 梁巨川：《敬告世人书》，转引自《独秀文存》，安徽人民出版社1987年版，第247页。
② 陈独秀：《对于梁巨川先生自杀之感想》，见《独秀文存》，安徽人民出版社1987年版，第248页。

现这样的遗嘱："五十之年，只欠一死，经此世变，义无再辱。"① 这也是王国维在徘徊纠结后选择轻生，留给后人的说不清道不明的唯一理由。所以，后来学者纷纷从不同方面来揣测王国维的死因，妄图还原一个死因真相。在各学者撰写的祭文、悼词与挽联中，各种声音相互交杂融合，而其中较具说服力的是"殉清"说与"殉道"说。与王国维关系密切的罗振玉持"殉清"说，他在挽联中写道："至诚格天，遘数百载所无旷典；孤忠盖代，系三千年垂绝纲常。"罗振玉还以王国维的名义假拟了一封遗折，陈述他眷恋幼主，以身殉清的情感经历。溥仪因此颁发谕旨，加恩予谥"忠悫"。事实上，王国维也的确一直以前清遗老自居，溥仪对他有知遇之恩——王国维没有功名在身，但以布衣身份被溥仪批准南书院行走，带有政治倾向自然难免。清政府灭亡后，他一直拖着长辫子在公众场合露面，并出任南书房行走一职，其著作与书信中对清室均以"我朝"、"本朝"、"国朝"相称。1924 年，冯玉祥将溥仪驱逐出宫，王国维还与罗振玉等相商投金水河殉清，因家人相阻而未果。正是有这样共同的"遗老"情结，罗振玉认为王国维的死是"殉清"。王国维在清华大学的同事吴宓也持"殉清"说，他在日记中写道，"先生忠事清室，宓之身世境遇不同，然宓固愿以维持中国文化道德礼教之精神为己任者，今敢誓于王先生之灵，他年尚不能实行所志……或为中国文化道德礼教之敌所逼迫，义不苟全者，则必当效王先生之行事，从容就死，惟王先生实冥鉴之。"② 所以他的挽联为："离宫犹是前朝，主辱臣忧，汨罗异代沉屈子；浩劫正逢此日，人亡国瘁，海宇同声哭郑君。"③ 上联将王国维比作投江以殉楚国的屈原，其相似的

---

① 周作人：《王静庵君投湖的文件》，见钟叔河编订：《周作人散文全集5》，广西师范大学出版社 2009 年版，第 245 页。

② 《吴宓日记》，生活·读书·新知三联书店 1998 年版，第 346 页。

③ 《吴宓日记》，生活·读书·新知三联书店 1998 年版，第 347 页。

政治感悟与自杀方式正是吴宓猜测王国维死亡原因的出发点。鲁迅在《谈所谓"大内档案"》一文中也有"独有王国维已经在水里将遗老生活结束"①的论断,将王国维框定为晚清遗老的身份。

然而在陈寅恪看来,王国维的"殉清"并不是自杀的主因。他更坚信王国维乃是"殉道",是传统文化的衰落与断裂让他陷入难以自拔的悲观绝望中,促使他舍身取道、赴死明义。所以,他在为王国维撰写的祭悼碑文《清华大学王观堂先生纪念碑铭》中说:"先生以一死见其独立自由之意志,非所论于一人之恩怨,一姓之兴亡。"②同时,陈寅恪在《王观堂先生挽词》中更进一步分析了王国维舍身取道的真相,他说:"凡一种文化值衰落之时,为此文化所化之人,必感苦痛。其表现此文化之程量愈宏,则其所受之苦痛亦愈甚。迨既达极深之度,殆非出于自杀无以求一己之安心而义尽也。……今日之赤县神州,值数千年未有巨劫奇变。劫竟变穷,则此文化精神所凝聚之人,安得不与之共命而同尽,此观堂先生所以不得不死,遂为天下后世所极哀而深惜者也!"③这是陈寅恪从文化角度分析王国维投湖自杀的原因,文化的衰落与变质破碎了王国维那颗固守传统文化根基的苦痛之心,选择自杀无非是为了求得心理上的安慰。所以,他随后在挽联中写道:"十七年家国久魂销,犹余剩水残山,留与纍臣供一死;五千卷牙签新手触,待检玄文奇字,谬承遗命倍伤神。"上联中"纍臣"指屈原,陈寅恪将此二人作比,意在凸显出王国维高尚的道义;下联"牙签"指用象牙做的图书标签,代指古籍,"谬承遗命"指王国维在遗书中让陈寅恪、吴宓

① 鲁迅:《谈所谓"大内档案"》,见《鲁迅全集》第3卷,人民文学出版社2005年版,第585页。

② 陈寅恪:《清华大学王观堂先生纪念碑铭》,转引自罗继祖主编:《王国维之死》,广东教育出版社1999年版,第56页。

③ 陈寅恪:《王观堂先生挽词》,转引自罗继祖主编:《王国维之死》,广东教育出版社1999年版,第42页。

整理其留下的书籍。此外，梁启超在《王静庵先生墓前悼辞》中高度评价了王国维的学术地位以及对当时研究者的影响。在论及王国维自杀原因时，梁启超认为，"伯夷叔齐的志气，就是王静安先生的志气！违心苟活，比自杀还更苦；一死明志，较偷生还更乐。"所以，王国维的自杀"完全代表中国学者'不降其志，不辱其身'的精神"。[1] 他在挽联中说，"其学以通方知类为宗，不仅奇字译鞮，创通龟契；一死明行已有耻之义，莫将凡情恩怨，猜拟鹓雏。"这不仅点明了王国维对中国甲骨文的贡献，更通过王国维的学术建树赞誉了他对中国传统文化刻骨铭心的眷恋。周作人则说："王君以头脑清晰的学者而去做遗老弄经学，结果是思想的冲突与精神的苦闷，这或者是自杀——至少也是悲观的主因。"因而他告诫时局下的诸学者："治学术艺文者须一依自己的本性，坚持勇往，勿涉及政治的意见而改其趋向，终成为二重的生活，身心分裂，趋于毁灭，是为至要也。"[2] 在这里，"思想的冲突与精神的苦闷"成了王国维难以跨越的心理障碍。

中国传统文化中屡有捐躯殒命的末路英雄，更不乏诸多赴死取道的文化义士，这是儒家"舍生取义"道义观的体现，更是检验生命价值与人格魅力的最高标准。所以，在近代激进变动的文化格局中，儒道浸染下的传统文化人在新文化的冲击下难免不会形成一种集体性的绝望情愫，又在这种绝望中主动选择了消隐生命的方式做最后的抗争。梁巨川如此，王国维亦如此，他们以死殉道，无不彰显着传统文化人的儒道眷恋与信仰坚守。

---

① 梁启超：《王静庵先生墓前悼辞》，见陈平原、王凤编著：《追忆王国维》，生活·读书·新知三联书店 2009 年版，第 84 页。

② 周作人：《王静庵君之死》，见钟叔河编订：《周作人散文全集 5》，广西师范大学出版社 2009 年版，第 232—233 页。

## 第四节　鲁迅的祭悼观及其文学创作

鲁迅写作背后的精神因子一直是学术界愿意挖掘的重要内容。从文化视角来看，在政教统一、民众信仰、社会心理等因素共同参与下形成的中国祭悼文化的种种表象，与鲁迅的思想倾向和写作姿态叠加在一起，形成了一个深深根植于"文学"与"民俗"的寓意丰富的作品世界，而这恰恰为我们提供了一个发掘鲁迅文学创作表征与价值的巨大可能性。

### 一、祭悼文化与鲁迅文学创作研究的可能性

民众浸淫其中的礼俗文化离不开祭悼文化的构建，而作为人学的文学，其创作所关注的日常礼俗生活必然离不开祭悼文化的浸染。换言之，从巫祝文化发展到礼乐文化，神灵祭祀与死亡悼念的祭悼文化促发并繁荣了文学创作。所以，刘师培在《文学出于巫祝之官》中说："古代文辞，恒施祈祀，故巫祝之职，文辞特工……欲考文章流别者，曷溯源于清庙之守乎？"而且，"韵语之文，虽非一体，综其大要，恒有祀礼而生。"[1] 对此，鲁迅也指出："连属文字，亦谓之文。而其兴盛，盖亦由巫术使乎。巫以记神事，更进，则史以纪人事也，然尚以上告于天。"[2] 不难发现，在"想象"这一人类特有的思维作用下，神秘的祭悼文化提供了产生神话、传奇和传说等文学内容的良好温床，并对后世文学影响深远。至此，我们更应作出这样的反思：祭悼与文学二者之间

---

[1]　刘师培：《文学出于巫祝之官》，见郭绍虞、罗根泽编：《中国近代文论选》，人民文学出版社 1959 年版，第 583 页。

[2]　鲁迅：《汉文学史纲要》，见《鲁迅全集》第 9 卷，人民文学出版社 2005 年版，第 355 页。

关系以什么方式存在？为什么会以这种方式存在？其存在的广度与深度又是怎样的？如果将以上思考融入现代作家鲁迅身上，我们不免会发出这样的追问：在现代时空视域下，鲁迅作为五四新文化运动的旗手，传统祭悼文化又与他的文学创作发生着怎样的联系呢？

　　作为一种外在的行为规范与内在的精神信仰，祭悼文化深深地影响了鲁迅的文学创作。首先表现在鲁迅对"鬼魂"的主观认识：鲁迅在临终前写的散文《死》中说，"我们中国人是相信有鬼（近时或谓之'灵魂'）的，既有鬼，则死掉之后，虽然已不是人，却还不失为鬼，总还不算是一无所有。"① 可见鲁迅并不排斥鬼神信仰，人死之后由人向鬼的身份转换也正是鬼存在的价值所在，因为这"不算是一无所有"。而且，这种鬼魂认识也是他在文学创作中涉及较多的内容之一，形成了他对现实生活中不幸人生命运与历史长河中民族生存危机及文化图景进行理性描写和评价的核心之一。正因如此，考察鲁迅的故乡绍兴以及周氏家族的"灵魂"信仰问题对研究祭悼文化与鲁迅文学创作二者之间关系尤为重要。鲁迅小说《祝福》中有柳妈诡秘地向祥林嫂解释两个死鬼男人会在阴间争夺她的身体这一情节，从中我们不难发现，在一般民众心中，人的"灵魂"存在有两种不同的场域：一是在"阳间"寄存并支配人的身体；二是在"阴间"离开肉体以"鬼"的形式出现，而"阴间"的"鬼"的生活方式与投胎转世从来都是中国人的头等大事。所以，钱穆说，中国人"人生最大的问题，其实并不在生的问题，而实是'死'的问题"。② 鲁迅胞弟周作人在比较中日祭悼文化差异时也有这样的认识，"我觉得中国民众的感情与思想集中于鬼，

---

① 鲁迅：《死》，见《鲁迅全集》第6卷，人民文学出版社2005年版，第632页。
② 钱穆：《孔子与心教》，见《钱宾四先生全集》第46册，台湾联经出版公司1994年版，第27页。

日本则集中于神，故欲了解中国须得研究礼俗，了解日本须得研究宗教。"① 因此，鲁迅的《社戏》、《二十四孝图》、《阿长与山海经》、《我的第一个师父》、《五猖会》、《无常》、《牺牲谟》、《女吊》，周作人的《故乡的野菜》、《关于扫墓》、《上坟船》、《关于祭神迎会》、《祖先崇拜》、《两条祭规》、《唁辞》等深受故乡绍兴及家族祭悼文化影响的作品，便成为研究中国国民性的绝佳样本。

人死之后并不是简单地成为"鬼"，更为关键的是"鬼"要在"阴间"生活，并且有着贫与富的差异，而子孙从"阳间"供奉的诸如衣物、食品、纸钱等物品，决定了阴间祖先的贫富。没有子嗣就不能获得祭悼，就会成为孤魂野鬼而在"阴间"游荡。周作人在《乡村与道教思想》中说过一个例子，"《新生活》二十八期的《一个可怜的老头子》里，老人做了苦工养活他的不孝的儿子，他的理由是'倘若逐了他出去，将来我死的时候，那个烧钱纸给我呢？'"② 所以，与其说子嗣问题牵涉死后的祭悼，倒不如说死后祭悼决定了生者的生活观。对此，鲁迅也说，"中国人有一种矛盾思想，即是：要子孙生存，而自己也想活得长久，永远不死；及至知道没法可想，非死不可了，却希望自己的尸身永远不腐烂。"③ 这固然有长生不老的意味，但更主要的是"子孙不死"，祖先才可以享受后代源源不断的供奉。

正因为子孙祭悼如此重要，周氏家族非常重视"祠祭"活动。绍兴当地春、秋两季举行的祭天、祭祖可以算是当时最隆重的活动。按照周氏族规，男子到了 16 岁即被看作成年，需要参加每年春、秋"祠

---

① 周作人：《乡土研究与民艺》，见钟叔河编订：《周作人散文全集9》，广西师范大学出版社2009年版，第221—222页。
② 周作人：《乡村与道教思想》，见钟叔河编订：《周作人散文全集4》，广西师范大学出版社2009年版，第727页。
③ 鲁迅：《老调子已经唱完》，见《鲁迅全集》第7卷，人民文学出版社2005年版，第321页。

祭"。此外，还要定期到墓地参加诸如拜岁头、拜岁尾、送寒衣等祭悼活动，满足阴阳两界的情感交流，实现各自生存逻辑的合理运行。日本学者丸尾长喜曾对参加"祠祭"的人员作出这样的归纳，"从职业来看，有官绅、胥吏、幕僚、衙役、地保、刽子手、工艺者、艺人、穷秀才、老童生，甚至乞丐、小偷，五花八门，形形色色。"① 然而，我们会细心地发现，按照鲁迅"杂取种种人合成一个"这种塑造典型人物化的基本原则，这些参加祭悼的活生生的人或多或少地成了鲁迅小说中的人物原型，如《阿Q正传》中的赵太爷、地保，《祝福》中的鲁四老爷、祥林嫂，《药》中的红眼阿义、刽子手康大叔，《白光》中的老童生陈士成等诸多形象。② 可以说，在现实与虚构相互交错的形象组合中，故乡"祠祭"经历为他提供了源源不断的可利用资源。

　　针对各种祭悼仪式，绍兴民间还盛行各种各样祭鬼颂神的戏曲，这也对鲁迅的文学创作产生了重要影响。有学者研究指出，绍兴盛行的三种类型祭祀演剧对鲁迅影响最深："一是在各神庙所祀诸神的诞生日等日子为谢神、娱神而演出的'庙会戏'；二是旨在超度祖灵与亡魂的'目连戏'；三是旨在镇抚给村镇带来灾祸与疫病的怨鬼的'大戏'。"③这些演剧算是鲁迅童年成长中巨大的精神财富，为他文学创作提供了源源不断的素材。如《社戏》中记录了他与童年伙伴观看祭祀土地神的"社戏"；《女吊》、《无常》中有对超度灵魂的"目连戏"的详细介绍；

---

① ［日］丸尾长喜：《"人"与"鬼"的纠葛——鲁迅小说论析》，秦弓译，人民文学出版社1995年版，第9—10页。

② 鲁迅作品中人物原型可参阅周作人的《鲁迅小说里的人物》（河北教育出版社2002年版）和《鲁迅的故家》（河北教育出版社2002年版）两本书。如阿Q原型是鲁迅家短工谢阿贵，狂人原型是鲁迅姨表弟阮文恒，陈士成原型是鲁迅叔祖周子京，闰土原型是章运水，祥林嫂原型是鲁迅家邻居"单妈妈"和"宝姑娘"，孔乙己原型是鲁迅邻居"孟夫子"等，这些人都是周氏家族祭悼活动的参与者，对鲁迅的文学创作影响深远。

③ ［日］丸尾长喜：《"人"与"鬼"的纠葛——鲁迅小说论析》，秦弓译，人民文学出版社1995年版，第26页。

《五猖会》记录了小时候看迎神赛会的温馨场面等。甚至鲁迅在少年时候还曾登台演过"鬼卒"，融入驱鬼戏中亲自体会了这种祭祀场面。这些演剧的内容或多或少地影响了鲁迅对死后世界的认知，尤其表现在日后的文学创作中，他始终将"地狱"作为黑暗现实的比照物，如他说："华夏大概并非地狱，然而'境由心造'，我眼前总充塞着重迭的黑云，其中有故鬼，新鬼，游魂，牛首阿旁，畜生，化生，大叫唤，无叫唤，使我不堪闻见。我装作无所闻见模样，以图欺骗自己，总算已从地狱中出离。"①

鲁迅的作品中还存在大量的与祭悼有关的意象。如阿Q住的土谷祠就是土地庙，供奉着"土地神"，而祥林嫂解决两个死鬼男人争身体的办法就是要到土地庙里"捐门槛"；魏连殳葬礼上分外扎眼的避忌用的"斜角纸"与送殡时戴用的"苎麻丝"等；假洋鬼子手中的"哭丧棒"也是祭悼专用之物，用以在下葬的路上驱除"游魂野鬼"；夏瑜坟上的花圈以及枯树上的乌鸦；甚至更有直接用以做标题的，如《墓碣文》、《无常》、《长明灯》等。这些意象构成了鲁迅文学创作深层意义的基石，在文本中彰显了特定含义。此外，鲁迅小说还多次描写了民众祭悼的场面，如《在酒楼上》借用吕纬甫之口讲述了他给三岁时死掉的兄弟迁坟的故事；《明天》中宝儿夭折后，单四嫂子悲痛地烧纸钱，烧四十九卷《大悲咒》，还雇脚夫抬棺木到义冢地上安放；《药》中写到两位母亲同时为儿子上坟，坟头摆放的是四碟菜、一碗饭，痛哭之后便是焚烧纸锭；《孤独者》中魏连殳祖母去世后，亲族聚议，要求他在丧葬仪式上必须遵照三条：一是穿白，二是跪拜，三是请和尚道士做法事。

当然，鲁迅的个人兴趣也成为他关注祭悼文化的内在推动力。这不

---

① 鲁迅：《"碰壁"之后》，见《鲁迅全集》第3卷，人民文学出版社2005年版，第72页。

仅限于文学创作，在文学理论与学术研究中他也发掘了祭悼文化的重要作用。如鲁迅在研究魏晋志怪小说时就充分注意到了鬼神祭悼观对当时文学理论及创作现状的影响。在他看来，"中国本来信鬼神的，而鬼神与人乃是隔离的。因欲人与鬼神交通，于是乎就要巫出来。巫到后来分为两派：一为方士，一仍为巫。巫多说鬼，方士多谈炼金求仙，秦汉以来，其风日盛，但六朝并没有熄，所以志怪之书特多。"① 同时，关注祭悼文化，又使得鲁迅在学术研究中形成了自己对文学创作发生问题的思考。比如在考察《离骚》与《诗经》不同之处时，鲁迅认为："《离骚》产地，与《诗》不同，彼有河渭，此则沅湘，彼惟朴樕，此则兰茞；又重巫，浩歌曼舞，足以乐神，盛造歌词，用于祭祀。《楚辞》中有《九歌》，谓'楚南郢之邑，沅湘之间，其俗信鬼而好祀……愁思怫郁，出见俗人祭祀之礼，歌舞之乐，其词鄙理，因为作《九歌》之曲'。而绮靡杳渺，虽曰'为作'，固当有本。俗歌俚句，非不可沾溉词人，句不拘于四言，圣不限于尧舜，概荆楚之常习，其所由来者远矣。"② 不难发现，鲁迅敏锐地揭示了文学发展特点与祭悼文化二者之间的紧密关系，具有开拓意义地从祭悼层面论证了《离骚》与《诗经》二者之间的差异。

## 二、鲁迅祭悼观的建构及其价值

绍兴的风俗文化深深影响了鲁迅的文学创作。所以，鲁迅给友人的书信中说："现在的文学也一样，有地方色彩的，到容易成为世界的，即为别国所注意。"③ 而将鲁迅的祭悼观单独提出，也正是基于鲁迅对

---

① 鲁迅：《六朝时之志怪与志人》，见《鲁迅全集》第 9 卷，人文民学出版社 2005 年版，第 317 页。
② 鲁迅：《屈原及宋玉》，见《鲁迅全集》第 9 卷，人民文学出版社 2005 年版，第 385 页。
③ 鲁迅：《致陈烟桥》，见《鲁迅全集》第 13 卷，人民文学出版社 2005 年版，第 81 页。

乡俗文化认识的基础上。在鲁迅缜密的思维体系中，一个独到而深刻的特点是他对祭悼文化进行了细致的社会心理挖掘与文学思考，这也是他异于同时代作家，成为文学大家的关键因素之一。但鲁迅这种祭悼观并不是学科专业上的科学的理论观念，而是以启蒙者的主体意识，以一种隐蔽与曲折的方式在文学创作上表达出来的。换句话说，鲁迅正是透过人们日常生活中的惯常行为将小说中的人物及其生存环境与传统祭悼文化紧密结合，在相互纠葛和交融中，将祭悼行为不断深入到对社会本质的理性追思与文化重建的深层结构中。

鲁迅的文化立场决定了他的祭悼观。他在《影的告别》中曾说，"然而黑暗又会吞并我，然而光明又会使我消失……然而我终于彷徨于明暗之间，我不知道是黄昏还是黎明。"① 这种复杂的心态也可看作鲁迅文化立场的最佳写照。因此，鲁迅的祭悼观也存在着两面性。毕竟，中国民众如此重视祭悼习俗，一方面它既有传统文化的积淀，又有深刻的现实历史内容，是民众精神寄托的一种表现形式；另一方面，其迷信成分与烦琐程序又是民众蒙昧与盲从的诱发因素。所以，如果极力强调鲁迅作为精英文化代表的角色意义，关注点往往会集中于知识分子的文化焦虑上，其结果将不自觉地忽略了民间文化与鲁迅写作的关系，其片面性显而易见。所以，"鲁迅的伟大之处在于，在全盘性反传统的情况下，他能辩证地指出中国文化传统中某些遗留成分具有知识和道德的价值。"② 而这也恰恰是鲁迅祭悼观的最好概括。

鲁迅最为关注的是祭悼文化与启蒙者之间的关系，并刻意赋予启蒙先驱一种牺牲的精神。启蒙就其实质而言是一种精英意识的文化传播，开民智、新民德，就需要改变被"多数"所习惯的旧有文化格局，启蒙者与被启蒙者实质上处在一种矛盾的张力之中，即为鲁迅笔下个体与

---

① 鲁迅：《影的告别》，见《鲁迅全集》第 2 卷，人民文学出版社 2005 年版，第 169 页。
② 林毓生：《中国意识的危机》，穆善培译，贵州人民出版社 1986 年版，第 230 页。

群体之间的文化冲突。无论是孤独者、复仇者，还是疯子或狂人，鲁迅都赋予他们一种牺牲精神，一种悲观的色调，因为他们"牺牲为群众祈福，祀了神道之后，群众就分了他的肉，散胙"。① 所以，悲愤情感需要释放，而祭悼文化便为鲁迅表达启蒙牺牲精神提供了一个言说无尽的书写氛围。毕竟，启蒙的过程也是生命献祭的过程，这种献祭精神又是鲁迅精神世界的核心内容之一，深深根植于鲁迅的心理结构中。所以，在鲁迅的小说当中，难免会笼罩着一层或隐或显的祭悼文化影子，先觉者总会孤独地"死"在被民众围观的祭台之上。

鲁迅关注祭悼文化，往往从民众的日常生活中，挖掘其仪式的普遍性与历史的继承性，具有明显的生活化特征。毕竟，下层民众从来都是通过祭悼来祈福避凶，寻求现实困境的解决之道。这在很大程度上影响了国民的价值观、伦理观、道德观、信仰观和风俗观，而这些内容恰恰都是塑造中国国民性的深层文化根源。而鲁迅始终将自己的文学活动作为民族再生的诱发点，书写的使命在于揭示国民性中的劣根性，并透过种种悲剧"引起疗救者的注意"。所以，鲁迅非常重视从民众日常生活中挖掘传统祭悼文化带来的生存危机与责难，能够让读者以一种"间离者"的身份冷静理性地思考祭悼文化在文本中的文学表现。恰如祥林嫂的死亡，表面上是鲁四老爷们造成的，然而深层根源却是四婶和柳妈对她参与祭祀仪式的拒绝与灵魂意识的输灌，这成为验证封建礼俗文化对民众个体精神奴役的最佳例子，同时也说明了祭悼文化与国民精神之间的关系是如此地密切。

如何面对先觉者的牺牲，这是摆在五四文人眼前的时代话题。对此，周作人曾说，"我们哀悼死者，并不一定是在体察他灭亡之苦痛与悲哀，实在多是引动追怀，痛切地发生今昔存殁之感。无论怎样地相信

---

① 鲁迅：《两地书·二二》，见《鲁迅全集》第 11 卷，人民文学出版社 2005 年版，第 76 页。

神灭，或是厌世，这种感伤恐终不易摆脱。"① 鲁迅亦有同样的认识："死者倘不埋在活人的心中，那就真真死掉了。"② 所以，在鲁迅为革命者、学生等先觉者失掉生命所撰写的具有祭悼意义的小说、杂文、纪念性散文中，无不渗透着滴血的悼念。如针对"三一八"惨案，鲁迅在短短的几十天里写了《无花的蔷薇之二》、《死地》、《可惨与可笑》、《记念刘和珍君》、《空谈》、《如此"讨赤"》、《淡淡的血痕中》等多篇祭悼性杂文和散文。这些文章蕴含的情绪极为复杂，既愤怒于北洋政府屠杀徒手请愿的学生，又敬佩学生的牺牲精神。在他看来，这些学生都是"叛逆的猛士出于人间；他屹立着，洞见一切已改和现有的废墟和荒坟，记得一切深广和久远的苦痛，正视一切重叠淤的凝血，深知一切已死，方生，将生和未生。"③ 可以说，这种战斗的决绝精神与悼亡的眷恋情怀是鲁迅精神世界中的重要内容。

对于传统祭悼习俗，鲁迅并非"斗士"，他在被动的认同感中坦然接受祭悼传统的"规训"。同为五四新文化运动的"双子星"，鲁迅与胡适的祭悼观念与行为差异很大。胡适更多地关注祭悼中的"悼"而排斥"祭"中的烦琐与迷信。他说，"祭礼的根据在于深信死人的'灵'还能受享。我们既不信死者能受享，便应该把古代供献死者饮食的祭礼，改为生人对死者表示敬意的祭礼。死者有知无知，另是一个问题。但生人对死者表示敬意，是在情理之中的行为，正不必问死者能不能领会我们的敬意。"④ 所以，当时的胡适大力倡导丧礼改革，力求将传统祭悼中的烦琐仪式与迷信内容剔除掉，并在母亲的丧礼中亲自实践

① 周作人：《唁辞》，见钟叔河编订：《周作人散文全集4》，广西师范大学出版社2009年版，第180页。
② 鲁迅：《空谈》，见《鲁迅全集》第3卷，人民文学出版社2005年版，第298页。
③ 鲁迅：《淡淡的血痕中》，见《鲁迅全集》第3卷，人民文学出版社2005年版，第226—227页。
④ 胡适：《我对于丧礼的改革》，《新青年》第6卷第6号。

了自己的主张。反观鲁迅却并没有这么洒脱，作为长子长孙的他一直是传统祭悼习俗的践行者。祖母大殓时，他葬之以礼，对祖先，他祭之以礼。鲁迅在《父亲的病》中有过这样的记录：父亲临终之际，他在"精通礼节"的衍太太的指点下，给父亲换衣服，又将纸钱和《高王经》烧成灰，用纸包了给父亲捏在拳头里。随后连声地大叫"父亲"，父亲困难地低声说"不要嚷"，可鲁迅还要叫，直到父亲断了气。细细说来，给父亲换新衣是让他在"阳界"留下最后的体面，在"阴界"开始新的生活；父亲手中握烧纸钱的灰，是为了冥途旅行支用，手握《高王经》的灰，是因为凭借经书的功德能让人在"阴间"少受刑罚之苦；大声喊"父亲"，是一种"招魂"仪式的体现。可以说，一个传统孝子该做的祭悼仪式他都做了，但在默然接受的顺从背后却是那颗孤独的心，以至于他后来回忆说，"这却是我对于父亲的最大的错处"。① 鲁迅祖母病逝后，他从外回家主持丧礼，都是老老实实地按照旧习俗办理的。这种经历他写入了小说《孤独者》中，魏连殳奔丧情节不仅是鲁迅传统祭悼观念的体现，还影射了鲁迅真实的现实生活。魏连殳是新派人物，乡邻以"看热闹"的心态认为他会按照新办法举办丧葬仪式，但"遗憾"的是他却服服帖帖地按照老规矩办理丧事。

　　"温顺"地接受祭悼亲人传统仪式的鲁迅也有激烈批判祭悼陋习的一面。在五四新文化运动的旗帜下，批判旧式祭悼习俗的言词与举动非常激烈。例如针对传统文化中入土为安的"土葬"思想，五四文化悍将们从人伦、人口等现代文明入手大加批判。在他们看来，土葬讲究风水之学，因为寻求给子孙后代带来"福气"的葬身宝地，生者往往会出现家族械斗，而家庭内也会有"兄弟们争执，甚至于闹成官司"②；此外，土葬占据了大量的良田，使得"攘可耕之田为墓地，忍听耕者

---

① 鲁迅：《父亲的病》，见《鲁迅全集》第 2 卷，人民文学出版社 2005 年版，第 299 页。
② 任佑民：《丧礼的改革》，《新青年》第 7 卷第 5 号。

之流离"。① 对于这一现象，鲁迅在香港青年会讲演时也尖锐地指出："如果从有人类以来的人们的尸身都不烂，岂不是地面的死尸早已堆得比鱼店里的鱼还要多，连掘井、造房子的空地都没有了么？"② 可以说，这种站在"生者"立场进行"未来式"追问的思考方式正是鲁迅思想深邃的表现。面对"吃人"恶习，他能发出"救救孩子"的呼声；面对刘和珍等死去的学生，他要追问"苟活者"依稀看到的希望；面对"土葬"这一陋习，他更能以此为例，鼓励青年人埋葬那些老的、旧的"陈调子"，等待未来新的声音出现。

## 三、祭悼文化在鲁迅写作中的表征与意义

祭悼文化可以算是鲁迅文学创作中的核心隐语与精神主题，它遍布在鲁迅的各种文体创作当中。小说如《药》、《祝福》、《孤独者》、《伤逝》、《示众》等；散文如《野草》之《题辞》、《复仇》、《复仇》（二）、《颓败线的颤动》等，诗歌如《悼杨铨》、《悼丁君》、《哀范爱农三章》、《庚子送灶即事》等，杂文更多，如《热风·随感录四十》、《暴君的臣民》、《牺牲谟》、《纪念刘和珍君》等。可以说，各种各样的上坟、出殡、祭祀、迁葬、悼念等祭悼行为在鲁迅文本中比比皆是，成为鲁迅推究社会变迁、实现文学想象的重要媒介之一。

如前所述，鲁迅在文本中极为重视子嗣祭悼祖先这一行为。如果从这一角度出发，往往会发现很多文本中被忽略的细节。如《阿Q正传》中，阿Q有和孤孀吴妈困觉的想法，很大原因在于阿Q拧完小尼姑脸后，除手指上那种润滑的感觉外，就是耳朵边上小尼姑说的"断子绝

---

① 《祖宗革命》，《辛亥革命前十年间时论选集》第 2 卷下册，生活·读书·新知三联书店 1963 年版，第 982 页。
② 鲁迅：《老调子已经唱完》，见《鲁迅全集》第 7 卷，人民文学出版社 2005 年版，第 321 页。

孙的阿 Q"一语，心中想的是"不孝有三无后为大"和"若敖之鬼馁
而"的古训。这让他在土谷祠中难以入眠，也促使了他做起"传宗接
代"的美梦——与吴妈困觉。此外，小说中还有其他被我们忽略的内
容也同样具有重要的祭悼文化内涵：从"女人——小孤孀——吴妈"
这一结构特点，不难发现阿 Q 嘴里常常哼唱的小曲《小孤孀上坟》正
是丧夫女子祭悼的民俗写照；挂在嘴边的那句"我们先前——比你阔
多啦！你算是什么东西！"绝不仅仅是精神胜利法的一个佐证，更有通
过对"家族"祭拜带来的个体自豪感；其被迫接受赵家的五项条件中
最重要的前两条内容，无论是一斤重的红烛一对和一封香，还是请道士
袚除缢鬼，都与祭悼习俗有关。再看《明天》与《祝福》，单四嫂子与
祥林嫂存在颇为相似的地方，都是失去丈夫、寡母抚子的悲妇形象。然
而，失去丈夫她们只是痛心，并不完全失望；但失去儿子却让她们找不
到生存下去的理由了。因为，没有儿子意味着失去了香火祭悼，从而失
去了家庭的地位，失去了生活的意义，更失去了生存的"明天"。这种
"寡母抚子"的书写模式对鲁迅来说也是亲历的写照，父亲的早亡与母
亲的慈爱是诱发他文学创作的重要因素之一，也让他思考女性在封建神
权压榨下的多舛命运。

　　然而祭悼文化的发生总要先取决于人的主体态度，呈现出个人一系
列的复杂心理状态，并反映到我们的日常生活礼俗当中。所以，祭悼文
化的认知与把握，需要深入到人的深层精神或心理体验当中，这在鲁迅
的文学创作中尤显突出。《祝福》中的节日祭悼礼俗不仅营造了人物活
动的文化环境与情节氛围，更逐步刻画了祥林嫂复杂的心理变化。"杀
鸡，宰鹅，买猪肉……"，这是鲁镇侍鬼拜神所需要准备的"福礼"，
但遭遇不幸的祥林嫂在麻木的众人眼里又何尝不是他们获取心理享乐的
"福礼"呢？但作品书写的意义又不仅限于此，成为"福礼"的祥林嫂
能够忍受身体的痛苦，忍受人们的嘲弄，却难以接受四婶"你放着罢，

祥林嫂"的命令。如果说儿子的死亡让她失去了生活的动力，那么未能参加祭奠则让她失去了最后活下去的机会。毕竟，在鲁四老爷及四婶等人看来，祭悼祖先是神圣的事情，捐了门槛却没有获得祭悼权利的祥林嫂在愿望与现实的巨大反差中失去了最重要的"救命草"，"祭悼"的未完成直接导致了她精神的崩溃，抹杀了她生存的最后一丝勇气，这才是她死亡的真正原因。所以，《祝福》开头写鲁镇旧历年祭祀的准备，结尾又回到鲁镇的祝福场景，祥林嫂跌宕起伏的心理变化与悲惨命运，自始至终与祭悼习俗相联系。

祭悼文化又为鲁迅写作提供了"看—被看"的写作模式，这也往往会成为鲁迅作品中的主线之一，在探究死亡意义的背后或深挖国民劣根性，或揭露时弊真相，或讥讽"进步"人士的丑恶嘴脸。对此，鲁迅说："群众，——尤其是中国的——永远是戏剧的看客。牺牲上场，如果显得慷慨，他们就看了悲壮剧；如果显得觳觫，他们就看了滑稽剧。"[1] 如《野草》中的两篇《复仇》就印证了鲁迅上面的话。《复仇》中，广漠的旷野是祭悼的最佳场所，赤裸的全身是献祭的姿态，利刃是杀戮的凭借，鲜红的热血是祭悼所需的"祭品"，而四面奔来的路人则是这场祭悼仪式的参与者。然而，仪式的"观看者"仅仅是一群嗜血者，无法体会到"牺牲"的精神意义；仪式的"表演者"也只能"以死人的眼光，鉴赏这路人们的干枯"。神圣场面演化成了等待戈多式的荒诞场面，完美阐释了鲁迅创作的初衷："因为憎恶社会上旁观者之多"。[2]《复仇》（其二）中借用耶稣殉难的故事，在理性启蒙与情感祭悼的同构模式中，书写了先觉启蒙者与那些充当嗜血者或看客的民众们无法摆脱的紧张关系。在耶稣殉难的路上，"四面都是敌意，可悲悯

---

① 鲁迅：《娜拉走后怎样》，见《鲁迅全集》第 1 卷，人民文学出版社 2005 年版，第 170 页。
② 鲁迅：《复仇》（注释 1），见《鲁迅全集》第 2 卷，人民文学出版社 2005 年版，第 177 页。

的，可咒诅的。"以至于"路人都辱骂他，祭司长和文士也戏弄他，和他同钉的两个强盗也讥诮他"。① 悲愤阴冷的色调跃然纸上，恰如此时的鲁迅，"五四"退潮与兄弟失和让落寞的鲁迅难免与殉难的耶稣发生共鸣。此外，以祭悼文化观之，如果说孔乙己、陈士成等人的死折射出了社会转型时期旧派传统知识分子的窘迫与无奈，那么，魏连殳等人则展现出新派知识分子寻找新的价值观所不得不面临的困境。值得追思的是，无论新派还是旧派，知识分子的命运总是在"看—被看"的结构中牵连着麻木民众调侃谈资式的"悼亡"心态。从这个意义上说，祭悼情感不仅是推动小说情节发展的手段，还是潜藏在鲁迅文学书写中的的社会背景与思想文化内涵。下层民众为亡者留下的异口同声的"祭语"恰恰成为鲁迅祭悼书写的最直接动因，成为国民心态的一个真实写照。

鲁迅是喜欢"骂人"的，往往会在冷嘲热讽中揭露"闲人"的嘴脸与事情的真相。面对革命烈士、青年学生与社会名人的逝世，知识界总会笼罩一层"祭悼"的氛围。此时鲁迅会以"忘却的纪念者"身份，借悼亡之情埋藏悲愤之意。所以他说，"虽然明知道过去已经过去，神魂是无法追蹑的，但总不能那么决绝，还想将糟粕收敛起来，造成一座小小的新坟，一面是埋藏，一面也是留恋。"② 然而，社会各界又会出现各种各种的"悼文"，鲁迅对这些"论调"绝不会妥协，尤其对待他的论敌，以至于到死时鲁迅都说"让他们怨恨去，我也一个都不宽恕"。(《死》) 所以，"看—被看"结构不仅呈现在下层民众的戏剧式"观看"中，同样也存在于作为上层知识分子的"无枪阶级"或帮派文人的评论式"观看"中。杂文《吊与贺》以祭悼情怀展现了思想的交锋与立场的对决。在"吊丧"与"贺喜"的语言交锋中，鲁迅不无讽

---

① 鲁迅：《复仇》(其二)，见《鲁迅全集》第 2 卷，人民文学出版社 2005 年版，第 178 页。
② 鲁迅：《坟·题记》，见《鲁迅全集》第 1 卷，人民文学出版社 2005 年版，第 4 页。

刺地说："思想家究竟不如武人爽快"，所以"我倒要向燕生和五色国旗道贺"。① 很明显，鲁迅的"贺"其实更是表现出其"吊"的本真意思。在《中国文坛上的鬼魅》中，鲁迅痛斥了所谓的"民族主义文学家"对左联五烈士无辜牺牲的诽谤，讥笑这些文学家们的"啼哭也从此收了场，他们的影子也看不见了，他们已经完成了送丧的任务。这正和上海的葬式行列是一样的，出去的时候，有杂乱的乐队，有唱歌似的哭声，但那目的是将悲哀埋掉，不再记忆起来；目的一达，大家走散，再也不会成什么行列的了"。② 面对他的好友韦素园逝世后所遭遇的诽谤，鲁迅在其纪念文章中痛恨地说，"文人的遭殃，不在生前的被攻击和被冷落，一瞑之后，言行两亡，于是无聊之徒，谬托知己，是非蜂起，既以自炫，又以卖钱，连死尸也成了他们的沽名获利之具，这倒是值得悲哀的。"③ 同样，"五四"战将刘半农的死，也让鲁迅发出这样的感慨："愿以愤火照出他的战绩，免使一群陷沙鬼将他先前的光荣和死尸一同拖入烂泥的深渊。"④ 针对当时的女明星阮玲玉自杀引起"文痞"的妄自揣测，鲁迅也痛恨地说，"凡有谁自杀了，现在是总要受一通强毅的评论家呵斥，阮玲玉当然也不在例外。"⑤ 不难看出，用文字悼亡的形式拿死人的是非说事，正是鲁迅所不能容忍的。而且，在鲁迅

---

① 鲁迅：《吊与贺》，见《鲁迅全集》第 4 卷，人民文学出版社 2005 年版，第 57—60 页。《语丝》杂志讲究针砭时弊、放纵而谈的创作风格，这就得罪了许多"御用文人"，而鲁迅的杂文便是《语丝》的典型代表。"五色旗"是 1912 年至 1928 年中华民国所用的旗，所以"拥旗党"在当时被称为"国家主义派"，他们拥护北洋军阀，反对革命。而常燕生就是"国家主义派"的成员，曾经参加过狂飙社。1926 年，随着北伐军的节节胜利，广州国民政府的青天白日旗逐渐取代了各地军阀使用的五色旗，"国家主义派"成员发起保护五色旗的"护旗运动"，受到鲁迅等进步人士的讥评，而《吊与贺》便是在这种背景下创作的。

② 鲁迅：《中国文坛上的鬼魅》，见《鲁迅全集》第 6 卷，人民文学出版社 2005 年版，第 159 页。

③ 鲁迅：《忆韦素园君》，见《鲁迅全集》第 6 卷，人民文学出版社 2005 年版，第 70 页。

④ 鲁迅：《忆刘半农君》，见《鲁迅全集》第 6 卷，人民文学出版社 2005 年版，第 75 页。

⑤ 鲁迅：《论"人言可畏"》，见《鲁迅全集》第 6 卷，人民文学出版社 2005 年版，第 346 页。

"骂"人的背后，那些不怕失败、不畏孤独、流血牺牲的革命者永远是鲁迅所揪心的，正是他们不懈的，也许是绝望的反抗，才有可能摆脱"总把新桃换旧符"的历史怪圈。

剪掉辫子就是向清政府宣战，以示革命，这是当时部分革命党人的偏激革命观，但这种想法却被鲁迅通过"祭悼"的例子进行了无情的嘲讽。鲁迅在《"生降死不降"》中开篇就说，"大约十五六年以前，我竟受了革命党的骗了"，因为"（革命党人说）汉人死了入殓的时候，都将辫子盘在顶上，像明朝制度，这叫做'生降死不降'"。既然死后入棺要将辫子盘上以应汉族礼俗，更别说生前如何剪辫以示革命气节。这种革命观在鲁迅看来是一种迷信，并在近几年逐渐破裂了。毕竟，"我看见许多讣文上的人，大抵是既未殉难，也非遗民，和清朝毫不相干的；或者倒反食过民国的'禄'。而他们一死，不是'清封朝议大夫'，便是'清封恭人'，都到阴间三跪九叩的上朝去了。"不难发现，在鲁迅激愤的论述中，辛亥革命前曾经打动他的那些激烈的革命话语，竟然是以"死不降"的假气节来掩盖不以"生降"为耻的真"奴役精神"。正是在"祭悼话语"为例的论证基础上，鲁迅看清了当时的革命实质，以至于说"我于是不再信革命党的话"。① 这种思想从鲁迅小说中亦可见一斑：阿Q的革命者身份单说"革命"是不行的，还要在形象上将头发用竹筷高高盘起。《风波》中辫子的存废成为时代变革的特有现象，同时也成为普通百姓无法左右、被迫接受政治选择的唯一标志。《头发的故事》中，中华民国是无数革命烈士用鲜血换来的，然而国民却忘记了悼亡纪念，烈士的坟墓也早在忘却里渐渐平塌下去了，革命唯一的收获就是剪掉了头顶上的辫子，封建残余思想仍旧在国民脑海中挥之不去。在鲁迅的现实生活中，辫子同样牵涉到革命倾向与生死祭

---

① 鲁迅：《"生降死不降"》，见《鲁迅全集》第8卷，人民文学出版社2005年版，第121页。

悼的问题。当学生向他咨询是否需要剪辫子时，鲁迅"不假思索的答复是：没有辫子好，然而我劝你们不要剪"。因为，对于学生来说，"他们却不知道他们一剪辫子，价值就会集中在脑袋上。轩亭口离绍兴中学并不远，就是秋瑾小姐就义之处，他们常走，然而却忘却了。"①不难看出，虽然辛亥革命给中国社会带来了巨大的变革契机，然而鲁迅却通过生死祭悼的思考，用辫子的存废形象地刻画了中国普通民众的革命观与价值观。

既然民众的革命观如此世俗化，这必然与革命知识分子形成了难以弥补的隔阂状态。而且，在鲁迅小说中，这种隔阂状态有着鲜明的祭祀色彩与悲痛的悼亡情怀。《药》通过沾满革命者鲜血的馒头作引子深刻地揭示了这一状况：一方面，血从来都是祭祀仪式中不可或缺的一部分，是实现生命与生命之间传递的媒介，但鲁迅却拒绝了这种生命传递的可能。在他看来，"凡有牺牲在祭坛前沥血之后，所留给大家的，实在只有'散胙'。"②华小栓的死预示了革命烈士的血白白流掉。另一方面，沾着夏瑜血的人血馒头可以看作是这场仪式的"牺牲品"，然而反讽的是，围观的群众却是那样地冷漠与无视，无法领会牺牲的神圣意义。同时，小说结尾处所极力渲染的一种灵魂祭悼的神秘氛围中，又留下了诸多值得深思的话题。华小栓的坟墓与城外公共墓地的夏瑜之墓仅隔一条小路，然而在这分开的狭小"空间"里却呈现出两种不同的态度——"埋葬"与"悼念"——华小栓的坟头是光秃秃的而夏瑜的坟头却摆上了花圈。③清明节祭悼的时节里，作为母亲的夏四奶奶羞于为因革命而牺牲的儿子上坟，而华大妈却可以光明正大地为自然病死的儿

---

① 鲁迅《病后杂谈之余》，见《鲁迅全集》第6卷，人民文学出版社2005年版，第195页。
② 鲁迅：《即小见大》，见《鲁迅全集》第1卷，人民文学出版社2005年版，第429页。
③ 鲁迅自己曾说："但既然是呐喊，则当然须听将令的了，所以我往往不恤用了曲笔，在《药》的瑜儿的坟上平空添上一个花环。"（见《呐喊·自序》，《鲁迅全集》第1卷，人民文学出版社2005年版，第441页。）

子上坟。当华大妈想去安慰夏四奶奶时，却因夏瑜坟上有花圈，内心感到一种不足和空虚；而夏四奶奶看到花圈却认为这是饮恨含冤的儿子在显灵，并希望树丫上的乌鸦飞到儿子的坟顶再次"显灵"，却见乌鸦"哑——"的一声飞上了天。所以，有学者指出，"英雄死了，不但没有人来悼念，反而给母亲带来了耻辱；为民请命的斗士死后不但没有墓碑，反而被看成是危害人间的恶鬼。英雄变成恶鬼，这正是冥权世界的逻辑。它所包含的悲剧意义已经远远超过了英雄被杀、鲜血被喝这类情节的含量。"① 同时，鲁迅又在小说的最后采用正常人情的反讽手法，戏剧化地冲淡了这种隔阂的叙事，两位年迈的母亲因失去爱子的痛楚消弭了彼此的隔阂，相互搀扶着，一起踏上了归程，革命终究与普通民众无缘。

总之，在传统与现代交织的近现代文化格局中，祭悼文化无论是传承还是蜕变，都深深地决定了鲁迅精神世界的构建，进而影响了鲁迅的文学创作；然而从其时代特征来看，如果没有承受生命苦难，以绝望的反抗精神对封建礼俗与黑暗势力做出抗争乃至牺牲，那么个性自由、思想独立，乃至文明进步则会消失殆尽。而这恰恰为鲁迅文学创作提供了言说无尽的"祭悼"空间。从这一方面来说，鲁迅的文学创作既是国民心态的刻画，又是青年学生的"挽歌"，还是英雄先觉者的"祭文"，更是揭露时弊、交锋论战的"讣文"。其情感体验既有对民众的忧虑，又有对青年人的痛惜，更有对论敌的"仇恨"。其方法既有漫谈式又有悼情式、求证式，更有"谩骂式"。可以说，只因建构起这种立体化的祭悼文化空间，鲁迅的文学创作才能如此丰富，其研究价值才能如此多元。

---

① 张全之：《祭祀仪式：鲁迅小说的文学人类学阐释》，《中国现代文学研究丛刊》1999 年第4 期。

# 结　语

　　在晚清以来形成的文化再构格局中，传统文化内容被赋予了更多的现代意义，祭悼文化便是其中最重要的内容之一。《礼记》有云："凡治人之道，莫急于礼。礼有五经，莫重于祭。"可见，祭悼是儒家礼俗的根本所在，在家与国一体的传统文化中，祭悼在维系社会秩序稳定与国家长治久安方面起到了无法替代的作用。一方面，祭悼所赖以存在的灵魂观念就其实质而言是人类对生命不朽的一种朴素世界观。所以，祭亡者、祭祖宗、祭孔子、祭神灵、祭英雄等活动背后所凸显的精神寄托与信仰内涵，以及立德、立功、立言等不朽内容，决定了逝者的社会价值以及对生者的内心启示，形成了一种生与死沟通交流的文化价值体系。另一方面，祭悼从社会行为来看体现为一种秩序与规范，它本身整合了人间权力与超自然力量的权威，所以，祭天的核心概念便是"秩序"，实现了将文化构建与权力实施的紧密结合。其中，民众的祭悼信仰源自文化的构建，而秩序的稳定则源于社会权力的实施。

　　正是这种与人类活动密切相关的祭悼文化规训着人们的日常生活，同样也深深影响着展现人们祭悼情感与心理的文字样式——文学。所以，自人类文明诞生之初，祭悼题材的文学书写就未曾离开过人们关注的视野。如在最早的文学作品《诗经》中，就出现多篇关于祭悼题材的诗歌；《九歌》、《国殇》等更是为祭悼神灵与英烈而作的优秀作品。

此外，《礼记》专门有文章阐释祭悼的典章制度；《文心雕龙》中有专门的关于祭悼文学的文体归类；《昭明文选》中有专门的关于祭悼文学的文章选录。而更为显著的是古典文学史中那些涉及祭祀丧悼方面的散文、诗词、戏剧、小说等，可谓是纷繁多样，蔚为大观。然而，从文学史撰写的角度来看，祭悼文学的关注与总结何以到了近代社会转型时期反而成为一种"悬置"的内容而渐渐从人们的视野里消失？

显然，启蒙、改良、革命、保国、科学、民主等众多时代主题与现代命题在近现代思想文化领域中处在显学的地位，已然掩盖了传统祭悼文学的光辉。因此，从祭悼心理的现代变动入手来寻求现代文学的心灵史建构便成为不容忽视的重要视角。作家内心的祭悼心理体验以及作品中隐藏的祭悼情感都蕴藏着极为丰富的资源。不仅如此，近代以来汗牛充栋的"私人化"的东西，如为死者撰写的祭悼文、挽联、墓志铭，甚至与祭悼有关的遗嘱、唁文、唁电等都为中国现代文学创作提供了丰富的养料，在文学史面前也更应该发挥其本身的文学价值，从而把祭悼文学从"遮蔽"的状态中发掘出来，令其成为丰富文学史叙事与书写的另一种内容。所以，祭悼文学正是将一种心理的文化问题通过文学的现代转型转到社会学层面，形成生者的"此在"观念表现、行为特征与逝者的"彼在"发展态势相互之间的融合。而在这种相互之间交融的状态中，文学现代性的转型才能凸显出其关注的主体"人"的现代性转变，将"新人"的文化构想与政治实践淋漓尽致地发挥出来。

传统的才子佳人式写情小说往往会表现出一种模式化的创作类型特征。小说中相爱的男女青年往往出身于富贵或官宦之家，因为某种机缘相识、相知并最终相爱。而这种自由的爱恋又必然会受到父母干预或意外事件冲击，使得爱情之旅苦难重重，但最终的结局却是皆大欢喜，实现有情人终成眷属的美好愿望。这种创作模式到清末民初时却发生了创作基调的基本转向，将小说的美满结局变成了爱情悲剧。可谓是苦尽并未甘来，离散却成死别，相爱的双方总会有一人含恨而死，只留下一人在情感祭悼中叙写曾经的爱情。所以，爱情、死别与祭悼是构成此时写情小说的三个重要因素。爱情作为主线穿插在小说始终，死别作为结局奠定了小说的悲剧基调，而祭悼作为手段搭建了小说的叙事结构。到五四时期，新型知识分子群体在新文化的旗帜下反抗传统旧俗礼，关注的对象集中在日常生活中的"小人物"身上，并表现出一种"人"的自我意识的觉醒，有着鲜明的爱情至上的现代婚姻观。所不同的是，清末民初的写情小说中着笔最多的是主人公的"殉情"与"赴死"，以此在未亡人的悼亡视域中深思爱情的美好与命运的不幸；而五四爱情小说中将主人公从传统伦理与家庭束缚中解脱出来，赋予了"出走"与"私奔"的个性选择。但"出走"之后的命运仍旧没有摆脱旧有的"赴死"窠臼，觉醒之后的道路仍离不开死亡阴影的缠绕，所以五四爱情小说中依旧隐隐地存在着一种为亡者祭悼的创作无意识。

清末至五四这一时间段，是中国传统文化与西方异质文化频繁接触、对抗与交融的时期，也就形成了一个"常"与"变"、"退"与"进"、"取"与"舍"的文化交锋与转型语境，中国文学亦随之呈现出迥异于传统的现代转型新特征。因此，在文学"标新"的进程中，祭悼传统遭遇了西方文化冲击与本土时局突变后发生的种种变化，形成了斑斓多姿的新景观，同时也构建了一种中西文化审视祭悼传统的对话空间。因此，如何审视祭悼传统的变化，进行个体/群体间的伦理道德、生死观照、心灵慰藉、生命体验、生活文化等诸种场域的梳理，便形成了一个复杂而灵动的祭悼文学及其文化的再构话题。而在中国传统文化的式微过程中，屡有捐躯殒命的末路英雄，更不乏诸多赴死取道的文化义士，这是儒家"舍生取义"道义观的体现，更是检验生命价值与人格魅力的最高标准。所以，在近代激进变动的文化格局中，儒学浸染下的传统文化人在新文化的冲击下形成一种集体性的绝望情愫，部分人又在这种绝望中主动选择了消殒生命的方式做最后的抗争。

基于上述认识，本书意在解决清末至五四现代性语境中的祭悼文学及其文化转型问题。这涉及最基本的祭文或悼文等实用文体类文章，以及那些以缅怀为基本主调，蕴含"阴阳异界"的生命延续，并以语言艺术的形式反映社会生活与生死感悟，特别是呈现日常生活的祭悼文化心理审视的文学创作。可以说，祭悼文学不仅仅是一种特定的情感艺术表达，它同样呈现出了生死间的顿悟，弥留之际的心态，阴阳两界的爱情延续，以及儒家伦理规范的恪守等多样特征。然而，祭悼本身不是重点关注的对象，而是作为切入文学研究的一个手段，以此尝试挖掘出近现代文学进程中的"国殇"、"情殇"与"道殇"三个时代命题。具体表现为文学意义上的对国家的祭祀、对爱国烈士的公祭、对文化先贤的祭奠、对亡者的悼念以及在祭悼仪式的变更中所呈现出来的"个体/群体"、"古/今"、"中/西"不同的悼情体验与生命感悟。

以"国殇"命题切入，考察革命背景下的政治与祭悼二者之间的关系。即祭悼情怀如何在民族主义与国家主义激情感召之下得以释放，而文学又是如何通过这种祭悼之情将其演变成为一种社会心态，不仅参与而且塑造了文学的另一种现代转型模式，同时又实现了文学由"人"的关注到"社会"的关注的变迁。这里就需要关注以下几点：第一，晚清以来的革命小说中蕴含着大量的祭悼因子。邹容、陈天华、林觉民等烈士、英雄们的牺牲与生命价值在民主与自由的时代主题下展现了现代意义，而秋瑾、卢梭、人民英雄等祭悼对象的变更越发对国民思想的现代转化产生了群体效应。此外，从追悼会到期刊报纸祭文，从黄花岗烈士碑到人民英雄纪念碑，这种新式的祭悼仪式已经成为国民对国家英雄的主要祭悼形式。第二，袁世凯的祭天举措是传统祭天大典随着封建帝制消亡慢慢退出历史舞台的最后声音，由"天伦"的神秘感到"人伦"的现实感越发成为祭悼意义的主旋律。第三，祭孔之举随着政治与文化的需要出现了"尊"与"破"的两难选择，而其背后呈现的则是政治或文化权力场域的争夺。第四，祭悼孙中山等国家缔造者取代了以往的帝国君主祭悼，而在祭悼符号发生时代性转变的背后，则凸显出了民族、民主、民权等的现代呼声。第五，传统祭悼文化中的迷信成分与现代国家的"科学"诉求存在着冲突与交融的状态，儒家伦理演绎的底层乡土仍具有较强的自治能力，形成了国家追求文明进步过程中貌似"不和谐"的音符。第六，民间祭悼与民族国家式祭悼有着本质区别，前者强调一种"出世"的精神，关注个人的死亡归宿、生命价值和精神超越，具有灵魂救赎的性质；而后者则强调一种"入世"精神，是社会秩序与等级层次的体现，为国家的存在与稳定提供终极价值依据，同时又能够提高集体性的道德伦理与公共思想秩序。

以"情殇"命题切入，考察涉及阴阳两界的情感脉络的文学书写。即阐释具体文本中的祭悼情感是如何被文学想象的，这其中包括个案作家的祭悼观念以及以何种形式呈现在其文学创作中。主要涉及以下几点内容：第一，在祭悼情感下对肇始于清初并一度盛行于民国时期的"忆语"体文学创作展开深度分析，从家庭伦理与伤悼悲情中发掘文学作品的进步意义。第二，对祭悼文学主旋律——爱情乌托邦进行归纳剖析，阐释爱情、死别与祭悼是构成晚清以来写情小说的三个重要因素。第三，对文学作品中爱情延续的鬼蜮世界进行分析，集中在"合葬"、"冥婚"等主要祭悼仪式的书写上。第四，对五四知识分子集体性"向死而生"的"涅槃"情结加以论证。"祭悼"心理在趋死中关注灵魂再生，而这种情感取向与五四文人埋葬旧文化、讴歌新文化的心理选择不谋而合。第五，关注了乡土文学创作中对丑陋的乡土祭悼仪式与民俗习惯进行的无情揭露与批判，因为它是现代科学知识与传统世风习俗二者之间交锋的文学文本表现。

以"道殇"命题切入，考察现代转型中新旧祭悼文化对峙与交融的状态。即祭悼文化在本土化与西化之间的互动关系以及五四"激进反传统"与"激进反西方"两层语境下如何实现互为对方参照的建构方式与内容。主要包含以下几点内容：第一，涉及晚清以来对传统祭悼礼俗的反思，即从传统到现代的文化转型语境中，祭悼传统的消失与新式祭悼方式的提倡，带来了民众对死别与新生的全新理解，新旧祭悼观念的冲突也不期然成了一个逃避不了的时代话题。第二，西式祭悼观念在文化传播者的推动下冲击了传统祭悼仪式，弃繁趋简的祭悼形式逐渐在社会上得到推广，而且，在褒扬逝者的价值时，"公祭"成为民众表达集体呼声的主要渠道。第三，无神论与有神论从来都是相互存在、相互依托的矛盾体，这在祭悼内容上也不例外，其复杂的争斗关系也是近世科学与迷信争夺知识场域的最好例子，如《灵学丛志》与《新青年》之间的斗争。当迷信一旦披上"科学"外衣，并在公共媒体上得到合法化推广后，以信仰为基本内容的人生观问题便形成更为多元的格局。第四，挽联、祭文、遗言等诸种祭悼文学样式中蕴含着大量的文化信息，这也从另一方面充实了祭悼文学研究的内容，而文化名人以死殉道的献祭精神也折射出守旧者对儒道信仰与传统文化的无限眷恋之情。第五，鲁迅的文学创作中隐含着大量的祭悼文化因子。因此，从祭悼文化入手，将其作为个案作家加以重点分析，恰恰能够说明"传统"的"现代人"的矛盾复杂的心理体验。

　　本书还存在很多的不足之处。首先，祭悼文学研究与祭悼文研究是侧重点不同的两个相关性话题，基于笔者研究能力及研究时间的限制，本书尝试将祭悼文作为祭悼文学中最基本的实用性文体加以研究，这种做法不免有轻视祭悼文在文学史叙事中所占重要地位的嫌疑。因此，笔者将做好必要的史料甄别工作，以另一研究成果展现出晚清以来祭悼文的相关现状。其次，将祭悼作为研究文学的切入口能给本书带来新的阐释空间，但这种方法同样也会带来一定的质疑声音，因此本书就必须做好自圆其说的准备工作，尽量做好文本细读工作。再次，文化再构本身就是相悖的转型时代话题，在"旧已破、新难立"的文化格局中，分析并定位祭悼文化的再构状况也就难免带有主观性的偏激定论，这要求笔者在撰写中尽量以史料说话，深化祭悼文化在晚清以来所呈现的多彩姿态。

# 参考文献

## 一、工具书类：

1. 刘勰：《文心雕龙》，范文澜注，人民文学出版社 1958 年版。

2. 《十三经注疏》（标点版），李学勤主编，北京大学出版社 1999 年版。

3. 吴曾祺：《涵芬楼文谈·文体刍言》，商务印书馆 1917 年版。

4. 萧统：《昭明文选》，中州古籍出版社 1990 年版。

5. 徐师曾：《文体明辨序说》，罗根泽校点，人民文学出版社 1962 年版。

6. 颜之推：《颜氏家训全译》（卷第四），程小铭译注，贵州人民出版社 1993 年版。

7. 吴讷：《文章辩体序说》，于北山校点，人民文学出版社 1962 年版。

8. 许慎：《说文解字》，中华书局 1985 年版。

9. 玄宗注，邢昺疏：《孝经注疏》，见《十三经注疏》，上海古籍出版社 1997 年版。

10. 姚鼐：《广注古文辞类纂》，黄山书社 1992 年版。

11. 曾国藩：《经史百家杂钞》，岳麓书社 2009 年版。

## 二、全集与文集类：

1.《梁启超全集》，北京出版社 1999 年版。

2.《胡适文集》，北京大学出版社 1998 年版。

3.《谭嗣同全集》，生活·读书·新知三联书店 1954 年版。

4.《鲁迅全集》，人民文学出版社 2005 年版。

5. 钟叔河编订：《周作人散文全集》，广西师范大学出版社 2009 年版。

6. 高叔平编：《蔡元培全集》，中华书局 1984 年版。

7.《李大钊文集》，人民出版社 1984 年版。

8. 广东省哲学社会科学研究所历史研究室编：《朱执信集》，中华书局 1979 年版。

9.《闻一多全集》，生活·读书·新知三联书店 1982 年版。

10.《独秀文存》，安徽人民出版社 1987 年版。

11.《孙中山全集》，人民出版社 1981 年版。

12.《钱宾四先生全集》第 46 册，台湾联经出版公司 1994 年版。

13.《钟敬文自选集》，首都师范大学出版社 2008 年版。

14.《郁达夫文集》第 3 卷，花城出版社 1982 年版。

15.《费尔巴哈哲学著作选集》下卷，商务印书馆 1984 年版。

16.《斯大林全集》第 11 卷，人民出版社 1955 年版。

17.《马克思恩格斯全集》第 21 卷，人民出版社 1995 年版（第二版）。

## 三、资料、史料类

1.《孔教会杂志》。

2.《新青年》。

3.《灵学丛志》。

4.《灵学要志》。

5.《东方杂志》。

6.《中国新文学大系（1917—1927）》，上海良友图书公司 1935年版。

7.《中国近代文学大系》，上海书店出版社 1993 年版。

8.《中国近代小说大系》，百花洲文艺出版社 1991 年版。

9.《"五四"时期期刊介绍》，生活·读书·新知三联书店 1979年版。

10.《中华民国史档案资料汇编·文化》（第 3 辑），江苏古籍出版社 1991 年版。

11.《辛亥革命前十年时间时论选集》，生活·读书·新知三联书店1977 年版。

12.《民国民报撷珍·时风世象》，汪冰编，天津人民出版社 1998年版。

13. 郑大华、任菁编选：《强学——戊戌时论选》，辽宁人民出版社1994 年版。

14. 胡伟希编选：《民声——辛亥时论选》，辽宁人民出版社 1994年版。

15. 张骏严编选：《新潮——民初时论选》，辽宁人民出版社 1994年版。

16.《五四前后东西文化问题论战文选》，陈崧编，中国社会科学出版社 1985 年版。

17. 陈平原、夏晓红编：《二十世纪中国小说理论资料（1897—1916)》，北京大学出版社 1989 年版。

## 四、专著类

1. 阿英:《晚清小说史》,凤凰出版传媒集团 2009 年版。

2. 蔡元培:《中国伦理学史》,上海书店出版社 1984 年版。

3. 陈继会:《中国乡土小说史》,安徽教育出版社 1999 年版。

4. 陈建华:《从革命到共和:清末至民国时期文学、电影与文化的转型》,广西师范大学出版社 2009 年版。

5. 陈建宪:《神祇与英雄》,生活·读书·新知三联书店 1994 年版。

6. 陈敬、斯人编:《名人遗言》,江苏文艺出版社 1992 年版。

7. 陈平原:《中国小说叙事模式的转变》,上海人民出版社 1988 年版。

8. 单正平:《晚清民族主义与文学转型》,人民出版社 2006 年版。

9. 丁帆:《中国乡土小说史》,北京大学出版社 2007 年版。

10. 段德智:《死亡哲学》,湖北人民出版社 1991 年版。

11. 费孝通:《中国绅士》,惠海鸣译,中国社会科学出版社 2006 年版。

12. 傅道彬:《中国文学的文化批评》,黑龙江人民出版社 2000 年版。

13. 耿传明:《决绝与眷恋:清末民初社会心态与文学转型》,复旦大学出版社 2010 年版。

14. 耿传明:《现代性的文学进程——二十世纪中国文学的动力与趋向考察》,中国文史出版社 2003 年版。

15. 耿光连主编:《社会习俗变迁与近代中国》,济南出版社 2009 年版。

16. 郭延礼:《中国前现代文学的转型》,山东大学出版社 2005 年版。

17. 海波：《佛说死亡：死亡学视野中的中国佛教死亡观研究》，陕西人民出版社 2008 年版。

18. 韩华：《民初孔教会与国教运动研究》北京图书馆出版社 2007 年版。

19. 侯外庐：《中国思想通史》，人民出版社 1998 年版。

20. 黄平：《乡土中国与文化自觉》，生活·读书·新知三联书店 2007 年版。

21. 黄轶：《传承与反叛：中国文学现代转型研究》，河南人民出版社 2008 年版。

22. 季广茂：《意识形态视域中的现代话语转型与文学观念嬗变》，北京大学出版社 2005 年版。

23. 季桂起：《中国小说创作模式的现代转型》，中国社会科学出版社 2007 年版。

24. 靳凤林：《窥视生死线——中国死亡文化研究》，中央民族大学出版社 2002 年版。

25. 靳凤林：《死，而后生：死亡现象学视阈中的生存伦理》，人民出版社 2005 年版。

26. 雷闻：《郊庙之外：隋唐国家祭祀与宗教》，生活·读书·新知三联书店 2009 年版。

27. 李凡夫：《革命的世界观与道德观》，安徽人民出版社 1966 年版。

28. 李扬帆：《走出晚清：涉外人物及中国观念之研究》，北京大学出版社 2005 年版。

29. 梁漱溟：《中国文化要义》，上海世纪出版集团 2005 年版。

30. 刘岱主编：《中国文化新论·宗教礼俗篇——敬天与亲人》，生活·读书·新知三联书店 1992 年版。

31. 刘磊、方玉萍：《祭往——挽联中的近代名人》，中国长安出版社 2006 年版。

32. 刘纳：《嬗变——辛亥革命时期至五四时期的中国文学》，中国社会科学出版社 1998 年版。

33. 刘小枫：《现代性社会理论绪论》，上海三联书店 1998 年版。

34. 刘晔原、郑惠坚：《中国古代的祭祀》，商务印书馆 1996 年版。

35. 刘颖：《中国文学现代转型的民俗学语境》，安徽人民出版社 2007 年版。

36. 罗成琰：《百年文学与传统文化》，湖南教育出版社 2002 年版。

37. 罗志田：《近代中国史学十论》，复旦大学出版社 2003 版。

38. 宋莉华：《传教士汉文小说研究》，上海古籍出版社 2010 年版。

39. 孙绍先：《英雄之死与美人迟暮》，社会科学文献出版社 2000 年版。

40. 唐小兵编：《再解读——大众文艺与意识形态》，北京大学出版社 2007 年增订版。

41. 万俊人：《现代性的伦理话语》，黑龙江人民出版社 2002 年版。

42. 王柏中：《神灵世界秩序的构建与仪式的象征——两汉国家祭祀制度研究》，民族出版社 2005 年版。

43. 王立：《永恒的眷恋——祭悼文学的主题史研究》，学林出版社 1999 年版。

44. 王立：《中国文学主题学——祭悼文学与丧悼文化》，中州古籍出版社 1995 年版。

45. 王珉：《终极关怀》，新华出版社 2000 年版。

46. 王一川：《中国现代性体验的发生》，北京师范大学出版社 2001 年版。

47. 王跃：《变迁中的心态：五四社会心理变迁》，湖南教育出版社

2000 年版。

48. 文安主编：《晚清述闻》，中国文史出版社 2004 年版。

49. 吴莉苇：《中国礼仪之争：文明的张力与权力的较量》，上海古籍出版社 2007 年版。

50. 牙含章、王友三主编：《中国无神论史》，中国社会科学出版社 1992 年版。

51. 颜翔林：《死亡美学》，学林出版社 1998 年版。

52. 杨联芬：《晚清至五四：中国文学现代性的发生》，北京大学出版社 2003 年版。

53. 杨守森主编：《二十世纪中国作家心态史》，中央编译出版社 1998 年版。

54. 杨义：《中国现代小说史》（第一卷），人民文学出版社 1986 年版。

55. 叶潇：《自由中国：伏尔泰艾田蒲论中国礼仪之争》，群言出版社 2007 年版。

56. 俞兆平：《现代性与五四文学思潮》，厦门大学出版社 2002 年版。

57. 袁进：《中国文学观念的近代变革》，上海社会科学院出版社 1996 年版。

58. 袁进：《中国小说的近代变革》，中国社会科学出版社 1992 年版。

59. 詹鄞鑫：《神灵与祭祀——中国传统宗教综论》，江苏古籍出版社 1992 年版。

60. 张光芒：《中国近现代启蒙文学思潮论》山东文艺出版社 2002 年版。

61. 张光直：《美术·神话与祭祀》，郭净译，辽宁教育出版社

2002 年版。

62. 张光直：《中国青铜时代》，生活·读书·新知三联书店 1983 年版。

63. 张国刚：《从中西初识到礼仪之争：明清传教士与中西文化交流》，人民出版社 2003 年版。

64. 张金明：《转型的阵痛：20 世纪中国文学思想与文化启蒙论衡》，学林出版社 2007 年版。

65. 张树国：《宗教伦理与中国上古祭歌形态研究》，人民出版社 2007 年版。

66. 赵毅衡：《符号学文学论文集》，百花文艺出版社 2004 年版。

67. 郑晓江：《生死两安》，广西人民出版社 1998 年版。

68. 朱光潜：《文艺心理学》，安徽教育出版社 2000 年版。

69. 朱海滨：《祭祀政策与民间信仰变迁》，复旦大学出版社 2008 年版。

70.［法］古斯塔夫·勒庞：《乌合之众——大众心理研究》，冯克利译，中央编译出版社 2000 年版。

71.［法］列维·布留尔：《原始思维》，商务印书馆 1987 年版。

72.［法］伊夫·瓦岱：《文学与现代性》，北京大学出版社 2001 年版。

73.［法］雅克·勒戈夫、皮埃尔·诺拉主编：《史学研究的新问题新方法新对象》，郝名玮译，社会科学文献出版社 1988 年版。

74.［法］勒维纳斯：《上帝·死亡和时间》，余中先译，生活·读书·新知三联书店 1997 年版。

75.［法］马塞尔·莫斯：《巫术的一般理论 献祭的性质与功能》，杨渝东等译，广西师范大学出版社 2007 年版。

76.［美］苏尔、诺尔编：《中国礼仪之争：西文文献一百篇

（1645—1941）》，沈保义、顾卫民、朱静译，上海古籍出版社 2001年版。

77．〔美〕费正清：《美国与中国》，北京世界知识出版社 1997年版。

78．〔美〕萨义德：《文化与帝国主义》，李琨译，生活·读书·新知三联书店 2003 年版。

79．〔美〕诺尔曼·布朗：《生与死的对抗》，伍厚恺译，贵州人民出版社 1987 年版。

80．〔德〕马克斯·韦伯：《儒教与道教》，洪天富译，江苏人民出版社 1993 年版。

81．〔德〕舍勒：《死·永生·上帝》，孙周兴译，中国人民大学出版社 2003 年版。

82．〔德〕卡西尔：《人论》，甘阳译，上海世纪出版集团 2003年版。

83．〔德〕云格尔：《死论》，林克译，上海三联书店 1995 年版。

84．〔德〕卫礼贤：《中国心灵》，王宇洁、罗敏、朱晋平译，国际文化出版社 1998 年版。

85．〔日〕子安宣邦：《国家与祭祀》，董炳月译，生活·读书·新知三联书店 2007 年版。

86．〔日〕广田律子：《"鬼"之来路　中国的假面与祭仪》，王汝澜、安小铁译，中华书局 2005 年版。

87．〔日〕丸尾常喜：《"人"与"鬼"的纠葛——鲁迅小说论析》，秦弓译，人民文学出版社 1995 年版。

88．〔英〕李提摩太：《亲历晚清四十五年——李提摩太在华回忆录》，李宪堂、侯林莉译，天津人民出版社 2005 年版。

89．〔丹〕勃兰兑斯：《十九世纪文学主流》，张道真译，人民文学出版社 1980 年版。

90. ［奥］弗洛伊德：《梦的解析》，丹宁译，国际文化出版公司 1996 年版。

## 五、论文类

1. 陈爱强：《国民痼疾与祖先崇拜——鲁迅小说一个文化学的阐释》，《鲁迅研究月刊》1997 年第 11 期。

2. 陈方竞、刘中树：《对五四新文学发生及源流的再认识》，《文艺研究》1999 年第 2 期。

3. 陈俐：《从曹葆华的悼诗看"新青年"眼中的郭沫若》，《郭沫若学刊》2009 年第 2 期。

4. 黄曼君、梁笑梅：《闻一多殉难的文化意义解读》，《徐州师范大学学报》2007 年第 1 期。

5. 康正果：《悼亡与回忆——论清代忆语体散文的叙事》，《中华文史论丛》2008 年第 1 期。

6. 孔范今：《梁启超与中国文学的现代转型》，《文史哲》2000 年第 2 期。

7. 李恭忠：《"党葬"孙中山：现代中国的仪式与政治》，《清华大学学报》2006 年第 3 期。

8. 李申：《儒教的鬼神观念和祭祀原则》，《复旦大学学报》2007 年第 4 期。

9. 李杨：《中国当代文学史史学观念笔谈·没有"十七年文学"与"文革文学"，何来"新时期文学"?》《文学评论》2001 年第 2 期。

10. 李振峰：《鲁迅作品中的祭祀仪式原型》，《吉林师范大学学报》2003 年第 12 期。

11. 栾梅健：《1892：中国现代文学的起源——论〈海上花列传〉

的断代价值》，《文艺争鸣》2009 年第 3 期。

12. 罗兴萍：《试论周作人研究民俗文化的立场和态度》，《中国现代文学研究丛刊》1998 年第 3 期。

13. 毛晓平：《鲁迅与中国人的鬼神信仰》，《鲁迅研究月刊》1998 年第 7 期。

14. 钱理群：《现代文学的观念与叙述·矛盾与困惑中的写作》，《文学评论》1999 年第 1 期。

15. 万俊人：《信仰危机的现代性根源及其文化解释》，《清华大学学报》2001 年第 1 期。

16. 王光东：《民间意义的发现——五四新文学的另一种传统》，《上海文学》2001 年第 12 期。

17. 王铁仙：《中国文学的现代转型及其意义》，《中国社会科学》2003 年第 3 期。

18. 肖百容：《新文学与民族死亡文化的重构》，《广西师范大学学报》2006 年第 6 期。

19. 叶舒宪：《文化研究、文化对话与文学人类学的可能性》，《北京大学学报》1996 年第 3 期。

20. 张分田、刘方玲：《祭孔与清初帝王道统形象之链接》，《深圳大学学报》（人文科学版）2009 年第 6 期。

21. 张菡：《清末民初悼亡文学潜流初探——中国小说近代变革研究一种》，上海大学 2003 年硕士论文。

22. 张全之：《祭祀仪式：鲁迅小说的文化人类学阐释》，《中国现代文学研究丛刊》1999 年第 4 期。

23. 张天佑：《合葬：身体的乌托邦归途》，《西北民族大学学报》2008 年第 2 期。

24. 朱晓进：《五四文学传统与三十年代文学转型》，《中国社会科学》2009 年第 6 期。

25. ［日］后藤秋正：《蔡邕〈童幼胡根碑铭〉与哀辞》，《佳木斯大学社会科学学报》1996 年第 3 期。

26. 陈果：《论五四乡土小说中的死亡意象》，华中师范大学 2005 年硕士论文。

27. 陈哲：《祭祀文化与〈说文解字·示部〉研究》，华中科技大学 2006 年硕士论文。

28. 崔世俊：《〈九歌〉与巫术祭祀仪式》，青岛大学 2004 年硕士论文。

29. 韩林：《佛教与宋前叙事文学的祭悼主题》，辽宁师范大学 2002 年硕士论文。

30. 李俊领：《中国近代国家祭祀的历史考察》，山东师范大学 2005 年硕士论文。

31. 夏文建：《清"忆语体"散文艺术论——兼论清"忆语体"散文对悼亡文学的开拓》，浙江师范大学 2007 年硕士论文。

32. 杨丽：《论五四乡土小说的死亡叙事》，山西大学 2007 年硕士论文。

33. 张玉：《雩祭及其演剧原型探究》，兰州大学 2010 年硕士论文。

34. 龚泽军：《敦煌写本祭悼文研究》，四川大学 2005 年博士论文。

35. 李瑾华：《〈诗经·周颂〉考论——周代的祭祀仪式与诗歌关系研究》，首都师范大学 2005 年博士论文。

36. 罗玉明：《二十世纪三十年代湖南尊孔读经之研究》，复旦大学 2003 年博士论文。

37. 彭兆荣：《仪式谱系：文化人类学的一个视野——酒神及其祭祀仪式的发生学原理》，四川大学 2002 年博士论文。

38. 王元忠：《鲁迅的写作与民俗文化》，兰州大学 2008 年博士论文。

39. 姚兴富：《耶儒对话与融合——〈教会新报〉（1868—1874）》，中国社会科学院研究生院 2003 年博士论文。

40. 张影：《汉代祭祀文化与汉代文学》，东北师范大学 2009 年博士论文。

# 后　记

　　2012 年 6 月，我的博士论文《连接生死之间——清末至五四的祭悼文学及其文化转型》顺利通过了答辩，这部书稿就是在该论文的基础上修订而成的。

　　选择祭悼问题进入文学研究视阈里，离不开童年上坟的经历。每年过年时，年幼的我总会被父亲强行"携带"至坟场，为逝去的亲人亲手点上纸钱，燃起鞭炮。那时的我难以理解烧纸焚香、磕头祭拜的举动，印象最深的就是凛冽的北风，光秃的圆土堆，以及荒凉坟场上一张张严肃悲楚的面孔。直到那一次，我突然为自己是一个男孩子而无比自豪起来，那哭与笑掺杂的场面至今还印刻在我的脑海中：一位须发斑白的老人，半跪半坐在低矮的、满是枯枝的坟堆前，身前的青岩供桌上一片狼藉，携带去的酒菜被他吃得一干二净；更夸张的是，他悲怆的哭声中夹带着干涩的狂笑，绝望的喊声在空旷的坟场上飘荡："大大（方言，指父亲），娘嘞，你们死了我能给你们烧纸，我死了谁给我烧啊！"事后，父母对我解释说，老人膝下无子，只有一个四十多岁、精神有问题的女儿，而女人又不能接触祭悼用的祭器、纸钱、香火等，更别说参与坟场祭祖活动了。这是我第一次以孩子的眼光打量成人世界中的人伦血缘关系，也感谢父母用最生动的例子为年幼的我上了深刻的一课。现在看来，也许没有子嗣又临近生命大限的老人更能体会出子孙祭悼的意义，也许越是孩子越虔诚、越认真，我当时竟天真地认为，为逝去的祖先上坟是男孩子必须承担的无上光荣的使命。虽然现在看来，这种想法如此地幼稚与可笑，然而在纯真的 80 年代，在贫瘠的土地里，这却成了一笔镌刻心头的难舍财富。

也正是有这样的经历，在面临博士选题的时候，我突然想到了祭悼的话题，也得到了恩师耿传明先生的认可。坦言之，直到融入到博士的生活中，我才切身体会到"思考"二字的真正含义，触摸到学术研究的边缘。然而，先生不弃学生愚笨，以其细心、敦厚、和蔼，犹如慈父搀扶摇摆走路的婴儿般，带我跨入了文学研究的门槛。可以说，论文从最基本的材料收集，到最初撰写，到最后的修改定稿，无不凝聚着先生的精力与期待。先生不厌其烦地为我指出写作问题，深化问题意识，帮助我不断理顺逻辑、拓宽思路、丰富内容。在先生宽厚与温暖的奖掖下，我有了足够的信心与动力克服困难，笃志前行。可以说，没有先生的悉心指导与精准点拨，我难以完成学业，在此向先生表示最真诚的感谢。恩师知识渊博、治学严谨、为人和善、真挚热情，这些都是我日后治学与做人的效仿所在。因此，唯有精勤不倦、兢业不苟方能不负恩师的栽培和期望。

感谢我的硕士导师李新宇教授。南开读硕期间，是他在论文选题、文献查阅、学术规范、研究方法等诸多方面给予耐心指导，鼓励我们细读文本，形成问题意识，并多与当下学术前沿对话，拓宽学术视野。从硕士到工作再到博士的八年时间里，恩师及师母的关爱从未间断，让我感受到了家的温暖和亲切。在此，对他们表示最衷心的感谢，他们一直以来的关心、支持、鼓励和帮助是我不断提高和进取的不竭动力。

感谢乔以刚、罗振亚、李锡龙、李瑞山等诸位先生，他们的知识传授，大大拓宽了我的学术视野，增进了我对文学诸现象的理解，夯实了我的学术基础。

　　我更要感谢妻子对我读博的理解与付出。新婚第二天，我们两人一个南下四川工作，一个北上天津求学。三年的博士生活是无数个日夜的思念拼凑而成的，虽有短暂相聚，但每次离别时看见妻子眼中的不舍柔情，心痛中让我更加明白双肩担负的责任。就在我准备答辩时，妻子又面临生孩子的压力，在最应该陪伴她左右的时候，我却依旧忙着繁重学业。这让我更加愧对妻子以及即将出世的孩子，也唯有在日后的工作与生活中加倍努力，弥补今日对她们的亏欠，换取心理上的丝丝慰藉。

　　衷心感谢人民出版社编辑武丛伟女士的耐心与认真，最终促成了拙作的问世。

　　最后，感谢父母的养育与教诲，祝愿二老身体健康；感谢同窗好友帮助与陪伴，愿我们友谊长存。

李　国<br>于 2017 年 11 月

责任编辑：武丛伟

**图书在版编目(CIP)数据**

晚清至五四祭悼文学及其文化转型研究/李国 著. —北京:人民出版社，
  2018.7
ISBN 978－7－01－019319－9

Ⅰ.①晚… Ⅱ.①李… Ⅲ.①中国文学-近代文学-文学研究②文化史-
研究-中国-近代 Ⅳ.①I206.5②K250.3

中国版本图书馆 CIP 数据核字(2018)第 088186 号

**晚清至五四祭悼文学及其文化转型研究**
WANQING ZHI WUSI JIDAO WENXUE JIQI WENHUA ZHUANXING YANJIU

李 国 著

人民出版社 出版发行
(100706 北京市东城区隆福寺街 99 号)

北京中科印刷有限公司印刷 新华书店经销

2018 年 7 月第 1 版 2018 年 7 月北京第 1 次印刷
开本:710 毫米×1000 毫米 1/16 印张:16.25
字数:210 千字

ISBN 978－7－01－019319－9 定价:56.00 元

邮购地址 100706 北京市东城区隆福寺街 99 号
人民东方图书销售中心 电话 (010)65250042 65289539